Conquise par le Dr Cardoza

*

Idylle à Hawaï

TINA BECKETT

Conquise par le Dr Cardoza

Traduction française de
VIRGINIE CANTIN

BLANCHE

HARLEQUIN

Collection : Blanche

Titre original :
ONE HOT NIGHT WITH DR CARDOZA

HARPERCOLLINS FRANCE
83-85, boulevard Vincent-Auriol, 75646 PARIS CEDEX 13
Service Lectrices — Tél. : 01 45 82 47 47

www.harlequin.fr

ISBN 978-2-2804-4383-8 — ISSN 0223-5056

1.

En entrant dans l'hôtel chic, Amy Woodell ajusta une dernière fois la bretelle de sa robe. Elle l'avait raccourcie un peu pour en modifier la ligne, mais cela n'avait pas tout à fait résolu le problème et les points restaient fragiles.

Dans sa hâte de faire ses valises pour partir au Brésil, elle avait apporté les mauvaises chaussures, des escarpins argentés moins hauts que les talons aiguilles noirs qu'elle aurait dû porter. Mais elle avait appris à la dernière minute sa participation au programme de conférences d'été du prestigieux hôpital universitaire Paulista et n'avait pas eu le temps d'aller faire du shopping.

À travers les palmiers qui composaient ce décor tropical luxuriant, elle repéra un visage familier dans la foule. Krysta ? La file aux douanes avait été longue, mais, heureusement, elle avait trompé son attente en bavardant avec cette spécialiste en oto-rhino-laryngologie et en reconstruction faciale, qui faisait aussi partie du groupe de médecins en visite.

La mort soudaine de la mère d'Amy, six mois auparavant, lui avait fait prendre conscience qu'elle ne connaissait presque rien de son histoire. Le fait d'être au Brésil, le pays d'origine de sa mère, lui donnait toutefois le sentiment de rétablir un lien avec elle. Elle avait aussi un oncle qu'elle n'avait jamais rencontré et qui vivait dans la banlieue de Sao Paulo – à en croire les papiers trouvés dans les affaires de sa mère.

Eh bien, elle allait profiter de ces trois mois pour renouer avec sa famille ! Et si elle pouvait adopter la philosophie de sa mère, qui consistait à vivre le moment présent, ce serait encore mieux.

Amy observa la grande salle de réception. Les tables rondes étaient garnies de nappes en soie et d'énormes bouquets de fleurs tropicales. On aurait dit la couverture d'un magazine de voyages de luxe. C'était magnifique.

Les gens aussi étaient très élégants et, pourtant, Amy ne s'était jamais sentie aussi mal à l'aise.

Elle cilla en croisant le regard d'un homme grand et mince, à l'autre bout de la pièce. Brun et tout de noir vêtu, de son costume à sa cravate en passant par les pointes de ses chaussures cirées, il était impressionnant.

Il ne lui manquait plus qu'une faux pour ressembler à l'ange de la mort venu rendre justice, songea-t-elle en réprimant un frisson. Quand elle s'aperçut qu'elle était immobile et le fixait, elle se força à se remettre en mouvement.

Pourvu qu'il ne l'ait pas remarquée ! Elle fut soulagée de le voir se pencher vers une jolie blonde, sa bouche s'incurvant en un léger sourire qui révélait ses dents très blanches. C'était probablement sa femme, songea Amy, et par chance, celle-ci n'avait pas vu son manège.

Elle rejoignit Krysta et lui sourit.

— Quelle magnifique fête de bienvenue ! Vous vous souvenez de moi. Amy Woodell ?

Krysta acquiesça.

— Bien sûr ! Vous êtes kinésithérapeute, n'est-ce pas ?

Elle toucha le bras d'une femme, à côté d'elle.

— Amy, je vous présente Flávia Maura. Elle étudie actuellement les serpents et les araignées venimeuses de la Forêt atlantique. Elle est venue donner une conférence.

— Enchantée… J'ai honte de l'avouer, mais j'ai un peu peur des serpents, dit Amy en levant la paume de sa main, où deux petites cicatrices étaient encore visibles. Les serpents à sonnette nains sont assez courants en Floride. Les piscines aussi. Et les deux vont bien ensemble…

L'air préoccupé, Flávia lissa le devant de sa robe, puis sembla fixer un groupe de gens, dans l'assemblée.

— Oui, je connais cette espèce. Mais j'admets que les seuls serpents qui me dégoûtent vraiment sont ceux qui se tiennent sur deux pattes, se vantent des donations de leur *avô* à cet hôpital et passent le plus clair de leur temps à offenser leur prochain…

L'image de l'inconnu s'imposa de nouveau à Amy. Est-ce de lui que parlait Flávia ? Il lui avait semblé qu'elle regardait dans sa direction. Si c'était le cas, Amy devrait s'estimer heureuse de ne pas avoir à travailler avec lui !

Pourtant, son sourire avait plutôt l'air bienveillant. Mais les apparences pouvaient être trompeuses, comme elle l'avait découvert à ses dépens. Elle avait cru en effet que son dernier petit ami était très amoureux d'elle… Jusqu'à ce qu'il ne le soit plus et disparaisse sans explication.

Elle s'était alors juré ne plus avoir avec les hommes que des relations faciles et éphémères. De simples flirts, sans promesse ni engagement.

— Il y a de l'agitation, près du podium, dit Flávia, la tirant de ses réflexions. Le colloque va commencer. Logo até.

Alors qu'Amy hésitait à aller retrouver Krysta, on tapa sur le micro.

— Bienvenue à tous les participants à cette soirée d'ouverture…

L'anglais de l'orateur était excellent, et facilement compréhensible par les conférenciers venus du monde entier. Bien que sa mère fût brésilienne, Amy ne parlait qu'un portugais sommaire, mais comprenait presque tout ce qui était dit.

— Si vous ne l'avez pas encore fait, veuillez consulter le plan de table à l'entrée pour trouver votre place. Le dîner sera servi sous peu.

Amy prit une grande inspiration. Alors qu'elle se dirigeait vers le pupitre, à l'entrée de la salle, l'homme en noir apparut près d'elle. La jeune femme blonde qui l'accompagnait quelques instants auparavant avait disparu.

— Bonjour. Je suis Amy Woodell.

— Ah, c'est vous, notre kinésithérapeute ? Je me demandais où vous étiez.

— En effet. Suis-je la seule représentante de cette profession ?

— Oui. Je suis Roque Cardoza, le chef du service d'orthopédie. Nous allons travailler ensemble, semble-t-il.

Il jeta un coup d'œil au plan de table.

— Et nous serons aussi voisins de table. Vous venez ?

Travailler avec lui ? Et dîner en sa compagnie ? Oh ! non !

Elle cligna des yeux plusieurs fois, et s'exhorta au calme alors qu'ils se dirigeaient vers la table. Il tenait une canne dans la main gauche. S'était-il blessé ?

— C'est un plaisir de vous rencontrer. J'ai hâte de commencer à travailler avec vous.

Pour sa part, elle aurait préféré être ailleurs, tout à coup.

— Oui. Moi aussi, s'entendit-elle répondre.

Elle réprima un frisson. Son léger accent, sa façon de scruter son visage, tout en lui paraissait séduisant. Elle posa discrètement les yeux sur son annulaire. Il ne portait pas d'alliance, et pas de trace de bague non plus. Mais cela ne signifiait rien, songea-t-elle. Beaucoup de gens choisissaient de ne pas porter leur alliance.

Roque lui indiqua son siège et attendit qu'elle soit assise pour prendre place à son tour. Il n'avait pas utilisé la canne pour marcher et il ne portait pas de chaussures orthopédiques. De plus, il n'avait eu aucune difficulté à s'asseoir. En fait, il était…

Elle ignorait qui il était exactement. Sauf qu'il n'était pas son genre d'homme !

Pressée de chasser les pensées importunes qui l'assaillaient, elle tourna son attention vers sa voisine de droite, une spécialiste de médecine du sport venue de Londres, quand il demanda :

— Connaissez-vous la médecine du sport ?

— J'ai commencé à exercer la kinésithérapie dans un centre spécialisé dans les blessures sportives. Celles-ci sont difficiles, car la plupart des athlètes mobilisent beaucoup la zone du corps touchée afin de réaliser des performances. Il arrive qu'ils ne se rétablissent pas complètement.

— Oui, en effet, et ce quels que soient les soins prodigués, confirma Roque. Et…

Il s'interrompit au moment où le serveur déposa une assiette devant lui.

— On dirait des crevettes au lait de coco, comme ma mère en faisait, dit Amy.

— Votre mère est brésilienne ?

— Oui. Je crois qu'elle appelait ce plat *camarão no leite de coco.*

— Très bien. Vous parlez le portugais ?

— Pas couramment, hélas, mais je le comprends.

Il eut un geste rassurant de la main.

— Si vous comprenez la logique de cette langue, vous apprendrez vite, vous verrez.

— Je ne crois pas que je resterai ici assez longtemps pour faire beaucoup de progrès.

Elle n'était au Brésil que pour trois mois. Si elle rencontrait quelqu'un d'autre, un homme avec qui elle n'aurait pas à travailler, pourquoi ne pas s'amuser un peu ? Et, cette fois, elle n'attendrait rien. Rien de plus qu'un agréable interlude.

Sa mère avait rencontré son père alors qu'il était au Brésil pour affaires. Ils étaient tombés amoureux au premier regard et s'étaient mariés tout aussi vite. Elle avait tout quitté pour suivre l'homme qu'elle aimait. Quand il était mort brutalement, cinq ans plus tard, elle était restée en Floride pour pouvoir se rendre sur sa tombe où elle l'avait rejoint, bien des années plus tard…

— Si les responsables de l'hôpital découvrent que vous comprenez la langue, reprit Roque, je peux vous garantir qu'ils en profiteront.

— Ils n'en sauront rien. À moins que vous vendiez la mèche…

— Je pense que je n'aurai pas à le faire, Amy. Vous vous trahirez toute seule.

Il avait raison. Elle échouerait à garder secrète sa connaissance de la langue. En vérité, elle évitait de parler, de crainte de faire des erreurs. L'anglais de Roque n'était pas parfait, mais il le parlait quand même, soucieux de se faire comprendre.

Qu'aurait fait sa mère dans cette situation ? Elle se serait attaquée à cette barrière linguistique et l'aurait vaincue, comme elle l'avait fait lorsqu'elle avait épousé son père. Bien qu'elle ait toujours gardé son accent, elle parlait très bien l'anglais.

— Vous avez raison. Dans ce cas, je n'essaierai pas de le cacher !

Il lui adressa un léger sourire, qui la troubla au plus haut point. Prenant une profonde inspiration, elle goûta une bouchée de crevette afin de détourner son attention de son trop séduisant voisin. Sur le podium, un intervenant expliquait que les participants qui ne donnaient pas de conférences devraient suivre un membre du personnel pendant la première moitié de leur séjour et seraient autorisés à participer aux soins des patients.

C'était intéressant. D'après les informations qu'elle avait trouvées en ligne, Paulista pouvait aisément rivaliser avec n'importe quel hôpital américain.

— Les nouveaux arrivants trouveront sur leur table une enveloppe indiquant le nom du professionnel de santé référent. Qui sait ? Vous êtes peut-être déjà assis à côté de lui !

Les sens en alerte, Amy repéra l'enveloppe en question, mais attendit d'avoir terminé son assiette pour l'ouvrir… et sentit son cœur manquer un battement.

Oh ! mon Dieu ! Elle allait travailler en étroite collaboration… avec lui ! Pendant six semaines !

Roque se pencha vers elle et lui glissa à l'oreille :

— On dirait que vous allez être obligée de me supporter au-delà de ce dîner. Mais ne vous inquiétez pas. Je ne trahirai pas votre petit secret.

Son petit secret ?

À ces mots, elle se sentit rougir. Avait-il deviné qu'il lui plaisait ?

— Je… ne comprends pas de quoi vous voulez parler, balbutia-t-elle.

— Je ne dirai à personne que vous comprenez notre langue…

Il fronça les sourcils avant d'ajouter :

— Pourquoi ? Il y a un autre secret que je devrais connaître ?

— Non, non, répondit-elle d'un ton qu'elle espérait dégagé.

Elle réussit à terminer la succulente crème brûlée qu'on leur servit pour le dessert, puis tout le monde se leva, et des groupes se formèrent dans la grande salle, qui bruissait d'agitation.

Quand Roque se leva pour rejoindre son groupe de travail, sans s'aider de sa canne, elle le suivit.

Ce n'est que pour six semaines, Amy. Tu vas y arriver.

La médecin du sport se présenta sous le nom de Lara Smith. Ensuite un homme aux cheveux châtains vint serrer la main de Roque, puis la sienne.

— Je suis le Dr Peter Gunderfeld. Vous devez être le Dr Cardoza et le Dr Woodell ?

Tous les membres de son groupe étaient médecins, sauf elle.

— Juste Amy, pour moi, répondit-elle, saisie d'un malaise grandissant.

Pourquoi avait-elle pris la décision de venir au Brésil ? Ces personnes étaient toutes douées et brillaient dans leurs domaines respectifs. Au lieu de se lancer dans ce programme ambitieux, peut-être aurait-elle dû s'offrir des vacances à la campagne ?

— Appelez-moi Peter.

— Et moi, Lara.

— Roque…

Ils échangèrent quelques banalités sur leurs pays d'origine. Elle savait déjà que Lara venait d'Angleterre. Peter, lui, était de Munich, en Allemagne, tandis que Roque était originaire de Rio de Janeiro. Elle avait remarqué une différence entre son accent et celui de sa mère, native de Sao Paulo.

— Saviez-vous que le nom « Floride » vient du mot espagnol signifiant « fleuri » ? demanda Roque dans un sourire sur lequel elle s'efforça de ne pas s'attarder.

Elle hocha la tête. Elle brûlait de lui demander ce que signifiait son nom, mais elle se dit que ce serait peut-être un peu trop personnel.

Peter n'hésita pas à parler de sa vie privée, révélant qu'il était marié et père d'une fillette de deux ans.

— Il a dû être difficile de les laisser à la maison, commenta Lara.

— Oui, mais nous nous retrouverons ici, la dernière semaine de notre séjour, pour aller passer des vacances aux chutes d'Iguaçu.

— Bon choix, approuva Roque en se tournant vers Amy, Foz do Iguaçu vaut la peine d'être visité. J'espère que vous et Lara avez aussi pris quelques jours supplémentaires pour profiter de votre voyage ?

Elle n'avait pas vraiment pensé à cela. En fait, elle avait

déjà son billet de retour, mais peut-être était-il encore possible de changer les dates.

— Je suis déjà venue au Brésil plusieurs fois et je n'ai ni mari ni enfants, confia Lara à Peter. Je ne suis ici que pour assister à la conférence.

Roque n'avait pas fait de commentaires sur sa vie privée, et Amy n'avait pas l'intention de demander – ni de révéler – quoi que ce soit. Non seulement ce n'étaient pas ses affaires, mais elle ne voulait pas qu'il pense qu'elle s'intéressait à lui de cette façon.

Car cela n'était pas le cas.

Le frisson qu'elle sentait courir dans tout son corps en sa présence était un signe de nervosité, rien de plus. Si elle s'en tenait à des discussions strictement professionnelles, elle aurait moins de mal à refréner sa libido.

Peut-être avait-elle besoin, au contraire, de rencontrer un homme et de laisser libre cours à ses pulsions ? Il y avait longtemps qu'elle n'avait pas fait l'amour et…

Mais Roque n'était pas un partenaire potentiel, et plus tôt elle cesserait de fantasmer sur lui, mieux cela vaudrait.

Tendu, celui-ci consulta sa montre.

— Je dois me lever tôt demain. Connaissez-vous tous le chemin pour regagner votre chambre ?

— Oui. La résidence s'appelle Fonte Cristalina, n'est-ce pas ?

Amy avait déjà déposé ses bagages dans l'immeuble où l'hôpital les avait installés. Il n'était pas très luxueux, mais il était propre et offrait une vue magnifique sur la ville.

— Oui, confirma Roque. C'est à deux pas de Paulista. Retrouvons-nous dans le hall de l'hôpital à 8 heures demain matin, d'accord ?

— Très bien, dit Peter. Je vais aller appeler ma femme. À demain.

— Et moi, je vais retrouver un ami pour un dernier verre, ajouta Lara une seconde plus tard.

Amy resta plantée là, ne sachant que dire. Était-elle la seule à se sentir un peu perdue ?

Roque dut deviner ses pensées car il lui proposa :

— Voulez-vous que je vous dépose ?

— Oh ! non, merci, je peux prendre un taxi. Il y en a tout près, j'en suis sûre.

La foule dans le hall se faisant de plus en plus dense, il fit un pas de côté, tandis qu'Amy reculait pour laisser passer quelqu'un. Soudain, elle perçut un bruit d'étoffe déchirée.

Oh ! Oh ! non !

Le haut de sa robe ne tenait plus qu'à un fil ! Au moment où elle tentait de le retenir, la bretelle lui resta dans la main.

Roque fixa son épaule, avant de baisser les yeux vers son pied, qui écrasait l'ourlet de la robe.

— Oh ! Je suis désolé, Amy. Je n'ai pas fait attention. Je… Permettez-moi de vous raccompagner, pour me faire pardonner.

L'idée de sortir de l'hôtel à la hâte et cramponnée à la bretelle de sa robe ne la réjouissant guère, elle accepta d'un discret signe de tête.

— Merci. Pourriez-vous… me cacher une seconde ?

Il se posta devant elle, beaucoup, beaucoup plus près encore que quelques instants auparavant.

Le souffle court, elle ajouta :

— Pouvez-vous… vous tourner dans l'autre sens, maintenant ?

Un muscle de sa mâchoire se tendit, comme lorsqu'il avait découvert la liste des noms, mais il s'exécuta, la protégeant ainsi des regards indiscrets.

D'un geste habile, elle glissa la bretelle sous le bustier de sa robe, puis plaqua son bras droit sur sa poitrine et prit son sac à main.

— Vous pouvez vous retourner, maintenant.

— Je vous dédommagerai pour les dégâts que j'ai causés, bien sûr, promit-il. Je connais une très bonne couturière, qui travaillerait gratuitement.

Oh ! mon Dieu ! Et s'il était marié ? Elle l'imagina en train d'essayer d'expliquer à une épouse médusée qu'il avait pratiquement déshabillé une inconnue devant une assemblée de confrères…

— Je suis sûr que ce n'est pas…

— Ma mère est très douée pour la couture. Elle pourrait même reprendre l'ourlet, si vous le souhaitez. Sa boutique se trouve à son domicile.

— C'est un peu gênant, n'est-ce pas ? dit-elle en souriant.

— Non. Elle s'attend à ce que je sois un peu plus… maladroit qu'avant, expliqua-t-il en désignant sa canne du regard.

— Vous n'êtes pas maladroit. C'était un accident.

C'était même l'homme le plus élégant et le plus gracieux qu'elle ait rencontré depuis longtemps.

— Quoi qu'il en soit, j'insiste pour vous aider.

Amy comprit qu'il ne laisserait pas tomber.

— Demandez au moins à votre mère si elle est d'accord, avant de supposer qu'elle dira oui.

— Promis. Mais je sais qu'elle n'y verra pas d'inconvénient, dit-il avec un lent sourire qui la fit fondre. Laissez-moi faire ça pour vous, Amy. Ce n'est rien, je vous assure.

Ce n'était pas rien. Pas pour elle. Mais, si elle s'obstinait à refuser, il finirait par comprendre qu'il y avait autre chose derrière tout ça. Quelque chose qui suscitait sa méfiance à l'idée de travailler dans son équipe pendant les trois prochains mois.

Elle n'avait pas d'autre choix que d'accepter en espérant que, une fois la robe réparée, elle oublierait définitivement cet incident. Elle pourrait alors se concentrer sur les véritables raisons de sa venue au Brésil : renouer avec l'histoire de sa mère et retrouver son oncle. Et faire avancer sa carrière, bien sûr…

Et aucune de ces raisons n'impliquait un rapprochement avec l'homme qui se tenait devant elle.

2.

Qu'avait-il fait, bon sang ?

La kinésithérapeute qu'il avait tenté d'exclure de son équipe avait l'air très sympathique. Son air fragile l'avait touché, et il regrettait de ne pas avoir pu y résister. Par ailleurs, le service manquait de personnel en ce moment et il ne pouvait vraiment pas se passer d'une ressource supplémentaire…

Dire qu'il avait déchiré sa robe ! Et lorsqu'il s'était retrouvé face à elle, si proche qu'il la touchait presque, il aurait pu…

Rien du tout.

Cette maudite jambe ! Alors même que cette idée déplacée lui traversait l'esprit, une douleur fantôme lui irradia la cuisse.

Il appuya sur l'accélérateur. Le trajet jusqu'à l'appartement, situé à deux kilomètres à peine, lui semblait interminable, sans doute parce que le trafic était dense, mais aussi parce qu'il jetait de fréquents coups d'œil sur sa droite pour vérifier que le haut de sa robe n'avait pas glissé. Si cela se produisait, il devrait se préoccuper de sa santé mentale. Parce que lorsqu'il l'avait vue, dans cette pièce bondée, il s'était surpris à le souhaiter. Ce qui était ridicule. Et manquait singulièrement de professionnalisme.

Enfin, ils arrivèrent, et Roque tapa le code pour ouvrir la lourde porte du garage, qui se referma doucement derrière sa Mercedes, créant une étrange intimité entre eux.

Il s'efforça de dire quelque chose dans l'espoir qu'elle ne devinerait pas que ses pensées s'égaraient.

— L'hôpital a acheté plusieurs appartements dans cet immeuble pour les médecins en visite ou les patients VIP venant d'autres régions du pays.

— C'est une bonne idée.

— Voulez-vous que j'attende pendant que vous enlevez votre robe ?

— Excusez-moi ?

Un signal d'alarme se déclencha dans sa tête, que son corps ignora.

— Je ne voulais pas dire dans la voiture, bégaya-t-il, mais chez vous. Vous pourriez me la rapporter, à moins que vous ne préfériez l'apporter à l'hôpital.

Elle hésita.

— Pourquoi ne viendriez-vous pas à l'appartement ? Je pourrais vous la donner là-bas. Mais il n'est vraiment pas nécessaire que votre mère la répare, vous savez.

— J'insiste… Si vous êtes d'accord, je monte. Cela vous évitera de revenir jusqu'ici.

Pourquoi diable s'était-il proposé de faire cela ? Ne serait-il pas préférable de l'avoir bientôt hors de sa vue ?

— Très bien.

Quand il se pencha pour l'aider à défaire sa ceinture de sécurité, Roque frôla son bras nu et perçut un léger parfum floral qui semblait imprégner sa peau.

— Attendez-moi ici.

Il prit sa canne et contourna la voiture pour aller lui ouvrir la portière.

— Pouvez-vous sortir toute seule ?

Deus do céu, il espérait qu'elle le pourrait !

Elle sortit ses jambes de la voiture et posa les pieds sur le sol, mais sa voiture au châssis assez bas ne lui facilitait pas la tâche.

— Donnez-moi votre main.

Elle le laissa faire, et il nota que sa main ferme et chaude s'attardait dans la sienne.

— Merci…

Elle le suivit jusqu'à l'ascenseur. Sa démarche lui parut encore un peu hésitante, mais il ne se servit pas de sa canne pour autant. Après tout, pourquoi aurait-il eu honte de son léger boitillement ?

Et quand il avait marché sur sa robe, avait-il été fier de lui ? S'il s'était servi de sa canne, il aurait sans doute pu éviter ce regrettable incident…

— Vous vous êtes blessé au pied ?

Sa question était venue de nulle part, semblant faire écho à ses propres pensées, lorsque les portes de l'ascenseur s'ouvrirent.

— À quel étage êtes-vous ?

Il s'arrêta un instant pour tenter de rassembler ses pensées.

— Au quatrième… Je suis désolée. Je n'aurais pas dû vous poser cette question.

— Non, pas de problème.

Il appuya sur le bouton correspondant à son étage, et s'adossa à la paroi de l'ascenseur pour la regarder. Son bras était pressé contre le décolleté de sa robe, et il remarqua deux petites cicatrices sur sa main.

Il s'efforça à revenir à sa question.

— Ma blessure… Il semble que je ne sois pas seulement doué pour trébucher sur les robes, mais aussi sur mes propres pieds. C'est une vieille blessure de sport.

— Quel sport ? demanda-t-elle en promenant négligemment son regard sur son torse, ses bras…

La gorge sèche, il répondit.

— *Futebol*.

— Avez-vous suivi des séances de kiné ?

Sa question lui fit l'effet d'un seau d'eau glacée en plein visage. Si seulement elle savait ! Oui, il avait suivi des séances de kiné. Et bien d'autres thérapies encore.

Tout cela n'avait suffi qu'à le torturer, à renforcer son sentiment d'échec, à mettre du sel sur ses plaies béantes. De plus, il avait l'impression que toutes les femmes qu'il rencontrait pensaient pouvoir le soigner et le remettre sur pied comme par magie.

Il serra la mâchoire à se faire mal.

— Me proposez-vous vos services, Amy ? lâcha-t-il d'un ton sec.

Comprenant aussitôt qu'elle avait franchi les limites, Amy répondit :

— Non. Je suis désolée. Vous êtes orthopédiste. J'imagine que vous avez tout essayé.

— C'est une blessure ancienne. Et permanente. Et ce résultat est le seul que vous, et tous les autres, obtiendrez jamais. Toutes les thérapies du monde n'y changeront rien.

Diabos. Pourquoi avait-il lancé cette attaque ? Elle essayait de l'aider. Elle n'était pas comme son ex-thérapeute ou l'une de ces femmes avec qui il était sorti et qui avaient montré un intérêt morbide pour sa jambe endommagée.

Il s'approcha et toucha sa main.

— Excusez-moi. Ce n'est pas ce que je voulais dire…

Ils arrivèrent au quatrième étage avant qu'il ne puisse s'expliquer davantage. Elle sortit à la hâte et enfonça sa clé dans la serrure de la porte la plus proche, sans résultat. Elle la retira et essaya de nouveau.

— C'est bizarre. Cela fonctionnait, tout à l'heure. Je ne sais pas pourquoi ce n'est pas…

La porte s'ouvrit soudain sur Lara, et Amy recula d'un pas.

— Je suis vraiment désolée. J'ai dû me tromper. Cette clé porte le numéro 402. Je ne suis venue ici qu'une seule fois.

Roque remarqua le regard perplexe de Lara, qui devait se demander ce qu'il faisait là.

Tout comme lui, d'ailleurs.

Devait-il lui fournir une explication ? Lui avouer qu'il

avait failli arracher la robe d'Amy durant la réception ? Probablement pas, car, présentés ainsi, les faits seraient encore plus accablants !

— Il n'y avait plus de taxi…

Amy avait menti avec aplomb. De toute évidence, elle n'était pas plus désireuse que lui de donner la véritable raison de sa visite. Mais, en réalité, cet argument ne tenait pas : il y avait toute une flotte de taxis garés devant le lieu de la réception, et, même dans le cas contraire, cela n'expliquait pas pourquoi il était monté dans l'ascenseur avec elle.

Il vit la poitrine d'Amy se soulever légèrement sous l'effet d'une profonde inspiration.

— J'ai déchiré la bretelle de ma robe et comme la mère de Roque est couturière professionnelle, il va lui demander de la recoudre.

Il cligna des yeux. Elle avait fourni des détails. Pourquoi ?

— Oh ! c'est très gentil de sa part, murmura Lara.

— Désolée de t'avoir dérangée, ajouta Amy. À demain matin.

Lara leur sourit et leur souhaita bonne nuit, avant de refermer la porte, les laissant seuls dans le couloir.

Roque ne put s'empêcher de sourire

— Je n'avais encore jamais vu quelqu'un qui puisse faire passer ainsi la vérité pour un mensonge.

Quand elle se retourna pour le regarder, elle avait pâli. Elle murmura :

— Cela vous est égal qu'elle puisse penser que nous sommes venus ici pour…

Il n'était pas prêt à admettre qu'il y avait lui-même songé.

— Euh… Non, vraiment pas. Je ne m'inquiète pas de ce que les gens pensent de moi.

Du moins n'était-ce pas le cas jusqu'à… un instant plus tôt, quand il avait vu son regard affolé.

— Ma mère était comme ça. Cela doit être assez libérateur.

— Libérateur ? Comment ça ?

Sans répondre, Amy vérifia le numéro d'une porte voisine et inséra sa clé dans la serrure. Cette fois-ci, elle s'ouvrit sans difficulté sur un couloir tapissé de blanc et qui donnait sur un petit salon.

Roque entra derrière elle et observa les lieux.

— Faites comme chez vous. Je vais juste aller me changer. Il n'y a pas grand-chose dans le réfrigérateur, puisque je n'ai pas encore fait les courses.

— Merci, je n'ai besoin de rien.

Il remarqua que l'une de ses valises posées dans le salon était grande ouverte. En apercevant de jolis slips roses en dentelle qui en dépassaient, il sentit revenir en force les pensées importunes qu'il avait bannies plus tôt, suivies cette fois d'une manifestation toute physique de son excitation…

Quand elle revint, elle se précipita et referma rapidement sa valise sur les sous-vêtements incriminés. Hélas, elle ne pouvait pas contenir de la même manière la question qui lui venait à l'esprit : quelles autres merveilles interdites avait-elle cachées dans ses bagages ?

Elle fit rouler une valise jusque dans la chambre, puis referma la porte.

Ses slips !

Elle s'appuya au battant et, mortifiée, ferma les yeux.

Oh ! mon Dieu ! Quelques minutes à peine après qu'une voisine – et collègue – les eut surpris ensemble, voici qu'elle exhibait sans le vouloir ses dessous ! Et cela sous les yeux stupéfaits de Roque, avec qui elle devait travailler tous les jours, pendant au moins un mois et demi !

Certes, elle avait laissé sa valise ouverte, mais elle ne s'attendait pas à avoir un homme dans son appartement dès sa première nuit ! songea-t-elle avec ironie.

Roque ne se souciait pas de ce que les gens pensaient,

mais elle, si. Beaucoup trop, même. Et elle ne voulait surtout pas qu'on raconte qu'elle avait amené une conquête – qui n'était autre que son supérieur – dans l'un des appartements loués par l'hôpital !

Ouvrant les yeux, elle se dirigea vers le lit et y posa sa valise en la soulevant d'une seule main. C'était ridicule, songea-t-elle alors. Il ne pouvait pas la voir, en ce moment. Elle lâcha donc sa robe, et le haut de son bustier glissa jusqu'à sa taille. Elle attrapa un pantalon de yoga et un T-shirt ample, puis ouvrit la fermeture latérale de sa robe pour la retirer complètement.

Voilà, tu es contente, maintenant ?

Elle ramassa la robe et la jeta sur le lit d'un geste rageur.

Elle fouilla dans son sac à la recherche de son soutien-gorge. Elle l'avait porté durant le vol, et il devait être ici quelque part. À moins qu'elle ne l'ait fourré par erreur dans l'autre valise, restée dans le salon ?

Ah, oui, elle se souvenait, maintenant ! Elle l'avait laissé dans la salle de bains lorsqu'elle s'était changée pour la fête, puisqu'elle n'en avait pas eu besoin pour la robe. Mais elle n'allait pas aller le chercher dans le salon, alors que Roque était là ! Ce serait presque pire que de lui avoir montré ses sous-vêtements. Et… Si elle se faisait des idées ? se demanda-t-elle soudain, pleine d'espoir. S'il n'avait rien remarqué ?

Si, il avait très bien vu : elle avait surpris ses yeux rivés sur ses petites culottes.

Alors, que faire ? Elle avait toujours eu une petite poitrine. Cela l'avait beaucoup complexée à l'adolescence mais en cet instant elle s'en réjouissait. Après avoir enfilé le T-shirt noir trop grand pour elle, elle se regarda dans le miroir et décida que, à moins de fixer son buste, on ne remarquait rien.

Alors elle remonta son pantalon de yoga sur ses hanches et glissa ses pieds dans une paire de tongs, avant de retirer le peigne fantaisie qui retenait ses cheveux.

« Je ne m'inquiète pas de ce que les gens pensent de moi. » N'était-ce pas ce qu'il avait dit ?

Elle ferait bien de s'en inspirer… Elle secoua ses cheveux, puis plia sa robe et la mit dans un petit sac en papier. Elle était prête.

Prenant une profonde inspiration, elle ouvrit la porte et entra dans le salon d'une démarche qu'elle espérait nonchalante. Mais, dès qu'elle le vit, elle regretta d'avoir accepté de lui confier sa robe. Il était confortablement installé sur son canapé, les deux bras croisés derrière la tête, aussi à l'aise dans son costume sombre que lorsqu'il était arrivé à la réception. Elle, en revanche…

Assez ! Arrête de te soucier de ce que les gens pensent de toi.

Elle sentit son regard sur ses cheveux, puis sur le sac qu'elle tenait à la main.

— C'est ça ?

— Oui, dit-elle en le lui tendant. Merci encore.

— Pour avoir déchiré votre robe ?

Peut-être… Se pouvait-il que cette petite mésaventure ait permis de briser la glace ?

— Vous êtes assez intimidant, vous le saviez ?

Il secoua la tête.

— Non, pas vraiment.

— Je pense que même Peter et Lara l'ont ressenti.

Mais il n'était pas intimidant au sens péjoratif du terme, comme l'avait suggéré Flávia, évoquant carrément une sorte d'arrogance.

— Je vous promets d'y travailler, déclara-t-il.

Comme il se levait et s'approchait d'elle, elle sentit de nouveau un étrange frisson courir sur sa peau et ses seins se tendre, tandis qu'un tourbillon de sensations délicieuses envahissait son corps tout entier. Elle dut lutter contre l'envie soudain de ramener son bras sur sa poitrine pour se protéger, comme elle l'avait fait quand la bretelle de sa robe avait cédé.

— Vous n'avez pas à travailler sur quoi que ce soit. Je suis sûr que cela est une question de sensibilité personnelle, de perception… Presque tout m'intimide en ce moment.

— Ne soyez pas intimidée, Amy. Vous verrez que les Brésiliens sont assez *amigáveis*.

— Je sais qu'ils sont amicaux. Ce n'est pas ce que je voulais dire.

— Que vouliez-vous dire, alors ?

— Je n'en sais rien. Je me sens juste un peu mal à l'aise. Toutes les personnes que j'ai rencontrées sont soit médecins soit experts dans leur domaine.

— Vous êtes experte dans votre domaine, vous aussi, sinon vous ne seriez pas là.

Elle n'avait pas songé à cela. Elle avait entendu dire que la sélection des participants à cet échange était difficile et avait été surprise d'y être admise – même si elle avait pris la place d'un candidat démissionnaire.

— Eh bien, merci. Mais… pas vraiment, en réalité.

— Ne vous sous-estimez pas. L'équipe a décidé que vous étiez faite pour ce poste.

— L'équipe ? répéta-t-elle. Mais pas vous ?

— Les chefs de service reçoivent une liste de candidats présélectionnés… Votre nom y figurait.

Il éludait la question.

— Mais je n'ai été inscrite qu'à la faveur d'une défection, n'est-ce pas ?

— Il n'y a pas eu de défection. Le comité a essayé de trouver le poste le mieux adapté à votre profil. Et comme le service de kinésithérapie a cruellement besoin de praticiens en ce moment, vous travaillerez avec moi pendant les deux prochains mois. J'ai failli refuser, jusqu'à ce que je lise l'un de vos dossiers, qui m'a fait changer d'avis.

Il avait failli refuser de travailler avec elle ? S'il l'avait fait, elle serait toujours aux États-Unis. Elle ne voulait pas qu'il voie à quel point elle était vexée.

Il a changé d'avis, Amy. Cela n'est pas rien.

— Quel dossier ? demanda-t-elle d'un ton dégagé.

— Le patient atteint de spina bifida qui a ensuite pratiqué les arts martiaux.

Bobby Sellers… Elle avait failli ne pas l'inclure, car il n'avait pas été la réussite éclatante recherchée par l'hôpital. Mais ce patient l'avait émue. Et lorsqu'il lui avait confié avoir toujours voulu casser une planche au tae kwon do, une discipline à laquelle la mère d'Amy l'avait initiée très tôt, il avait touché en elle une corde sensible. Et elle l'avait aidé à travailler dans ce sens, allant même jusqu'à assister à la démonstration d'arts martiaux où Bobby avait en effet réussi à casser une planche. Elle en avait eu les larmes aux yeux.

— Mais pourquoi avoir retenu précisément ce dossier ? demanda-t-elle, curieuse.

— Parce qu'il prouve votre capacité à vous aventurer hors des sentiers battus, à oser, au lieu de vous en tenir aux pratiques habituelles. Vous avez légèrement modifié le plan de traitement du médecin prescripteur pour y inclure les objectifs de vie personnels de votre patient. C'est exactement ce que je veux voir à Paulista. Les choses ne suivent pas toujours une ligne prédéfinie. La médecine n'est pas une science exacte, mais une science humaine.

— J'en suis persuadée, en effet. Nous devons considérer les patients dans leur ensemble, et non comme la somme de leurs symptômes. Nous devons les aider à s'adapter et à changer lorsque l'organisme ne coopère pas.

Il sourit et se leva en s'aidant de sa canne.

— Il faut que je rentre, maintenant. J'ai beau me moquer de ce que les gens pensent, j'ai le sentiment que ce n'est pas votre cas. Et puisque le Dr Smith sait que je suis ici, dans votre appartement…

Oui, il était temps qu'il s'en aille, mais pas à cause de Lara Smith. Ou du fait que le morceau de dentelle rose qui dépassait de sa valise allait le hanter pendant des jours. Il était presque sûr qu'elle ne portait pas de soutien-gorge sous ce T-shirt. Mais ce n'était rien de tout cela qui le poussait à rendre congé. Quand ils avaient parlé de la façon dont elle avait été admise dans le programme d'échange, il l'avait sentie très vulnérable, comme si elle ne ressentait pas sa présence ici comme légitime – un sentiment qu'il avait sans doute alimenté en se montrant parfaitement honnête envers elle. Pourtant, il n'aurait pas voulu travailler avec quelqu'un comme la kinésithérapeute qui lui avait été assignée après son opération. Il ne voulait pas de quelqu'un qui le « répare », mais d'une personne raisonnable, capable de fixer à ses patients des objectifs réalistes. En fin de compte, Roque n'aurait pas donné son accord si la candidate n'avait pas rempli cette condition. Ses patients étaient trop importants pour qu'il se montre négligent sur ce point.

Hélas, il avait commis une maladresse en marchant sur la robe d'Amy. Il n'avait certes pas la coordination qu'il avait à l'époque où il jouait pour Chutegol, son club de football. Mais sa blessure avait entraîné des lésions musculaires et nerveuses et, même si la longue cicatrice, sur la face externe de sa cuisse, ne le laissait pas deviner, les dommages aux structures sous-jacentes avaient mis fin à sa carrière de footballeur. Heureusement, il avait gagné assez d'argent pendant ses cinq années de présence sur le terrain pour financer ses études de médecine.

— Eh bien, merci d'être venu…

La voix d'Amy interrompit le fil de ses pensées, et il leva les yeux vers elle, en évitant soigneusement de regarder sa poitrine.

— Je vous tiendrai au courant, pour la robe, conclut-il en désignant le sac qu'il tenait à la main.

Sa mère serait heureuse de la réparer pour elle. Mais elle poserait sans doute une ou deux questions et chercherait à savoir ce que cette jeune femme représentait pour lui…

Pendant ses années de gloire, quand il était joueur, les femmes se jetaient littéralement dans ses bras. Puis, après son accident et la rupture tragique de ses fiançailles, sa kinésithérapeute avait tenté de le séduire, ce qui l'avait perturbé, l'amenant à se demander si quelqu'un pouvait vraiment s'intéresser à lui pour ce qu'il était : un homme d'origine modeste qui avait travaillé dur pour réussir. À partir de ce moment, il s'en était tenu à des relations brèves et très superficielles, fuyant toutes les femmes qui se mettaient en tête de « régler » ce qu'elles croyaient être son problème.

Alors, oui, sa mère lui posait des questions, et il la comprenait.

Mais Roque, s'il tentait toujours de réparer les erreurs qu'il avait commises, évitait de s'attarder sur celles qu'il ne pouvait pas réparer.

— C'est ma faute, si vous avez marché sur ma robe, reprit Amy, alors ne vous en souciez pas. Comme je vous l'ai dit, elle était trop longue, et je n'aurais pas dû la porter.

Comme l'image d'Amy, son avant-bras serré sur sa poitrine pour empêcher le bustier de tomber, lui revenait en mémoire, il se demanda soudain si tous ses sous-vêtements étaient roses, et si elle portait toujours de la dentelle…

Son téléphone vibra dans sa poche, chassant ses pensées importunes. En consultant l'écran, il fronça les sourcils. Enzo Dos Santos ? Il n'avait pas eu de nouvelles du président du club de football depuis des lustres, si ce n'est un petit mot lui indiquant qu'il avait été opéré d'une lésion cancéreuse de la mâchoire. Les choses s'étaient-elles dégradées ? Il ne décrocha pas et se promit de rappeler son ami une fois revenu à la voiture.

— À demain matin, alors…, dit-il à la hâte, avant de se diriger vers les ascenseurs, sans se retourner.

3.

Il lui avait donné le choix : prendre sa matinée ou assister à une opération urgente du tendon d'Achille.

Le choix avait été facile. Et elle s'était préparée pour la chirurgie.

Le masque la gênait un peu, mais c'était aussi une expérience intéressante et elle comprenait mieux maintenant pourquoi on disait que les yeux étaient la fenêtre de l'âme.

Roque la regarda, les sourcils levés.

— Êtes-vous sûre de vouloir assister à cette intervention ?

— Absolument, répondit-elle, tout en se demandant pourquoi Lara et Peter n'étaient pas présents au bloc.

Peut-être parce qu'ils avaient déjà assisté à de nombreuses interventions chirurgicales, et qu'une rupture complète du tendon était un cas assez banal à leurs yeux. Mais ce n'était pas le cas pour elle, et cela lui donnerait un aperçu de ce qui se passait avant qu'un patient n'arrive sur sa table de kinésithérapie.

— Si vous avez des questions, faites-le moi savoir, car je parlerai en portugais dès que nous commencerons. Je vais faire une réparation percutanée plutôt que d'ouvrir sa jambe, pour réduire le risque d'infection.

— Et si vous devez greffer une partie du tendon ?

Il eut l'air surpris.

— Bonne question. Je ne crois pas que ce sera nécessaire, car ce cas est assez simple. Si les extrémités du tendon étaient déchiquetées, j'ouvrirais la jambe et je rabattrais une partie du gastrocnêmio…

— Le muscle gastrocnémien ?

— Oui, c'est ça.

Elle déglutit avec peine quand les coins de ses yeux se plissèrent au-dessus du masque. Comme elle ne voyait pas le reste de son visage, elle devait observer attentivement son regard pour déchiffrer ses émotions, ce qui exacerbait ses propres sens.

— Nous utiliserions une partie de ce tissu pour renforcer la réparation. Pour éviter que le tendon se rompe une seconde fois.

— Mais vous n'en aurez pas besoin cette fois-ci ?

— Non. Ce patient est jeune et en bonne santé. Il devrait pouvoir retourner jouer au football, une fois la blessure cicatrisée complètement.

Il jeta un coup d'œil dans la salle de chirurgie où les autres membres du personnel semblaient attendre un signal de sa part.

— Commençons. Vous pouvez poser d'autres questions au fur et à mesure.

Elle répondit d'un signe de tête rapide.

Roque s'approcha du patient, déjà préparé pour l'opération et sous anesthésie générale. Il lui fit signe de le rejoindre, tandis qu'une infirmière se tenait de l'autre côté, avec un plateau chargé d'instruments chirurgicaux. Amy le regarda pratiquer deux petites incisions de chaque côté de la jambe, puis utiliser des pinces pour les agrandir légèrement. Il fit un commentaire en portugais, qu'elle fut surprise de comprendre presque entièrement.

— Je vais placer des sutures sous la peau, en attrapant la partie supérieure du tendon pour le tirer vers le bas afin de rejoindre l'autre moitié.

Il fit passer l'aiguille dans la première des incisions et la fit sortir par la seconde, puis répéta le processus jusqu'à ce qu'il atteigne l'autre extrémité du tendon. Ses gestes étaient sûrs et précis, ses longs doigts dansant presque sur la peau de son patient.

— C'est fini…

Amy jeta un coup d'œil à l'horloge, stupéfaite de constater qu'il ne s'était écoulé qu'une dizaine de minutes depuis le début de l'intervention. La procédure avait été beaucoup plus simple qu'elle ne l'avait cru. Il avait trouvé le tendon sous la peau sans aucun matériel d'imagerie, et sans hésiter un seul instant. Combien d'opérations de ce genre avait-il pratiquées au cours de sa carrière ? Assez pour être très à l'aise, en tout cas.

Roque tirait sur les deux extrémités de la ligne de suture, et elle pouvait presque voir les extrémités du tendon se resserrer sous la peau du patient.

— Ces sutures sont résorbables, alors que les points que je mettrai à l'extérieur devront être enlevés.

Une fois les points de suture internes terminés, on lui tendit une autre aiguille avec laquelle il ferma chacune des incisions pratiquées dans la peau.

Il leva les yeux vers elle.

— Voilà, c'est terminé. Pas très excitant, n'est-ce pas ?

Si, au contraire, mais pas dans le sens qu'il croyait. Les yeux de Roque étaient bruns mais, quand il portait sa blouse blanche, ils prenaient une teinte ambrée qu'elle n'avait pas remarquée la veille. Sans doute parce qu'elle avait été trop occupée à observer l'homme dans son ensemble plutôt que de fixer son attention sur une petite partie de lui…

Mais ce n'était pas du tout le moment de se laisser distraire par ce genre de pensées, songea-t-elle, mortifiée. Il attendait une réponse professionnelle de sa part, et elle devait la lui donner sans tarder…

— Merci de m'avoir laissée assister à cette opération en tant qu'observatrice. J'ai traité plusieurs patients ayant subi une rupture du tendon d'Achille ou atteints du syndrome de Haglund. La guérison est longue et difficile…

Il acquiesça de la tête, puis retira son masque et remercia son équipe avant de répondre. Amy remarqua alors une petite fossette, sur sa joue gauche.

— En effet, le processus est long. Andreu, notre patient, ne pourra pas jouer pendant six mois et devra porter une attelle pendant plusieurs semaines.

Elle soupira.

— Six mois peuvent paraître une éternité pour quelqu'un d'aussi jeune.

— Oui, mais au moins il obtiendra un bon résultat, lui.

Ces paroles lui firent mal, car elle avait saisi sans peine à qui il faisait référence.

Alors qu'il se dirigeait vers le fond de la pièce, ses pas lui parurent un peu plus lents, et la claudication qu'elle avait remarquée la veille plus prononcée. Il avait laissé sa canne dehors, probablement pour éviter de contaminer le bloc opératoire. Elle faillit lui proposer d'aller la lui chercher mais, comme personne dans la salle ne s'était porté volontaire, elle se dit que c'était peut-être un sujet délicat. En tant que kinésithérapeute, elle savait que plus les gens pouvaient faire de mouvements par eux-mêmes, mieux cela valait.

Soudain, une question lui vint.

— C'était votre première opération de la journée ?

— Non, ma troisième.

Elle retira son masque et ses gants, les jeta dans la poubelle, près de la porte, et consulta l'horloge, sur le mur.

— Mais… Il est à peine huit heures et demie !

— Il y a eu un accident de mototaxi au petit matin. Le conducteur et son passager ont tous deux subi des blessures multiples.

Sa spécialité était la médecine du sport, mais il s'occupait aussi d'opérations orthopédiques plus classiques.

— Est-ce qu'ils vont bien ?

— Le passager s'en sortira, mais le conducteur…

Il secoua la tête.

— C'est terrible. Ma mère prétend que les motards vivent dangereusement ici, mais je suis sûr que c'est vrai partout.

— C'est très vrai ici, en effet.

Il poussa la porte, prit sa canne et s'y appuya quelques instants.

— Vous voulez prendre un café ? Peter et Lara ne seront pas là avant midi, et j'ai une longue journée devant moi.

— Je peux me débrouiller seule, si vous avez besoin d'aller faire une sieste de chat.

— Une sieste ? répéta-t-il avec un sourire. Il y a bien longtemps que je n'avais pas entendu ce mot ! Mais pourquoi « de chat » ?

— Sans doute parce que ces animaux font de petits sommes réguliers. Le chat que nous avions quand j'étais petite dormait beaucoup, répondit-elle en souriant.

— Le mien fait la même chose.

Il avait un chat ?

Elle était surprise, car elle ne l'imaginait pas comme une personne à chat, même si elle ne savait pas trop pourquoi. L'imaginer en train de parler à un félin boudeur la fit sourire. Un sourire qui s'évanouit rapidement sous son regard soupçonneux.

— Qu'y a-t-il de drôle ?

— Rien. Je suis juste surprise que vous ayez un chat.

— Oui. Moi aussi. Je… Disons que je l'ai hérité de quelqu'un.

— De vos parents ?

Le chat de son enfance, Tabby, était mort peu de temps après le décès de sa mère, qui l'avait adoré.

— Non. Il n'appartenait pas à mes parents.

— Je suis désolée. Je n'aurais pas dû demander, s'excusa Amy, devinant à son expression soudain sombre qu'elle venait de commettre une gaffe.

— Pas de problème. Ma fiancée considérait Rachel comme son chat. Mais quand nous avons rompu… Eh bien, disons qu'elle s'est soudain découvert des allergies. Alors le chat est resté avec moi.

Les allergies avaient-elles pu jouer un rôle dans la rupture ? Non, cela n'avait pas de sens. Soit sa petite amie l'avait trompé, soit elle avait rencontré quelqu'un d'autre peu de temps après leur séparation, et…

Arrête de spéculer, Amy.

Hélas, la façon abrupte dont il avait évoqué la fin de cette relation suggérait que les choses ne s'étaient pas déroulées sans heurts.

— Eh bien, je suis contente que vous n'ayez pas emmené le chat dans un refuge.

— Il y a très peu de refuges ici. Mais je ne l'aurais pas fait de toute façon. Rachel était un chat errant, mais elle s'est très bien adaptée à la vie en appartement.

Et Roque s'était manifestement très bien habitué à vivre avec un chat. L'imaginer accroupi, en train de nourrir et de réconforter un chaton apeuré, fit monter en elle une vague d'émotion. Elle avait toujours eu un faible pour les hommes qui traitaient bien les animaux. Et qui appelaient leur chat Rachel…

À moins que cela n'ait été une idée de sa fiancée. Elle se surprit à lui poser la question.

— Comment avez-vous choisi son nom ?

— C'était le titre d'une série américaine que ma fiancée adorait. Cela se passait dans un café.

Elle avait regardé tous les épisodes, avec sa mère.

— C'est un classique, en effet. Vous l'avez vu ?

— Je ne pouvais pas vraiment l'éviter, répondit-il, tandis que sa mâchoire se crispait de nouveau.

Heureusement, ils arrivaient à la cafétéria de l'hôpital, si bien décorée qu'elle aurait pu rivaliser avec celle de la série télé.

— Ça a l'air sympathique, ici.

— Que voulez-vous boire ?

— Je vais commander…

— C'est l'hôpital qui vous invite.

Elle ne se souvenait pas que les pauses-café étaient prises en charge par l'établissement.

— Un latte vanille allégé, s'il vous plaît.

Le voyant hésiter, elle expliqua :

— C'est un café au lait écrémé aromatisé à la vanille… Comment dit-on cela, en brésilien ?

— *Leite desnatada…*

Roque alla passer leur commande au comptoir, tandis qu'elle cherchait une table dans un coin tranquille. Avec ses confortables fauteuils qui entouraient une table basse en bois, l'endroit avait l'air d'un salon où l'on se réunissait entre amis pour bavarder.

Non qu'elle et Roque fussent amis, ou davantage que de simples connaissances. Il était chargé de s'occuper d'elle, ainsi que de Lara et de Peter, pendant au moins deux mois, ce qui, à en juger par la lenteur avec laquelle s'était déroulée cette deuxième journée, lui paraissait une éternité.

Se laissant tomber dans son siège avec un soupir, Amy regarda autour d'elle. Installée au rez-de-chaussée de l'hôpital, dans un lieu de passage, la cafétéria était fréquentée par de nombreux étudiants en blouse blanche. À la table voisine, l'un d'eux présentait à ses camarades les équipements de l'hôpital. Il y avait aussi un couple d'amoureux, qui échangeaient de longs regards sensuels…

En les regardant, Amy sentit son cœur se serrer douloureusement. Sa dernière relation l'avait rendue méfiante, et elle n'avait pas du tout l'intention de s'engager dans une histoire vouée à l'échec pendant son séjour à Sao Paulo.

Ce qui ne l'empêchait pas de s'accorder une aventure sans lendemain, n'est-ce pas ?

Soudain, Roque revint avec une tasse d'expresso, un grand verre rempli d'un liquide clair et une petite bouteille d'eau gazeuse.

— Café *com leite desnatada e baunilha…*

Il lui tendit son verre, ainsi que les deux petits biscuits qui l'accompagnaient, et prit place dans un fauteuil après avoir posé sa canne contre le mur.

— Parfois, vous vous en servez et parfois vous l'oubliez, dit-elle, en se reprochant aussitôt d'avoir de nouveau évoqué ce sujet.

— Ma jambe se fatigue vite, et j'ai souvent des crampes. Après la réduction de la fracture du fémur, j'ai développé une infection qui m'a fait perdre une partie du muscle. Ça ne me dérange pas tant que ça, mais soit j'accepte d'utiliser la canne, soit je tombe la tête la première de temps en temps…

— Désolée, je ne sais pas pourquoi je vous parle de ça. Ce ne sont pas mes affaires.

— Vous êtes curieuse. C'est naturel. Croyez-moi, je n'aurai aucun problème à vous le dire si vous dépassez les bornes.

Si elle cherchait à en savoir plus sur sa fiancée, par exemple ? Quel genre de femme aimait Roque ? Non, non ! Elle ne voulait rien savoir de leur relation, ni des raisons de son échec. Elle était presque sûre qu'il la remettrait très vite à sa place si elle lui posait la moindre question à ce sujet, ce qui ne l'empêchait pas d'en mourir d'envie…

Elle prit une gorgée de café et se concentra sur le goût. Il était délicieux, avec des arômes suaves et riches qui se mariaient à merveille avec le lait et la vanille.

— Hum, c'est très bon.

C'était peut-être dû à la présentation, ou à l'épaisse couche de mousse, sur le dessus. En tout cas, cette boisson était bien meilleure que ce qu'elle avait l'habitude de boire chez elle. Ou peut-être était-ce simplement le fait de boire du café au Brésil ? Elle avait rêvé si longtemps de venir dans ce pays !

Tout à coup, il tendit la main, et l'un de ses longs doigts effleura le coin de sa bouche.

— Vous avez quelque chose, là… *Espuma.*

Oh ! La mousse du lait. Elle se passa la langue sur les lèvres.

— C'est parti ?

Elle le vit déglutir avec peine tandis qu'il levait les yeux vers elle. Elle soutint son regard pendant un long moment, puis, enfin, il articula :

— Oui…

Sa voix avait un timbre étrange, presque nostalgique. Pourtant, il ne semblait pas être le genre d'homme à regarder en arrière…

Roque prit une bouchée de biscuit, tandis qu'elle demandait :

— Avez-vous d'autres opérations prévues aujourd'hui ?

— Plus tard. Je dois d'abord m'occuper de mon patient motard et de celui que je viens d'opérer du tendon d'Achille. Vous pouvez m'accompagner, si vous le souhaitez, proposa-t-il avant de finir son café.

Le pronostic vital d'un de ses patients était engagé, d'après ce qu'il avait laissé entendre, et il devait être épuisé émotionnellement. Elle secoua la tête.

— Je pense que je vais visiter l'hôpital, si cela vous convient. Nous nous reverrons à midi, quand Lara et Peter arriveront. Où voulez-vous que nous nous retrouvions ?

— Pourquoi pas ici ? dit-il en jetant un coup d'œil à sa montre. Je vais voir mes patients, et ensuite je pourrais faire cette sieste dont vous avez parlé.

Elle sourit, et, pour la première fois depuis longtemps, se sentit légère, insouciante.

— Vous avez raison, je suis un peu fatigué. Vous vous débrouillerez toute seule, n'est-ce pas ?

Peut-être aurait-elle dû se sentir vexée qu'il lui demande cela. Mais il appartenait à une culture différente et elle le savait. Et, en vérité, elle appréciait qu'il se préoccupe de son bien-être.

Cependant, elle avait bien besoin d'être seule quelque

temps pour recouvrer son calme, mis à rude épreuve en ce moment.

— Oui, sans problème, merci. J'ai un oncle à Sao Paulo, et j'aimerais bien lui rendre visite. J'espère qu'il est toujours à son ancienne adresse.

— Voulez-vous de l'aide pour le retrouver ?

En vérité, elle ne savait pas comment s'y prendre et, à part se rendre à sa dernière adresse connue, elle ignorait la marche à suivre.

Aussi répondit-elle simplement :

— Oui, peut-être. Quand vous aurez le temps. Je me préoccupe plus de la barrière de la langue que d'autre chose.

— Je ne pense pas que ça sera un obstacle important. Mais je serai heureux de vous accompagner, si vous le souhaitez.

Elle ne s'attendait pas à cela, mais elle éprouva un tel soulagement qu'elle dut fournir un énorme effort pour ne pas le montrer.

— Oui, ce serait bien. Merci beaucoup.

Il rassembla leurs tasses et soucoupes et allait se tourner vers le comptoir quand il fit un faux pas et manqua tomber. Un verre se brisa avec fracas sur le sol carrelé.

Maldito !

— Laissez-moi faire, dit-elle simplement en lui prenant la vaisselle des mains.

Il n'esquissa pas un geste pour s'agenouiller et ramasser les gros éclats de verre, et elle comprit qu'il craignait peut-être de ne pas pouvoir se relever sans aide. Pour quelqu'un comme Roque, cette pensée était probablement insupportable. Il avait dit qu'il utilisait sa canne quand sa jambe était fatiguée, ce qui devait être le cas en ce moment.

Quand le serveur arriva avec un balai et une pelle à poussière, elle lui demanda discrètement de la laisser faire et, en quelques instants, elle nettoya tout, puis alla déposer leur vaisselle au bar.

— Je suis désolé...

— Ce n'est rien, Roque. J'aurais tout aussi bien pu les faire tomber moi-même.

— Mais vous ne l'avez pas fait.

Elle lui toucha la main.

— Cela m'est déjà arrivé, et je ne suis pas la seule.

— Ah oui ? rétorqua-t-il, avec une pointe de colère dans la voix, cette fois.

Il la trouvait sans doute condescendante, et pourtant elle ne l'était pas. Oui, il avait un handicap permanent, mais cela ne le rendait pas plus maladroit que n'importe qui. N'avait-elle pas failli trébucher sur sa robe lors de la réception de bienvenue ? Plus d'une fois, même ?

— Oui. L'erreur est humaine. Tout comme vous et moi…

Elle s'efforça de sourire pour chasser les larmes qui lui montaient aux yeux.

— … même si vous ne voulez pas y croire, conclut-elle.

Dans un mouvement qui la surprit, il lui saisit la main et la retint dans la sienne pendant plusieurs longues secondes. Son cœur battait si fort qu'elle avait l'impression qu'il allait jaillir de sa poitrine.

— Je n'ai aucun doute sur le fait d'être humain. Mais merci…

— Maintenant, allez vous reposer ! Je vous verrai à midi.

Il la libéra et lui fit un signe de tête rapide en tendant sa canne.

— À plus tard. Si vous avez des questions, vous trouverez toujours quelqu'un pour y répondre. Notre personnel sera heureux de vous aider.

Elle l'avait remarqué dès son arrivée, et pas seulement à l'hôpital : les Brésiliens étaient très amicaux.

— Je suivrai vos conseils, merci.

Roque se retourna et sortit lentement de la cafétéria. Mais cette fois, au lieu de poser sa canne tous les cinq pas, il lui fit toucher le sol à chaque fois qu'il avançait la jambe gauche. Il devait avoir vraiment mal, songea Amy.

Bon sang ! Elle devrait peut-être lui suggérer de reprendre

les séances de kiné. Ou au moins lui recommander des massages en profondeur des tissus pour permettre à son muscle endommagé de récupérer un peu d'énergie.

Au pire, il réagirait mal et lui reprocherait d'avoir franchi les limites, même s'il savait qu'elle pouvait lui apporter un certain soulagement.

Elle avait l'impression qu'il ne s'agissait pas seulement de douleur, ou d'une quelconque sensation physique. Il s'agissait de sa fierté, un sentiment qu'Amy ne connaissait que trop bien. Elle se souvint des gens qui avaient voulu l'aider, après le décès de sa mère, et qu'elle avait découragés d'un simple revers de la main, comme pour leur dire qu'elle pouvait très bien surmonter seule cette épreuve. Comme si perdre sa mère était un événement banal. Pourtant, elle avait eu l'impression de mourir avec elle…

Et si elle tentait de faire croire à Roque que l'idée venait de lui ?

Il était peu probable, en effet, qu'il sollicite son aide. En outre, il avait déjà tout essayé, en matière de physiothérapie, semblait-il.

Oui, peut-être. Mais à quand remontait sa dernière séance ? Il y avait toujours de nouvelles méthodes, des avancées techniques…

Elle se promit d'y repenser plus tard, quand elle disposerait d'un peu plus de temps et aurait pris ses marques à l'hôpital. Quand elle aurait compris, aussi, ce qui la troublait tant chez lui – avant de passer trop de nuits blanches…

Oui, plus vite elle saurait pourquoi il la touchait ainsi, mieux cela vaudrait pour elle. Et pour lui.

4.

Roque tapa du poing sur son oreiller, puis s'y laissa retomber, les mains derrière la tête. Il ne comprenait toujours pas pourquoi il avait proposé à Amy de l'aider à retrouver son oncle.

Il avait passé les deux derniers jours à analyser toutes les raisons possibles et imaginables et les avait notées une à une : premièrement, elle ne maîtrisait pas la langue. Enfin, pas à la perfection, mais assez pour comprendre presque toutes les conversations courantes. Deuxièmement, il s'inquiétait de la voir sortir seule dans certains quartiers de la ville. C'était vrai, mais ce programme de conférences et d'échanges avait lieu chaque été, et jamais encore il n'avait ressenti le besoin de chapeauter ainsi l'un des résidents. Troisièmement, il ne parvenait pas à chasser de son esprit l'image de ces maudits slips roses en dentelle qu'il avait aperçus dans sa valise…

Troublé, il passa bien vite à la raison numéro quatre : il n'arrivait pas à la cerner, et cela le bouleversait. Cette énigme l'avait tenu éveillé jusqu'à bien après minuit, malgré la journée éreintante qu'il avait passée.

Peut-être déciderait-elle d'abandonner sa quête, ou de partir sans lui ?

Il ferma les yeux. Même s'il regrettait de lui avoir fait cette proposition – ce qui, décidément, le torturait beaucoup trop —, il se rendait compte qu'il voulait vraiment l'aider. Du moins pour lui permettre d'atteindre cet objectif bien précis.

Voilà. C'était la solution. Une bonne action en plusieurs années de participation à ce programme, ce n'était pas trop ! Et puis, elle n'avait rien à voir avec la kinésithérapeute qui lui avait fait des avances, peu après son accident. Tant qu'Amy ne lui proposait pas de le soigner, tout allait bien.

Une fois cela réglé, Roque se sentit plus léger, réalisant pour la première fois à quel point il était crispé. Il visualisa mentalement chaque groupe de muscles, membre par membre, et se força à les détendre.

Il prit une profonde inspiration, laissant l'obscurité de la pièce s'immiscer en lui et incitant son subconscient à faire de même. Peut-être qu'il pourrait alors enfin dormir quelques heures, avant que le soleil ne se lève sur une nouvelle journée de dur labeur.

Déjà trois jours de passés ! Il en restait quatre-vingt-sept…

Cela faisait beaucoup, songea Amy en massant les muscles endoloris de son cou. Au moins, les choses ne s'étaient pas trop mal passées la veille, quand Roque avait rencontré le reste de leur petit groupe.

Elle emprunta l'entrée principale de l'hôpital et montra sa carte d'identité au vigile posté près de la porte.

À son signal, elle traversa le hall en direction des ascenseurs, où plusieurs personnes attendaient déjà. Elle aperçut Krysta et Flávia, et les rejoignit.

— J'ai une étrange impression de déjà-vu, leur confia-t-elle. C'est sans doute l'effet du décalage horaire. Bizarrement, je n'étais pas si fatiguée à la fête de bienvenue.

Kryzta lui sourit.

— Nous parlions justement de la rapidité avec laquelle tout se déroulait, ici, à Sao Paulo.

— Avez-vous déjà donné vos conférences ? Je n'ai même pas encore regardé le programme…

Krysta et Flávia devaient s'exprimer sur leur expérience dans leurs domaines respectifs.

— Non, répondirent les deux jeunes femmes en chœur.

— À quel étage vas-tu ? demanda Krysta.

— Au quatrième. J'ai rendez-vous avec Roque Cardoza.

— C'est lui qui était assis à côté de toi, pendant le dîner d'ouverture ?

— Oui. Il est responsable de moi pendant les deux prochains mois. Je dois faire tout ce qu'il m'ordonne…

Les deux femmes pivotèrent vers elle, et elle comprit qu'elle s'était mal exprimée.

— Je veux dire… Tout ce qui a un rapport avec le travail, précisa-t-elle en rougissant.

— *Com certeza. Só o trabalho.*

Flávia avait parlé d'un ton léger.

— Ce n'est pas comme s'il était difficile à regarder, ajouta-t-elle en anglais. À condition d'aimer ce genre d'homme, bien sûr…

Amy se sentit rougir de plus belle.

— Je… ne le regarde pas du tout comme vous semblez le croire. En plus, il n'est pas si beau que ça.

Menteuse.

— Voici ton ascenseur ! lança Flávia. À bientôt.

Quelques secondes plus tard, Amy entrait dans la cabine, suivit de très près par Roque, qui venait d'apparaître derrière elle. Quand elle leva les yeux, elle le vit esquisser un demi-sourire. Pourvu qu'il n'ait pas surpris leur conversation ! Mais non, c'était impossible…

— Comment allez-vous ? demanda-t-elle pour briser le silence.

— Je suppose que ça dépend de quelle partie de moi vous parlez ?

Il les avait entendues !

— Vous… Vous étiez là ?

— Depuis suffisamment longtemps pour entendre à quel point vous ne me trouviez pas attirant.

Elle était déjà écarlate l'instant d'avant, mais maintenant elle avait l'impression que son visage allait exploser.

— Désolée. Je ne savais pas quoi dire d'autre. Heureusement qu'elle n'avait pas dit la vérité et parlé de lui comme une collégienne énamourée !

— En vérité, je suis heureux que vous ne pensiez pas à moi ainsi, parce que cela pourrait compliquer les choses pendant votre séjour. Il est préférable de s'en tenir à une relation strictement professionnelle.

Et Dieu sait qu'elle avait du mal à le faire, même si elle ne savait pas trop pourquoi.

— Bien sûr. Je ne voudrais pas qu'il en soit autrement.

— Montons, l'équipe nous attend déjà en haut.

Ils se mirent à parler de différents cas et de la façon dont elle allait mettre en pratique ses connaissances professionnelles au cours des prochaines semaines. Un petit frisson d'excitation la traversa, qui n'avait rien à voir avec Roque, cette fois-ci.

— J'ai un vieil ami qui doit bientôt entrer à l'hôpital, déclara Roque. Il va se faire reconstruire la mandibule après avoir été opéré d'un cancer. Il devra faire de la rééducation par la suite, et j'aimerais que vous vous occupiez de lui.

— Moi ? demanda-t-elle comme les portes de l'ascenseur s'ouvraient.

— Oui, c'est un cas délicat, et nous avons été débordés après le départ de deux kinés pour un autre hôpital. Sa femme est anglaise, et il maîtrise parfaitement votre langue.

Il venait de lui dire à mots couverts qu'il l'avait recrutée pour faire face à l'activité intense du service de physiothérapie.

— Je vous aiderai comme je peux, bien sûr, dit-elle d'un ton neutre. Savez-vous quelle proportion de sa mâchoire a été réséquée ?

— Assez pour que la reconstruction soit un véritable défi. Mais Krysta Simpson est plus que capable de réussir cette opération, à mon avis. Le Dr Francisco Carvalho, notre chirurgien, travaillera avec elle sur ce projet – vous aurez sans doute l'occasion de le rencontrer. Il y a eu un petit problème, mais j'espère que tout est rentré dans l'ordre, désormais.

— Un problème ?

— L'un de nos meilleurs oncologues a voulu reprendre le dossier, mais il a été assez rapidement écarté par toutes les personnes impliquées, y compris le directeur de l'hôpital. À Paulista comme ailleurs, nous avons notre lot de rivalités et de drames…

Le commentaire de Flávia au sujet un serpent qui marchait sur deux jambes lui revint. Mais elle ignorait à qui elle avait fait allusion, alors elle s'abstint.

— Quel conseil pouvez-vous me donner ?

— Je ne sais pas… Mais si, pour une raison quelconque, un médecin que vous ne connaissez pas vient vous voir une fois que le patient a commencé sa rééducation, j'apprécierais que vous m'en fassiez part par un message ou un appel. Ce ne sera pas nécessairement une mauvaise chose, mais je ne veux pas qu'Enzo ait à supporter davantage que ce qu'il a déjà enduré.

— Bien sûr, je comprends tout à fait.

Il désigna du menton la salle d'attente.

— Les autres sont là…

Aujourd'hui, les pas de Roque étaient fermes et sûrs, et elle voyait s'amenuiser les chances de le voir accepter un massage ou quelques séances de kiné supplémentaires. Peut-être les douleurs ne revenaient-elles que lorsqu'il était fatigué ? En l'observant attentivement, elle crut voir cependant un léger boitillement, si léger qu'elle aurait pu se tromper.

Il lui jeta un regard par-dessus son épaule.

— Vous venez ?

Elle était restée plantée, là, à le fixer tandis qu'il

marchait ! Elle pressa le pas, puis salua Peter et Lara et se concentra sur son travail.

Elle ne le trouvait pas si beau que ça ?

Cela aurait dû le laisser indifférent, mais après avoir passé la moitié de la nuit éveillé, à penser à elle, Roque se répétait en boucle les mots qu'elle avait dits à ses amies. Des mots qui étaient loin, hélas, de le laisser indifférent ! Peut-être parce que lui la trouvait magnifique. Et son sourire…

Bon sang !

Peut-être qu'il ne lui plaisait pas, tout simplement. Ou, pire encore, c'était à cause de sa jambe. Son ex avait changé d'attitude dès qu'elle avait appris qu'il ne jouerait plus jamais au football. Elle s'était empressée de sortir de sa chambre d'hôpital sous prétexte d'aller se changer et de revenir lui tenir compagnie. Seulement, elle n'était pas restée… Par la suite, elle était revenue une ou deux fois lui rendre visite mais, dès son retour à la maison, elle avait déclaré vouloir lui laisser le temps de se rétablir.

Elle aussi avait besoin de temps… pour faire tout autre chose. Elle n'avait pas tardé à rompre, affirmant qu'elle était tombée amoureuse de quelqu'un d'autre *avant* même qu'il ne soit blessé, mais refusant de lui dire de qui il s'agissait.

Les tabloïds avaient repris l'histoire et annoncé la nouvelle au monde entier : Halee Fonseca, reine des *telenovelas* brésiliennes, avait largué Roque Cardoza, l'ancien joueur de l'équipe de Chutegol ! Elle était amoureuse d'un autre joueur… qui se trouvait être un coéquipier de Roque, et son meilleur ami. Quelle ironie !

C'était un coup dur. Mais qui aurait pu lui en vouloir ? Elle était célèbre et en bonne santé et voulait un partenaire à son image. Le couple était désormais marié et avait deux enfants. Quant à Carlos, il avait pris le poste de Roque dans l'équipe et continuait à marquer des buts.

Roque secoua la tête pour chasser ces pensées. Il n'avait pas songé à Halee depuis des années et n'était pas sûr de ce qui avait réveillé ces souvenirs. Peut-être le commentaire d'Amy ? En tout cas, une chose était certaine : même si son ex revenait et voulait renouer, il refuserait. Il l'avait bel et bien oubliée.

Et si Amy lui faisait des avances ? Est-ce qu'il les refuserait aussi ?

Cela n'arriverait pas. Il l'avait entendu lui-même : elle ne le trouvait pas si attirant que ça.

Mais… Si elle avait menti ?

— Roque ?

La voix d'Amy le ramena à l'instant présent.

— Pardon… Pouvez-vous répéter, s'il vous plaît ?

— Je vous demandais si votre patient au tendon d'Achille rompu viendra à Paulista pour sa rééducation. J'aimerais voir comment vous traitez ce genre de cas ici.

— Je pense que vous constaterez qu'il n'y a pas tant de différences que ça avec ce qui se fait aux Etats-Unis. Nous étudions les méthodes utilisées dans le monde entier, comme vous l'avez sûrement fait aussi. Nous les adaptons à notre situation particulière, et vous constaterez que nous nous inspirons de tous les meilleurs hôpitaux du monde.

Il se sentait sur la défensive… ou, pire, arrogant, ce qui n'était pas du tout son intention. Sans doute à cause du manque de sommeil de la nuit dernière. Tout ce qu'il savait, c'était que ses muscles se crispaient de nouveau, ce qui n'était pas bon pour sa jambe.

— J'en suis sûre, et c'est la raison pour laquelle je voulais tant venir ici. C'est une chose de lire sur les techniques chirurgicales, mais ç'en est une autre d'aller les observer sur le terrain. C'est un peu comme les plages, ici, au Brésil, dit Amy en soupirant. J'aurais dû prévoir des vacances, mais je ne l'ai pas fait. Je vais essayer de trouver le moyen d'aller à la plage pendant mon séjour.

Peter sourit.

— Ma femme me tuerait si je ne l'avais pas invitée à venir passer quelques jours avec moi. À quelle plage voudrais-tu aller ?

— À Guarujá. C'est à 80 km de la ville et ça a l'air sublime…

— Pas tout à fait.

Roque n'avait pas pu s'empêcher d'intervenir. Tout le monde se tourna vers lui.

— Est-ce que j'ai mal prononcé le nom de cette plage ? s'enquit Amy.

— Non. Guarujá est une très belle plage, mais elle est peu fréquentable, surtout à cette époque de l'année.

Elle fronça les sourcils.

— Pourquoi ? Les environs sont magnifiques, d'après ce que j'ai lu.

— C'est vrai, mais… Beaucoup de gens très fortunés vivent près de la plage de Guarujá, qui attire aussi beaucoup de voleurs et d'escrocs. Cela crée des problèmes, comme partout.

Son visage s'éclaircit.

— Je comprends. Alors, que suggérez-vous ?

Il jeta un regard sur Lara et Peter, puis décida qu'il valait mieux qu'ils n'entendent pas ce qu'il allait dire.

— Vous voulez bien continuer seuls un instant ? J'ai laissé une liste de patients que j'aimerais que vous voyiez au bureau des infirmières.

Il se trompait peut-être, mais ils avaient tous deux l'air soulagés d'être écartés. Pourvu que personne ne se fasse de fausses idées sur sa relation avec Amy !

Il se tourna de nouveau vers elle.

— Si l'adresse de votre oncle est correcte, nous pourrons peut-être combiner cette visite avec un détour par Guarujá. Qu'est-ce que vous en pensez ?

— Êtes-vous sûr de vouloir m'accompagner ? Je ne veux pas abuser de votre temps. Vous avez déjà dû venir jusqu'à mon appartement.

Oui, et le souvenir de ces maudits sous-vêtements en dentelle n'avait pas encore disparu de sa mémoire. Peut-être avait-il juste besoin de le remplacer par d'autres, moins… troublants.

— Ça ne me dérange pas, à moins que vous ne préfériez y aller avec Lara et Peter.

Elle réfléchit quelques instants avant de répondre :

— C'est une bonne idée, mais ni Lara ni Peter ne peuvent me servir d'interprète. J'apprécie vraiment votre aide. Merci…

— Je vous en prie. Nous allons accorder nos emplois du temps et essayer de profiter de mon prochain jour de congé pour partir.

Il y avait longtemps qu'il n'avait pas entendu le fracas des vagues ni senti la brise salée sur sa peau – des choses qu'il avait appris à aimer, enfant, dans le quartier de *Barra da Tijuca*, à Rio. Les longues balades jusqu'à la plage lui manquaient.

C'est sans doute pour cette raison qu'il était soudain impatient de passer la journée avec elle. Peut-être un peu trop. Mais il était trop tard pour se raviser, maintenant, et il se rendit compte qu'il n'en avait aucune envie. De plus, ce n'était pas comme si quelque chose allait se passer entre eux. Elle l'avait dit clairement : il ne l'attirait pas…

— Peut-on surfer à Guarujá ? J'aimerais vraiment essayer le surf au Brésil un jour, déclara Amy, les yeux brillants.

— Vous surfez ?

Bien sûr que oui ! Elle était originaire de Floride.

— Un peu, oui. Un ami m'a appris il y a quelques années, et j'aime bien regarder, aussi.

L'image d'Amy en bikini blanc, pagayant à côté de lui, jaillit dans son esprit. Il cligna des yeux. Il n'aurait d'aventure avec personne, et encore moins avec Amy, qui était ici pour moins de trois mois…

Elle était si différente de Halee, qui détestait l'océan.

Son ex appréciait à la rigueur de faire un peu de bateau, mais elle ne supportait pas le contact direct avec l'eau. Ils étaient tellement différents qu'il se demandait même parfois ce qu'ils avaient trouvé l'un chez l'autre. Mais il était différent avant l'accident. Arrogant et bien trop sûr de lui-même et de sa propre invulnérabilité. Une collision sur le terrain avait réglé ce problème à jamais, en une fraction de seconde…

Il lui sembla soudain qu'il avait beaucoup changé ces derniers temps. Y compris dans ses goûts en matière de femmes ?

Le regard d'Amy captura le sien pendant un moment, puis elle lui sourit.

— Une journée à la plage, c'est un projet intéressant !

Elle avait raison. Roque ne se souvenait pas de la dernière fois qu'il avait pris une journée pour profiter d'une des plus célèbres plages de Sao Paulo. Il y avait un an ou deux, peut-être ?

Il sortit son téléphone et fit défiler son agenda.

— Que diriez-vous de vendredi dans trois semaines ? Nous prendrons ma voiture plutôt que le bus.

— Dois-je emporter une tenue de bain ? demanda Amy.

— À vous de décider si vous voulez vous baigner.

Il espérait vraiment qu'Amy renoncerait, car il redoutait de la voir en bikini. Mais pourquoi, au juste ? Il y avait des belles femmes partout, dans ce pays, et aucune ne l'avait jamais bouleversé à ce point.

Quand les portes de l'ascenseur s'ouvrirent, il leva les yeux et retint un gémissement. C'était sa mère, qui rapportait la robe d'Amy.

Celle-ci se retourna, et rougit aussitôt. Ce n'était pas le meilleur scénario, songea Roque en voyant sa mère foncer droit sur eux.

— J'aurais pu aller la chercher, lui murmura Amy.

— Oui, c'est ce que je lui ai dit. Mais ma mère ne m'écoute pas toujours.

— Roquinho, *graças a Deus*. Enfin, je t'ai trouvé !

Un peu gêné par l'emploi de ce diminutif, il répondit :

— Tu aurais pu me faire appeler. Ou m'envoyer un texto.

— Oh ! oui, tu as raison ! J'oublie toujours.

Son regard inquisiteur se posa sur Amy, qui se raidit légèrement.

— Voici donc la jeune femme dont tu as failli ruiner la robe ! Décidément, c'est le destin…

Elle avait prononcé ces mots les yeux mi-clos.

— Oui. Amy, je vous présente ma mère, Claudia Cardoza. Maman, voici Amy Woodell. Elle est ici pour suivre le programme d'échange.

— Oh ! oui, je sais tout cela.

Pourquoi chaque mot qui sortait de sa bouche avait-il l'air d'une conspiration ? Il n'aimait pas beaucoup cela…

Sa mère lui tendit la robe et s'approcha d'Amy puis, les mains posées sur ses épaules, lui donna un baiser retentissant sur la joue, comme on le faisait à Sao Paulo.

— Je suis ravie de vous embrasser, Amy.

— Tu veux dire « de vous rencontrer », maman ?

Sa mère rit et haussa les épaules. Même si son anglais n'était pas parfait, la chaleur de son accueil l'emportait sur tout le reste. La plupart des gens trouvaient cela charmant.

Lui aussi. D'habitude…

— Merci d'avoir recousu ma robe, *Senhora* Cardoza. Combien vous dois-je ?

Amy s'était exprimée dans un portugais un peu formel mais parfait. Et, à en juger par l'expression de sa mère, celle-ci avait apprécié l'effort.

Elle balaya la question d'un signe de la main.

— Vous plaisantez !

— Mais…

— Roque ne me demande presque jamais rien, alors je suis heureuse de lui rendre service. Et maintenant, je voudrais que vous m'accordiez une faveur en retour. Voulez-vous venir dîner chez moi ?

— Dîner ?

— Oui, cela me ferait plaisir. Roque m'a dit que votre mère était brésilienne…

— Oui. Eh bien… J'accepte avec plaisir votre invitation, si Roque est d'accord, bien sûr.

— Bien sûr qu'il l'est !

Super. Comme d'habitude, sa mère parlait à sa place.

Plantant ses yeux dans les siens, Roque souffla à sa mère, en portugais :

— Maman, ne la mets pas mal à l'aise, s'il te plaît.

En guise de réponse, sa mère lui sourit en lui tapotant la joue, et il leva les yeux au ciel, soudain très heureux d'avoir envoyé Lara et Peter au bureau des infirmières.

5.

— Amy, voici Enzo Dos Santos et sa femme, Lizbeth…

Les yeux noirs de Roque ne quittèrent pas les siens, pendant ces présentations. Plus de trois semaines s'étaient écoulées depuis que la mère de ce dernier lui avait rendu sa robe et l'avait invitée à dîner – un dîner qui devait avoir lieu le soir même, après le travail.

L'équipe avait vraiment commencé à travailler de façon collégiale, et Amy n'avait pas hâte d'être reléguée aux consultations de kinésithérapie, même si elle savait que c'était prévu depuis le début.

Peut-être le mot « reléguée » était-il mal choisi, puisque Roque lui avait déjà parlé du cas d'Enzo. Cela était assez étrange de rencontrer une nouvelle personne de son entourage. D'abord sa mère – qui l'avait observée avec une insistance qu'elle n'avait pas réussi à oublier – et maintenant son ancien entraîneur. L'homme qu'elle devrait aider à guérir une fois qu'il aurait suffisamment récupéré de son opération.

— Ravie de vous rencontrer tous les deux, murmura-t-elle.

La femme d'Enzo s'avança pour lui serrer la main, en disant combien elle lui était reconnaissante d'aider son mari.

— Roque nous a dit beaucoup de bien de vous.

Vraiment ? Amy rayonnait de fierté à l'idée qu'il avait apprécié leur collaboration, tout autant qu'elle-même. Ce soir, elle dînerait avec ses parents et, demain, ils feraient ce que Roque avait appelé leur « sortie culturelle ».

Un appel téléphonique à un homme nommé Abel Rodrigo lui avait confirmé qu'il était bien son oncle. Malheureusement, elle allait devoir reporter la visite qu'ils avaient prévu de lui rendre avant d'aller à la plage, étant donné qu'il était en voyage d'affaires. C'était peut-être mieux ainsi, car elle était déjà stressée à l'idée de dîner avec les parents de Roque et de passer une bonne partie de la journée du lendemain en sa compagnie…

Elle avait travaillé pendant les trois dernières semaines avec l'équipe, sans aucune anicroche. Du moins, était-ce ce qu'elle se répétait, malgré les regards troublants, de plus en plus sensuels, qu'elle n'avait cessé d'échanger avec Roque…

Il fallait qu'elle arrête tout cela !

Elle se força à se concentrer sur ce que disaient Enzo et sa femme. La gentillesse de Lizbeth lui mit du baume au cœur, mais Amy perçut une étincelle de tristesse dans ses yeux. Qui aurait pu la blâmer ? Elle et son mari venaient de traverser une terrible épreuve, qui n'était pas encore terminée. M. Dos Santos possédait l'un des clubs de football les plus célèbres de Rio, celui-là même au sein duquel Roque avait joué. L'homme avait perdu une bonne partie de sa mâchoire, et avait failli perdre aussi la vie. Sa mâchoire était immobilisée pour le moment, et il communiquait à l'aide d'une tablette.

— Je ne sais pas trop comment vous dire cela, commença Lizbeth, mais ce médecin qui veut reprendre l'opération est venu voir Enzo à nouveau hier, sous prétexte de recueillir des informations supplémentaires. Enzo préférerait qu'il soit écarté de son traitement.

Il ne parlait sûrement pas du Dr Carvalho qui, d'après ce qu'elle avait entendu, était un excellent médecin. De qui s'agissait-il, alors ?

— Je sais de qui vous parlez, intervint Roque. Je veillerai à ce qu'il ne vienne plus vous voir.

Amy se souvint alors que Roque lui avait demandé de l'informer si un médecin qu'elle ne connaissait pas prenait contact avec Enzo. Était-ce ce qui venait de se produire ? Elle se promit d'en savoir plus une fois qu'ils auraient quitté la pièce.

— Amy, reprit Roque, vous avez étudié le dossier d'Enzo. Pouvez-vous lui donner une idée de la manière dont vous allez procéder avec lui ?

— Bien sûr ! La première chose à faire sera de passer votre test de déglutition…

Enzo acquiesça, puis écrivit quelque chose sur sa tablette qu'il lui montra.

> *Si je ne pleure pas, c'est que vous ne faites pas bien votre travail.*

— Je n'ai encore jamais eu de patient qui voulait que je le fasse pleurer *avant* de commencer les séances ! lança Amy en riant. Mais je vous assure que vous aurez au moins envie de pleurer à un moment donné. Je vais vous faire travailler dur, mais tant que vous resterez persuadé que mon seul objectif est votre guérison complète, alors tout se passera bien.

Elle lui toucha la main.

— Je vous promets que nous formerons une bonne équipe, vous et moi.

L'homme se détendit contre ses oreillers et leva le pouce pour montrer son approbation.

Elle ne pouvait pas imaginer à quel point il était difficile pour cet homme fort et dynamique d'être ainsi diminué. Était-ce ce que Roque avait ressenti après son accident ?

Roque sourit à ses amis et suggéra qu'ils laissent Enzo se reposer, tandis qu'Amy consultait sa montre. Presque 16 heures. Ils devaient être chez les parents de Roque à 18 heures.

À peine eurent-ils franchi la porte qu'elle posa la première question qui lui vint à l'esprit.

— Qui était le médecin dont vous parliez ? Celui qu'ils ne veulent pas voir impliqué dans le traitement d'Enzo ?

Il posa sur elle ses yeux sombres et impénétrables, puis chassa du doigt une mèche de cheveux qui lui tombait sur le front.

— Allons dans mon bureau.

Quelques instants plus tard, il s'arrêta devant une porte avec une plaque qui indiquait son nom et son titre. Il la fit entrer et referma la porte derrière eux.

— Asseyez-vous.

Roque ne prit pas place dans son fauteuil, mais s'appuya de la hanche contre le bureau.

— Silvio Delgado.

— Pardon ?

— C'est le nom du médecin. Je ne veux pas qu'il s'approche d'Enzo. Il a essayé de prendre le cas au Dr Simpson. Disons simplement qu'il en a été empêché.

— Par vous ?

— En partie, mais aussi par le Dr Carvalho et par l'administration. Je n'entrerai pas dans les détails des raisons pour lesquelles Delgado n'a pas été autorisé à traiter notre patient. Nous en resterons au fait que celui-ci ne l'aime pas ou ne lui fait pas confiance.

Notre patient. Avait-il vraiment dit cela ? Amy sentit une douce chaleur l'envahir, qui faisait battre son cœur un peu plus vite.

— Je comprends. Pouvez-vous me dire à quoi il ressemble ?

— Disons simplement que vous saurez qui il est avant de le voir, répondit Roque avec un sourire énigmatique.

Plus elle y songeait, plus elle était sûre qu'il s'agissait du « serpent » que Flávia avait évoqué pendant la fête de bienvenue.

— D'accord, répondit-elle, avant de se laisser aller dans le fauteuil en cuir, étonnamment confortable.

Roque marqua une pause, lui aussi, puis reprit :

— Et je voudrais aussi vous parler de ce soir. Je ne veux pas que vous vous sentiez obligée de venir.

— Pas du tout ! Mais, s'il faut reporter, je comprends.

— Ma mère peut être assez autoritaire, et…

— Un peu comme son fils ? coupa-t-elle, se rappelant qu'il lui avait presque interdit d'aller à la plage toute seule.

Il sourit.

— Vous trouvez ?

— Pas vous ?

— Peut-être, avoua-t-il, mais uniquement quand je m'adresse à d'autres médecins.

Manifestement, il n'avait pas saisi son propos.

— Je ne suis pas médecin.

— Non. Mais j'ai le sentiment que vous le serez un jour. Pourquoi n'avez-vous pas obtenu votre doctorat ?

C'était une question difficile. Sa mère était seule depuis très longtemps et avait aidé Amy autant qu'elle le pouvait pendant ses années d'université. Amy n'avait pas trouvé juste de poursuivre ses études avec l'argent de sa mère.

— C'est compliqué. Je pense reprendre mes études une fois rentrée chez moi. Il n'y a jamais assez d'heures dans une journée, malheureusement.

— En effet ! Donc, vous viendrez ce soir ? Et demain ? Vous souhaitez toujours aller à la plage ?

— Oui, mais je peux y aller seule, si vous avez trop de choses à faire.

— Non. J'ai dit que je vous accompagnerai et je tiendrai parole. Voudrez-vous surfer ou nager ?

Il lui avait dit qu'elle pouvait apporter un maillot de bain, mais elle avait décidé de s'abstenir. Et la tension qu'elle percevait dans sa voix lui disait qu'elle avait fait le bon choix.

— Je pense que j'aimerais juste faire du tourisme cette fois-ci, si c'est possible.

Elle allait déjà passer la journée entière en sa compagnie, alors autant éviter de se retrouver dans une situation gênante, non ? Si elle devait avoir une aventure, elle préférerait que ce soit dans d'autres conditions…

Envisageait-elle vraiment de flirter avec Roque ?

Non, évidemment, bien qu'il n'ait pas mentionné de petite amie, et que la blonde de la soirée ne soit jamais réapparue.

— D'accord. Nous pourrons voir plus de choses de cette façon. Nous nous contenterons de marcher sur le sable.

Elle sourit à la perspective de faire une promenade sur la plage avec lui. Cela serait très, très agréable…

Il leva sa canne et demanda :

— Que diriez-vous de parler portugais quand nous ne sommes que tous les deux ?

Que tous les deux…

Troublée, elle sentit une vague de chaleur l'envahir tout entière. Elle aimait l'entendre parler dans sa langue maternelle. Peut-être un peu trop.

— Je ne suis pas très forte en portugais, mais je peux essayer.

Super ! Maintenant, elle bégayait, même en anglais !

— Je pense que ce serait un atout pour votre travail. Vous avez dit que vous viviez dans le sud de la Floride. N'y a-t-il pas une grande communauté brésilienne, là-bas ?

En effet. Elle avait eu quelques patients brésiliens et, dans son dojo de quartier, l'instructeur de tae kwon do était brésilien. Marcos lui avait adressé quelques personnes blessées lors de tournois et lui avait proposé de l'embaucher si jamais elle avait besoin d'un petit travail supplémentaire. Elle avait eu le sentiment que l'intérêt qu'il lui portait allait au-delà de la relation élève/instructeur, mais à l'époque elle n'avait pas voulu s'engager dans une relation de crainte de gâcher leur amitié.

Peut-être devrait-elle se souvenir de cette décision et agir de même avec Roque. En annulant cette journée à la plage et le dîner chez ses parents, par exemple ? Sauf qu'elle se réjouissait d'avance, plus qu'elle ne l'aurait dû…

— Vous avez raison. Il y a une forte population de Brésiliens dans cette région. Je devrais m'entraîner.

— Je vous corrigerai si vous faites des fautes, promit Roque. Qu'en dites-vous ? Si nous ne parlons pas anglais, on vous prendra moins pour une touriste.

Ah, c'était donc ça, la raison ! Les voleurs ne les prendraient pas pour cible, pendant leur séjour à Guarujá, s'ils parlaient portugais.

Elle acquiesça.

— Je comprends.

Parler portugais avec Roque serait étrange, plus personnel, plus intime, même si elle savait qu'il ne voyait pas les choses de cette façon.

— N'ayez pas peur, dit-il pour la rassurer. Je pense que plus vous pratiquerez, plus vous serez à l'aise. Et vous verrez que je suis un coach très indulgent.

Elle se mordit la lèvre tandis qu'un frisson parcourait tout son corps.

L'image de Roque en train de la coacher de sa voix rauque alors qu'ils pratiquaient autre chose que le portugais s'immisça dans son esprit, y faisant naître des scènes de plus en plus précises et explicites.

Il était temps de changer de conversation.

— En parlant de coach… Le football vous manque ?

— Oui, certaines choses me manquent de ma vie d'avant, mais pas tout. Avoir une jambe en bon état de fonctionnement me manque plus que d'être sur le terrain.

Le pensait-il vraiment ?

— Votre jambe est en état de fonctionnement, mais

elle n'est pas optimale en termes de performance. C'est juste un nouvel équilibre.

— Un nouvel équilibre ? Je ne suis pas sûr d'être d'accord avec cela. Je vis dans ce corps et je sais ce qu'il ressent.

D'après sa recherche sur Google – oui, elle avait honte de l'admettre, mais elle avait voulu en savoir plus sur lui —, il avait été un joueur très apprécié, et avait compté parmi les piliers de son équipe.

— C'est tout à fait normal. Les gens ne sont pas des machines. Chacun est différent de son voisin, avec ses propres forces et faiblesses.

Il sourit, et cela lui donna soudain l'air beaucoup plus sympathique.

— En effet. Les gens ne sont pas tous semblables et c'est une bonne chose, je pense.

Roque, en tout cas, ne ressemblait à personne d'autre…

Sentant qu'elle s'aventurait sur un terrain glissant, elle s'empressa de changer de sujet.

— J'ai entendu Peter mentionner que sa femme et ses enfants lui manquaient, aujourd'hui.

— C'est naturel. Il n'y a pas quelqu'un qui vous manque, à vous ?

Hélas, non. Elle n'avait pas de relation sérieuse, et ne voyait personne ces temps-ci. Et, bien qu'elle se soit fait des amis à l'hôpital et au centre de rééducation, elle ne les fréquentait pas autant qu'elle aurait pu s'y attendre. Beaucoup d'entre eux étaient mariés avec des enfants et, comme Peter, voulaient rentrer chez eux après le travail. De plus en plus, elle pensait à ce que Roque avait dit sur l'obtention de son doctorat. Elle le remettait sans cesse à plus tard, mais que se passerait-il si cela n'arrivait jamais et qu'elle le regrettait ? C'était peut-être le moment de passer à l'action…

— Pas vraiment, non, mais ce n'est pas grave. Dès que je rentrerai chez moi, je m'inscrirai pour passer mon doctorat.

C'est ainsi que la décision qu'elle repoussait depuis un certain temps fut prise.

— J'en suis heureux. Le patient que j'ai opéré du tendon d'Achille a bien apprécié vos interventions. Un nouveau diplôme vous donnerait la possibilité d'enseigner à l'université.

Elle avait pensé la même chose. Si jamais elle n'avait plus la force nécessaire pour manipuler les patients, elle aurait une porte de sortie. Et, bien qu'elle n'ait pas été très impliquée dans la première opération qu'elle avait observée à Paulista, elle avait suivi le patient et observé sa rééducation. Elle devait même le revoir dans quelques jours.

— Oui, en effet. Quand M. Dos Santos doit-il commencer sa rééducation ?

— Dans quelques semaines. Les réparations sont stables et il doit passer son test de déglutition demain.

Le jour où ils seraient à la plage…

— Vous ne voulez pas y assister ? Je comprendrai si nous devons reporter notre excursion, vous savez.

— Sa femme sera là, et je viendrai le voir à notre retour. Je pense que la dernière chose qu'Enzo souhaite, c'est que vingt personnes soient réunies autour de lui pour le surveiller. C'est un type assez déterminé. Je ne doute pas qu'il passera le test avec brio, ce qui est une bonne chose vu l'état d'esprit dans lequel il se trouve ces derniers temps. Je sais. Je suis passé par là.

Parlait-il de dépression postopératoire ? Eh bien, si c'était le cas, on comprenait que Roque ait été déprimé. Il avait été un brillant footballeur et, en un clin d'œil, tout ce pour quoi il avait travaillé si dur lui avait été enlevé.

— Parfois, les choses se passent comme elles le doivent. Vous faites un travail merveilleux, ici, à l'hôpital. Seriez-vous à Paulista si vous n'aviez pas été blessé ? demanda-t-elle en désignant du regard sa jambe gauche.

— Probablement pas. Vu mon âge, ma carrière serait

à peu près terminée, et je serais entraîneur ou dans un bureau, quelque part.

Il soupira.

— Cela ne veut pas dire que changer de vie a été facile. Il a fallu dix longues années d'études pour devenir médecin.

— Je veux bien vous croire ! Mais où vous sentez-vous le plus utile à ce stade de votre vie ?

Il rit.

— Vous avez l'art de voir le bon côté des choses.

— Déformation professionnelle. Les kinésithérapeutes sont formés pour être positifs et optimistes. C'est un bon moyen de motiver nos patients.

— Je pense que ces qualités sont naturelles, chez vous.

Était-ce le cas ? Elle ne se sentait pas toujours très optimiste, mais elle devait se battre pour aider ses patients qui, lorsqu'ils poussaient pour la première fois la porte de son cabinet, avaient le sentiment que leur vie ne serait plus jamais la même.

C'est ce que Roque avait dû ressentir en apprenant que sa carrière de footballeur était terminée.

— Merci, mais je ne suis pas sûre que ce soit tout à fait vrai. En revanche, cela fait partie de ma description de poste. Vous avez parlé d'être entraîneur. Cela ne vous a jamais tenté ?

— Non. Pas pour mon ancienne équipe, en tout cas.

— Il aurait été trop difficile de les regarder jouer alors que vous étiez mis à l'écart ?

— Sans doute, mais mes raisons étaient plus… personnelles.

Personnelles ? Lui et le président du club semblaient bien s'entendre ; celui-ci s'était même confié à Roque au sujet de l'autre oncologue, le Dr Delgado. Non, il devait s'agir d'autre chose. Mais, s'il avait voulu qu'elle le sache, il le lui aurait dit. Aussi décida-t-elle de laisser tomber le sujet.

D'après ses recherches, Roque avait été fiancé à une

actrice, qui était maintenant mariée à un joueur de son ancienne équipe. Il ne voulait sans doute pas la voir tous les jours, ce qui paraissait tout à fait logique.

Elle sentit son cœur se serrer. Il était certainement préférable de bien connaître une personne avant de l'épouser. Elle pouvait remercier sa bonne étoile que son petit ami l'ait larguée avant le mariage plutôt qu'après. Bien qu'à l'époque elle en ait été anéantie.

— Dans certaines circonstances de la vie, les gens montrent leur vrai visage, déclara-t-elle. Comme votre accident, par exemple. En cessant d'être footballeur, vous vous êtes révélé.

— Intéressant, murmura-t-il avec un sourire insupportablement sexy. Et qui suis-je donc vraiment, d'après vous ?

Soudain, elle eut l'impression que le sol tremblait sous ses pieds. Pourquoi avait-elle dit cela ?

— Vous êtes un homme de parole, qui se soucie de ses patients et de ses amis.

Voilà ! Elle n'aurait pas pu trouver quelque chose de plus impersonnel à dire… Et, d'ailleurs, il ne manqua pas de le remarquer.

Il se leva.

— On pourrait sans doute dire ça de presque tous les médecins qui travaillent ici, à Paulista.

— Mais je ne parle pas de tous les médecins. Je parle de vous, répliqua-t-elle, le souffle court.

Pensant qu'il voulait la voir quitter son bureau, elle se leva à son tour. Grossière erreur… Elle se retrouva juste en face de lui, assez proche pour humer l'odeur musquée et chaude de son après-rasage. Pour voir l'ombre de barbe sur son menton. Et ces lèvres qui l'hypnotisaient…

Roque ne fit pas un geste pour s'éloigner.

— Si nous parlions de vous, maintenant ? Voulez-vous savoir comment je vous vois ?

Elle n'en était pas sûre, mais elle s'entendit répondre, comme mue par une force inconnue :

— Oui.

Il effleura sa joue du doigt.

— Je vois une femme dans une robe un peu trop longue pour elle, mais déterminée à faire bonne figure…

Il était passé au portugais et, fascinée par le son de sa voix, elle l'écoutait sans bouger.

— J'ai eu un aperçu de votre personnalité en lisant dossier du patient que vous avez inclus dans votre demande de participation à notre programme. Et, quand je vous ai vue, j'ai su que je ne m'étais pas trompé en retenant votre candidature.

Il laissa retomber sa main, mais ne la quitta pas des yeux.

— Vous voulez ce qu'il y a de mieux pour vos patients et votre entourage.

— Je ne suis pas une sainte, vous savez…

— Ah bon ? Pourtant, vous ressemblez à ces sculptures qui ornent les églises…

S'il avait lu dans ses pensées en cet instant, il aurait certainement changé d'avis. Son pouls battait à ses tempes, et elle avait la bouche sèche.

— Les sculptures sont en pierre, alors que je suis de chair et de sang. Comme vous…

Il glissa une main dans ses cheveux et lui saisit doucement la nuque, puis il pencha la tête vers son visage et posa ses lèvres sur les siennes.

6.

Roque n'avait jamais rien ressenti d'aussi doux. Ni d'aussi incroyablement sexy. À la seconde où sa bouche toucha les lèvres douces et soyeuses d'Amy, elle enroula les bras autour de son cou.

C'était le paradis…

Elle avait dit qu'elle n'était pas une sainte, mais lui non plus n'était pas exemplaire. Il l'avait prouvé à maintes reprises par le passé, en collectionnant les conquêtes. Mais, en cet instant, il n'y avait nulle part ailleurs où il aurait préféré être.

Quand il goûta de la langue la soie humide de sa bouche, il sentit son corps tout entier s'embraser. Un bras dans son dos, il s'appuya à son bureau, tandis qu'elle se pressait contre la partie de lui qu'il rêvait de la voir toucher, depuis qu'il avait marché sur sa robe, il y a un mois.

Et, pourtant, il aurait eu toutes les raisons du monde de la fuir.

Elle était de passage dans son hôpital. Et elle ne resterait que trois mois.

Amy se lova contre lui, et, soudain, il l'imagina allongée sur son bureau, offerte… Avant même qu'il ait pu esquisser le moindre geste, le téléphone sur sa hanche bourdonna, interrompant la lutte silencieuse qui se déroulait entre eux.

Amy se figea l'espace d'une seconde, puis elle recula d'un pas, de deux…

Bon sang, à quoi pensait-il donc ?

Lorsqu'elle prit finalement la parole, elle dit :

— Je suis vraiment désolée. Je ne sais pas ce qui m'a prise. Je…

Ce n'était pas sa faute, c'était la sienne. Et il savait trop bien ce qui les avait pris tous deux.

— Ce n'est pas votre faute. J'ai laissé les choses déraper. Je n'ai aucune excuse.

— J'étais d'accord. Vous l'auriez su assez vite si je ne l'avais pas été.

Il rit malgré lui.

— Vraiment ? Qu'auriez-vous fait ?

— Je vous aurais envoyé au tapis.

— Ah, c'est vrai. Vous pratiquez le tae kwon do.

— Oui, je suis ceinture noire.

— Je ne devrais pas être surpris, et pourtant, ça m'impressionne.

— Eh bien, c'est grâce à ma mère. C'est elle qui a insisté pour que je prenne des leçons. Elle voulait que je sois capable de me défendre.

— On dirait qu'elle a eu raison.

Roque a jeté un coup d'œil à sa montre, surpris de voir qu'il était presque 17 heures.

— Au fait, pour le dîner…

— Laissez-moi deviner. Vous ne voulez plus que je vienne, c'est ça ?

Il lut dans son regard qu'elle s'attendait à ce qu'il annule ce rendez-vous.

— Non, j'allais vous demander si vous aviez besoin de rentrer chez vous pour vous changer d'abord, parce que, si c'est le cas, vous n'aurez pas beaucoup de temps…

Elle parut soulagée.

— Alors, vous voulez toujours que je vienne ?

— Y a-t-il une bonne raison pour laquelle je devrais renoncer au plaisir de votre compagnie ?

Elle sourit.

— De toute évidence, non. Vous êtes très doué pour compartimenter, n'est-ce pas ?

— Pour quoi ?

— Ranger tout dans des tiroirs séparés, dans votre esprit.

En effet, c'était le cas. En partie à cause de son accident et de ce qui s'était passé avec Halee, et en partie à cause de son travail.

— Ce qui vient de se passer ne fait pas partie des choses que je rangerai dans un tiroir. Mais je m'assurerai que cela ne se reproduise plus.

— Je peux sûrement vous y aider.

Son sourire s'élargit. S'il voulait que le dîner se passe bien, il allait devoir garder la tête froide. Parce que sa mère était très, très rusée. Et la dernière chose qu'il voulait, c'était qu'elle devine ce que lui et Amy avaient fait dans ce bureau.

Sinon, elle appellerait le prêtre et réserverait le traiteur !

Ce n'était pas ce qu'il souhaitait. S'il arrivait à ne pas perdre de vue qu'Amy ne resterait que quelques mois, puis rentrerait aux Etats-Unis pour passer son doctorat, tout irait bien.

Il ne voulait pas s'engager dans une nouvelle relation, mais il ne voulait pas non plus l'empêcher de réaliser son rêve.

André Cardoza et son épouse accueillirent Amy dans la cuisine de leur petite maison de campagne avec la même chaleur que celle que Claudia avait affichée à l'hôpital.

— Merci beaucoup de m'avoir invitée.

Ils avaient choisi d'organiser le repas en dehors de l'agitation de Sao Paulo, plutôt que dans la demeure familiale. Roque expliqua que c'était parce que son père, policier, aimait s'éloigner de la ville le week-end, dès qu'il le pouvait.

— Nous sommes heureux que Roque vous ait amenée.

André était le portrait craché de son fils, mais ses cheveux noirs étaient parsemés de gris. Une brochette de viande à la main et une grande fourchette dans l'autre, il avait l'air totalement dans son élément.

Roque, en revanche, semblait mal à l'aise. Eh bien, ils étaient deux ! En fait, elle avait été surprise qu'il accepte sa venue, car il aurait peut-être été plus facile d'annuler leurs plans. Mais Amy appréciait vraiment Claudia et aurait détesté qu'elle se soit donné la peine de lui préparer un repas pour rien.

Celle-ci posa une bouteille d'eau devant elle.

— Servez-vous. Le dîner sera bientôt prêt. Roque, pourquoi ne pas lui faire visiter la maison ?

— D'accord.

Après avoir bu une gorgée d'eau, il lui fit signe de le suivre. Bien isolé des voisins, le jardin était joliment fleuri, avec des hamacs suspendus entre les arbres. Un bâtiment au toit de tuiles, qui ressemblait un peu aux cabanes de plage qu'on trouvait en Floride, abritait plusieurs chambres et une petite salle de bains.

— Quel est le mot portugais pour ce genre d'endroit, déjà ?

— *Chácara*. C'est un peu comme une maison de campagne.

Ce terme lui évoquait plutôt une maison en stuc blanc avec un porche et une balancelle. Ici, cela ressemblait plutôt à un terrain de camping dont ils étaient les seuls occupants. C'était charmant et, en d'autres circonstances, elle aurait trouvé cela paradisiaque.

Sauf qu'elle réagissait au moindre mouvement de Roque et se rappelait ses larges épaules, sous ses mains, son sexe durci pressé contre ses hanches…

Il était attiré par elle, c'était évident. Elle en avait eu la preuve concrète.

Malgré ce qu'il prétendait, il n'allait pas être facile d'enfouir ce souvenir dans un coin de son cerveau.

Pourtant, c'est exactement ce qu'elle allait devoir faire.

— Depuis combien de temps vos parents sont-ils propriétaires de cet endroit ?

— Ils l'ont hérité de mes grands-parents, qui l'ont construit il y a de nombreuses années.

Un petit étang agrémentait la propriété, nichée dans un écrin de verdure.

— Y a-t-il l'électricité, ici ?

— Aujourd'hui, oui, mais ce n'était pas le cas à l'époque. Ils ont également refait la plomberie il y a quelques années.

Il se dirigea vers l'un des transats disposés autour du plan d'eau.

— Quand j'étais enfant, je ne pensais pas à ce qui manquait à cet endroit. J'aimais juste être ici avec ma famille.

Amy, qui avait eu pour seule famille sa mère et son père – ses grands-parents étaient décédés avant sa naissance —, avait un peu de mal à imaginer de grandes réunions familiales. Elle s'assit et poussa un soupir de satisfaction.

— C'est beau, ici. Très calme.

Soudain, elle se sentit heureuse d'être venue. Cet endroit pourrait l'aider à recouvrer sa sérénité d'esprit.

— Oui. Le travail de mon père est très difficile. Venir ici l'aide à mettre les choses en perspective. À réaliser que la vie ne consiste pas uniquement à combattre les barons de la drogue dans les favelas.

Certains des bidonvilles du Brésil étaient contrôlés par différents gangs, qui géraient les allées et venues des personnes extérieures au ghetto.

— Je ne peux pas imaginer à quel point cela doit être difficile.

— J'ai grandi en sachant que mon père pouvait partir le matin pour aller travailler et ne jamais rentrer à la maison le soir. Je pense que c'est pourquoi cette *chácara* est si importante pour lui. Il a eu des offres sur la propriété, mais il les a toutes refusées.

— Vous en hériterez un jour, alors.

— J'imagine…

Elle perçut une note étrange sans sa voix et demanda :

— Vous n'en voulez pas ?

— Il fut un temps où j'aurais dit non. Mais c'était il y a longtemps.

Il tendit sa jambe devant lui en appuyant sa canne contre sa cuisse.

— Avez-vous mal ?

— Non.

La réponse fut brusque, comme à chaque fois qu'elle évoquait sa jambe. Il n'aimait pas en parler, ce qu'elle pouvait comprendre. Personne n'aimait admettre ses faiblesses.

— Désolée.

Il appuya la tête contre le haut dossier du transat, puis se tourna vers elle.

— C'est moi qui suis désolé. Ma jambe est fatiguée de cette longue journée, mais elle ira bien demain.

Pour leur sortie à la plage… Ils devraient beaucoup marcher, mais ce serait mieux pour ses muscles que de rester debout sans bouger, comme il le faisait quand il opérait ses patients.

— Que dois-je apporter ?

— À la plage ? Comme en Floride : de la crème solaire, peut-être un chapeau. Des chaussures légères pour marcher dans le sable.

— Où voulez-vous que je vous retrouve ?

— Je pense qu'il serait préférable que je vous prenne devant la Fonte Cristalina. Disons à 9 heures ?

Parfait !

Une demi-heure plus tard, Amy était assise dehors, à une grande table, et riait des anecdotes qu'André racontait sur son métier de policier. Elle était presque sûre qu'il avait aussi vécu des moments terribles. Parfois, Claudia posait sa main sur la sienne et lui demandait en souriant si elle voulait quelque chose à boire, l'encourageant à prendre une autre bouchée de cette délicieuse viande grillée si populaire au Brésil.

— Je suis très… satisfaite.

L'un des mots préférés de sa mère avait fait surface sans prévenir, et elle ferma les yeux, espérant que personne ne remarquerait qu'elle était étouffée par le chagrin – un chagrin qu'elle pensait avoir surmonté.

Roque l'observait du coin de l'œil.

— Est-ce que ça va ?

— Oui. Je profite de la soirée.

Et c'était le cas, à sa grande surprise. C'était probablement cela qui avait suscité son émotion. Elle savait que sa mère aurait adoré partager ce moment avec elle.

Roque jeta un coup d'œil à sa montre.

— Je dois ramener Amy à son appartement, dit-il à ses parents. La journée a été longue.

Claudia se leva pour embrasser son fils sur la joue, puis elle se tourna vers Amy et la serra dans ses bras.

— *Venha de novo, ta* ?

— Oui, merci beaucoup…

Bien qu'elle appréciât la proposition de Claudia, elle doutait fort de revoir les parents de Roque.

Heureusement, son sourire cachait sa tristesse, mais à la vérité, ces trois mois ne seraient bientôt plus qu'une toute petite parenthèse dans sa vie. Et peut-être qu'un jour elle serait capable de se remémorer avec plaisir ces instants.

Du moins, elle l'espérait.

7.

Pourquoi diable lui avait-elle donné rendez-vous devant son immeuble ? Et pourquoi avoir accepté de passer la journée avec lui ?

Quand il arriva, elle sauta dans la voiture et lui offrit son plus beau sourire dans l'espoir qu'il ne remarquerait pas à quel point elle était nerveuse.

— Allons-y !

— Avez-vous hâte de voir Guarujá ? Si vous avez apporté une serviette, nous pourrons nous asseoir sur la plage pendant un moment.

— Très bien. Connaissez-vous Caraguatatuba ? Apparemment, il y a une grande plage de surf là-bas.

— Oui, Massaguaçu. Si vous décidez d'aller surfer là-bas, n'y allez pas seule, car les vagues sont très puissantes et peuvent être dangereuses.

— Je n'irai pas seule. Promis.

— Bien.

Une heure et demie plus tard, ils arrivèrent à Guarujá, et Amy en eut le souffle coupé. C'était presque intimidant, toutes ces villas de luxe alignées le long de la plage. Cela ne ressemblait en rien à la *chácara* qu'elle avait vue la veille.

La circulation était dense, mais pas autant qu'au centre de Sao Paulo, où l'on voyait souvent des scooters et des vélos slalomer entre les files de voitures.

— Est-ce que ça vous plaît ?

— Oui, mais je ne m'attendais pas à cela. Il doit y avoir des milliers de personnes qui vivent ici !

Roque sourit.

— Des centaines de milliers. C'est drôle de voir cet endroit avec les yeux d'un touriste.

Ainsi, il n'avait amené personne ici lors des échanges des années précédentes ? Elle ne put s'empêcher de sourire tandis qu'une vague de chaleur se propageait en elle.

— Je vais essayer de ne pas vous décevoir.

— Vous ne m'avez pas déçu, Amy. Croyez-moi.

Quelque chose dans la façon dont il prononça ces paroles la fit frissonner.

Il se gara dans le premier parking disponible. En prenant son sac de plage sur le siège arrière, Amy nota qu'il n'avait rien apporté. Après avoir longé les grands immeubles de la promenade, ils arrivèrent sur une longue bande de sable où des parasols rayés rouge et blanc s'étendaient à perte de vue.

— C'est impressionnant, murmura Amy.

Il jeta un coup d'œil à l'un des bâtiments voisins et dit :

— Installez-vous, je vous rejoins dans une minute.

Elle enleva ses chaussures qu'elle fourra dans son sac, savourant la chaleur du sable sous ses pieds nus.

Quelques instants plus tard, elle sentit qu'on tirait légèrement sur son sac. Elle ne se retourna pas, et cela recommença…

Alors, tournoyant sur elle-même, elle lança sa jambe et crocheta le mollet du pickpocket, l'envoyant au sol.

Ce n'est qu'à cet instant qu'elle réalisa son erreur.

Roque était étendu sur le sable, sa canne à environ un mètre de lui.

— Oh ! mon Dieu ! Je suis désolée. Je pensais que quelqu'un essayait de voler quelque chose dans mon sac.

— Vous, au moins, vous savez vous défendre…

— Bien sûr. Je vous ai déjà dit que je pratiquais le tae kwon do…

Elle fronça les sourcils.

— Attendez… Avez-vous fait exprès de me provoquer ? Essayiez-vous d'obtenir une réaction de ma part ?

— Je voulais voir si vous aviez conscience de votre environnement.

— J'ai réagi par pur instinct. Êtes-vous blessé ? Votre jambe ?

— Seule ma fierté a souffert, répondit-il en saisissant la main qu'elle lui tendait.

Une fois debout, il fit quelques pas, et elle se sentit pâlir.

— Vous êtes blessé ! s'écria-t-elle, prise de panique. Je suis vraiment désolée !

— Ce n'est rien, répondit-il en se massant la cuisse gauche. Juste une crampe musculaire. J'en ai parfois quand les nerfs se détraquent.

Elle décida de saisir sa chance.

— Je peux vous aider à arranger ça.

— Non, vous ne pouvez pas.

Le ton était grave et sans appel, mais elle insista.

— Je ne peux pas faire disparaître votre blessure, mais je peux vous aider à soulager la douleur que vous ressentez en ce moment.

— J'ai déjà essayé.

— Et ça n'a pas marché du tout ? Je trouve cela difficile à croire. Je peux faire un massage en profondeur des tissus qui…

— Mais non…

Cette fois, elle haussa le ton.

— Vous plaisantez, n'est-ce pas ? Vous avez dit que vous aimiez la façon dont j'avais traité Bobby Sellers, que cela prouvait que je pouvais penser différemment, et maintenant vous faites comme si je n'avais rien à proposer !

— Je n'ai pas dit ça.

— Mais vous l'avez sous-entendu. Laissez-moi essayer,

s'il vous plaît. Si cela se révèle inutile, vous n'aurez rien perdu. Mais si cela apporte une amélioration…

— Vous ne serez pas toujours là, Amy, alors il vaut mieux que je ne m'habitue pas à…

— Il y a d'autres thérapeutes auxquels vous pourrez vous adresser. Laissez-moi vous aider… Je vais ajouter des huiles essentielles à mon huile de massage et traiter le muscle en profondeur…

— Et si ça ne sert à rien ? Cesserez-vous alors de me suggérer de suivre une thérapie ?

Elle hocha légèrement la tête.

— Êtes-vous sûr qu'il s'agit d'une crampe ?

— Ce n'est pas disloqué ou cassé, si c'est ce que vous suggérez. Je reconnais cette douleur. Ce n'est que du muscle.

— Pouvez-vous retourner à la voiture ?

— Je peux terminer notre visite.

Il tenta de faire un autre pas, mais s'arrêta aussitôt en réprimant une grimace de douleur.

— Non. Donnez-moi votre canne et prenez mon bras.

Étonnamment, il obéit, et sentir son corps solide près du sien la rassura. Ils retournèrent sur le trottoir et, lorsqu'elle leva les yeux vers Roque, elle lut la souffrance sur son visage. Il prétendait que sa douleur était musculaire, et elle en aurait la confirmation dès qu'elle aurait posé ses mains sur sa peau.

Pourvu qu'il ait raison ! Roque n'apprécierait certainement pas de devoir reporter toutes ses opérations à cause d'une chose aussi stupide qu'une erreur de diagnostic.

— Avez-vous votre permis de conduire international ? demanda-t-il.

— Oui, vous voulez que je conduise ?

— Ce serait plus prudent, je crois…

Quinze minutes plus tard, ils arrivèrent au parking. Elle aida Roque à prendre place sur le siège passager et démarra.

— Avez-vous un GPS ? Sinon, vous devrez m'indiquer le chemin pour rentrer chez vous.

— Je vais l'activer sur mon téléphone. En gros, vous allez prendre l'autoroute jusqu'à Sao Paulo.

— D'accord, je vais suivre les instructions.

Maintenant que son insistance lui avait permis d'obtenir ce qu'elle voulait, elle commençait à se demander si elle avait bien fait de lui proposer d'essayer un nouveau traitement. Mais elle se sentait si coupable de l'avoir fait souffrir que le moins qu'elle pouvait faire était de tenter de réparer sa maladresse.

En sentant son cœur se serrer, elle comprit qu'elle était en mauvaise posture. Non, elle ne tomberait pas amoureuse de lui ! Elle était sincère quand elle parlait de reprendre ses études de doctorat, et elle ne pouvait pas le faire au Brésil.

Or la vie de Roque était ici. Il adorait son travail et la vie qu'il menait, et le fait qu'elle soit troublée par le contact de son corps contre le sien n'y changeait rien. Au contraire, cela signifiait qu'elle devait redoubler de prudence. Le baiser qu'ils avaient échangé l'avait bouleversée au plus haut point, et si son téléphone n'avait pas sonné…

Le GPS émit un nouvel ordre, et elle se força à se concentrer sur la route. Pendant les vingt minutes qui suivirent, Roque demeura silencieux, les yeux fermés. S'était-il endormi ou souffrait-il tellement qu'il préférait s'isoler du monde extérieur ?

Soudain, il se redressa et la regarda.

— J'habite tout près d'ici, un peu plus loin sur votre droite. *Condomínio Apollo*. Il faut entrer dans le parking souterrain, place 601.

Elle trouva son immeuble et prit un virage serré qui menait à ce qui ressemblait à un labyrinthe. Elle repéra sa place de parking grâce aux numéros, clairement visibles au sol.

— Ça ne va pas mieux du tout ? demanda-t-elle une fois le moteur éteint.

— Nous allons le savoir bientôt, répondit-il, le visage tendu.

— Je viens vous aider.

Elle glissa les clés dans la poche de sa robe, récupéra son sac à main et son sac de plage et alla ouvrir la portière côté passager.

— Donnez-moi la main.

— Donnez-moi ma canne. Je vais voir si je peux me débrouiller.

Sans un mot, elle prit la canne, qu'elle posa sur son bras.

— Prenez mes mains, s'il vous plaît.

Elle se pencha vers l'habitacle et planta ses yeux dans les siens.

— Faites-moi confiance, Roque. Je vous en prie. Moins on sollicite ces muscles en ce moment, plus le massage sera efficace. Prise d'un élan de compassion soudain, elle prit ses mains dans les siennes et les serra doucement.

— Je veux vous aider. Je vous le promets. Mais je ne peux pas le faire tant que vous ne serez pas dans l'appartement.

Elle réfléchit quelques instants, puis ajouta :

— Auriez-vous un fauteuil roulant, ou un déambulateur, quelque part ?

— Non. Pas de fauteuil roulant. Allons-y !

Elle l'aida à balancer ses jambes et à les poser au sol.

— OK, quand vous êtes prêt, saisissez mes poignets.

Elle posa ses mains sur ses avant-bras et attendit qu'il fasse de même.

— Nous aurons plus de force ainsi, et vous ne pourrez pas tomber, expliqua-t-elle avec un sourire encourageant. À trois. *Um… dois… tres* !

Il réussit à sortir de la voiture, en faisant basculer le poids de son corps sur sa jambe droite.

— Bon, maintenant, appuyez-vous sur moi. Vous reprendrez la canne une fois arrivé à l'appartement.

Ils se dirigèrent vers l'ascenseur, et il pressa le bouton du sixième étage.

— Combien d'étages compte ce bâtiment ?

— Six.

Quand les portes de l'ascenseur s'ouvrirent, elle remarqua qu'il n'y avait que deux portes, sur le palier. Les appartements devaient être immenses.

— Où sont vos clés ?

Il désigna sa poche d'un geste de la tête. Elle y plongea la main, puis ouvrit la porte en grand.

Après l'avoir confortablement installé sur le canapé, elle lui dit :

— Attendez-moi ici. Je reviens tout de suite.

8.

Roque s'était crispé quand elle avait demandé s'il avait un fauteuil roulant dans son appartement. Plus maintenant. Mais il avait encore un déambulateur, caché dans un placard de la chambre d'amis. Il ne pouvait pas le regarder sans qu'une myriade d'émotions le submergent, menaçant de lui voler le peu de force qu'il lui restait.

En un éclair, le jeune homme plein d'énergie, capable de percer la défense adverse pour aller marquer un but, puis un autre, était devenu un infirme qui pouvait à peine mettre un pied devant l'autre – même avec des béquilles. Un homme qui avait vieilli de quarante ans du jour au lendemain.

Il lutta contre la peur qui couvait en lui. Et si, malgré ce qu'il avait affirmé à Amy, ce n'étaient pas seulement ses muscles qui lui faisaient défaut ? Et si sa chute avait déchiré un tissu qu'il ne pouvait pas se permettre de perdre ?

Il vit son chat sortir de la cuisine et sauter sur ses genoux.

— Désolé, ma belle, murmura-t-il en caressant l'animal. Je te nourrirai dès que je pourrai me lever.

Quand Amy revint avec une bassine, il se crispa.

— Je ne vais pas vomir, si c'est ce que vous craignez.

— Non, ce n'est pas ça. Je voudrais y mettre des serviettes chaudes, mais je voudrais savoir où se trouve votre sèche-linge pour…

Elle s'interrompit en découvrant le chat.

— C'est Rachel ?

— Oui.

Amy alla glisser les doigts dans l'épaisse fourrure de l'animal.

— Salut, toi. J'ai entendu parler de toi. Heureusement, je ne suis pas allergique… Alors, où est le sèche-linge ?

— Je n'ai pas de sèche-linge, mais j'ai un coussin chauffant.

Il désigna de la tête la porte de sa chambre.

— Dans le placard de ma chambre d'amis, sur l'étagère du haut.

Quelques instants plus tard, elle revint avec le coussin chauffant dans une main et le déambulateur dans l'autre.

— Rangez ça. Tout de suite !

Sa voix était assez forte pour que Rachel sursaute. Mais la dernière chose qu'il voulait était qu'on lui rappelle sa faiblesse, son impuissance.

Amy posa le déambulateur avec un froncement de sourcils.

— Ce n'est pas pour toujours, c'est juste pour reposer un peu les muscles de votre jambe. Au moins pour ce soir.

— Je n'en ai pas besoin. Ni ce soir, ni jamais.

Elle hésita, puis laissa le déambulateur de côté et s'approcha avec le coussin chauffant.

— D'accord, on en reparlera plus tard.

Elle était aussi têtue que lui, songea-t-il en souriant malgré lui.

— Je ne compterais pas trop là-dessus, à votre place…

— Laissez-moi m'installer. Cela ne prendra que quelques minutes, mais en attendant je vais brancher ça et faire chauffer ces muscles. Enlevez votre pantalon.

— Pas question. Mais vous pouvez faire tout ce que vous voulez par-dessus mon pantalon.

— Non. Je ne peux pas. Et non seulement je ne peux pas, mais je ne veux pas. J'ai une serviette, ici…

Elle sortit de son sac de plage une grande serviette rose avec une photo de chat.

— Qu'est-ce que c'est ?

— Les Aristochats. Vous savez, le film ? Vous pouvez la poser sur vos genoux, puisque vous semblez être si… pudique.

Bien sûr qu'il était pudique ! Car, malgré la douleur dans sa jambe et le fait qu'elle cherche à le torturer, la probabilité était très forte qu'à un moment donné, cette serviette révèle un problème musculaire d'un tout autre genre.

— Je vais vous aider à l'enlever, alors, proposa-t-elle avec un sourire taquin.

Il fallait à tout prix qu'il se débarrasse d'elle, juste le temps d'enlever ce maudit pantalon.

— Laissez-moi une minute, je vais le faire moi-même…

— Très bien. Appelez-moi quand vous êtes prêt. Ou si vous avez besoin d'aide, dit-elle en quittant la pièce.

Il venait de déboutonner son jean quand elle passa la tête dans l'entrebâillement de la porte.

— Je crois que Rachel a faim. Que mange-t-elle ?

— Il y a des boîtes de conserve dans le garde-manger et sa gamelle est par terre, près du lave-vaisselle.

Cette fois-ci, elle disparut pour de bon, tandis qu'il s'efforçait de se glisser hors du vêtement trop serré, appuyé sur sa jambe blessée.

Diabos ! Et s'il devait être opéré une nouvelle fois ? Pire encore, s'il ne pouvait plus pratiquer d'opérations chirurgicales ? Ou exercer la médecine ?

Après son accident, il avait fallu deux ans avant qu'il n'ait eu le courage d'entamer une relation. C'était dû en partie à la trahison de Halee, et en partie aussi à la trahison de son propre corps.

Enfin, il réussit à retirer son pantalon, et drapa cette ridicule serviette autour de ses jambes.

Quelques minutes plus tard, Amy revint, la bassine fumante entre les mains.

Il fronça les sourcils.

— Quelle est la température exacte de ces serviettes ?

— Elles sont très chaudes.

Il l'observa. Plusieurs mèches de cheveux échappées de sa queue-de-cheval dansaient sur ses épaules. Elle portait une ravissante robe blanche au crochet, mais pas de sandales.

— Qu'est-il arrivé à vos chaussures ?

— Je les ai laissées dans mon sac de plage.

En y repensant, il ne l'avait pas vue remettre ses chaussures avant de l'aider à monter dans la voiture. Pourtant, le trottoir devait être brûlant ! Mais elle ne s'était pas plainte, et avait conduit pieds nus. Ensuite, elle était montée dans l'ascenseur et avait marché sur le plancher de son appartement ainsi…

C'était l'impulsion dont il avait besoin pour faire ce qu'elle lui demandait. Si elle pouvait faire tout ce qui était nécessaire pour lui sans se préoccuper d'elle-même, il allait l'imiter et lui obéir…

Cela suscita en lui une vague de pensées importunes, qu'il s'empressa de chasser.

— L'humidité va-t-elle endommager votre canapé ? Si c'est le cas, nous pouvons nous installer sur votre lit.

Non. Pas le lit.

— Ce canapé ne craint rien, et il est convertible.

— C'est parfait. Comment cela fonctionne-t-il ?

— Il y a un bouton sur le côté.

Elle fit descendre le dossier, tandis qu'il se penchait en avant.

— Très bien. Avez-vous mal devant ou derrière ?

— C'est plutôt à l'extérieur de ma cuisse, là où se trouve la cicatrice.

— Allongez-vous sur le ventre, comme sur une table de massage.

Il se détendit légèrement.

— Je voudrais garder la serviette autour de ma taille, dans ce cas.

— Vos désirs sont des ordres…

Il s'empressa d'oublier cette phrase, qui attisait en lui des envies qu'il ne voulait, ne pouvait pas s'autoriser. L'envie de l'embrasser, par exemple, et de revivre les sensations qu'il avait éprouvées dans son bureau, quand elle s'était lovée contre lui…

Dès qu'il fut bien installé, elle enroula une serviette chaude autour de sa jambe gauche, ce qui provoqua une légère douleur, puis elle régla le minuteur de son téléphone et sortit un flacon de son sac à main.

Il lui jeta un regard méfiant. Flávia Maura lui avait-elle donné une de ses potions aux herbes ?

— Qu'est-ce que c'est ?

— Détendez-vous. C'est juste un mélange d'huiles essentielles que je transporte partout pour les douleurs musculaires. Il contient de la gaulthérie, de la menthe poivrée, de la citronnelle et diverses autres plantes. Je vais y ajouter de l'huile d'olive que j'ai trouvée dans votre garde-manger. Le tout agira comme un analgésique naturel et aidera à lubrifier la peau pendant que je la travaille.

Elle s'interrompit.

— À moins que vous ne vouliez prendre un relaxant musculaire. Si vous en avez.

Il en avait quelque part, mais il évitait d'en absorber, ayant déjà eu du mal à se sevrer des antalgiques puissants après l'accident. Cela l'avait rendu méfiant à l'égard des médicaments.

— Je ne préfère pas, sauf si c'est absolument nécessaire.

— C'est ce que je pensais.

Elle remplaça les serviettes froides par d'autres, bien chaudes.

— Une fois qu'elles seront refroidies, je masserai vos muscles avec de l'huile.

Cinq minutes plus tard, elle posa ses mains sur lui. Dès qu'elle toucha sa peau, la douleur dans sa jambe devint presque secondaire. Elle était là, mais il ne s'en préoccupait plus. Les mains d'Amy pressaient et frottaient sa peau avec force et douceur à la fois, et il ferma les yeux… pour les rouvrir brusquement quand elle aborda la zone douloureuse.

— *Diabos* !

— Ça fait mal ?

— Oui.

— C'est bien.

Il tourna la tête vers elle et la vit sourire.

— Je sens les muscles qui ont été touchés par la balle, mais j'avais besoin d'être sûre que j'étais au bon endroit.

— Eh bien, je vous le confirme !

Il serra les dents pour chasser la douleur, oubliant presque tout le reste. Amy continua à travailler, utilisant la base de sa paume pour dénouer les tensions de sa jambe. Quinze minutes plus tard, il se rendit compte que la douleur diminuait, si lentement qu'il ne savait pas quand cela avait commencé. Mais l'amélioration était très nette, de plus en plus nette.

— Merci. J'ai l'impression que ça n'a pas mal fonctionné.

— Donnez-moi juste quelques minutes de plus. Je pense que je peux faire encore mieux.

Elle continua son massage et, quand ses mains s'immobilisèrent enfin, elle effleura du doigt le sillon de sa cicatrice, le faisant frissonner. Elle avait soulagé presque toute sa douleur. Et lui en avait infligé une nouvelle, d'une tout autre nature…

— Merci, Amy.

— De rien.

Il se retourna prudemment et s'assit en gardant la serviette en place. Il ne sentit aucune pression dans sa jambe mais, quand il la regarda, il remarqua que ses joues étaient rouges, ce qui était sans doute dû à l'effort, mais peut-être pas uniquement…

Sentir ses doigts sur sa cicatrice avait provoqué en lui des sensations différentes de celles du massage de sa jambe. Il avait senti une émotion nouvelle naître en lui alors que, d'ordinaire, il n'aimait pas que les femmes s'attardent ainsi sur cette marque.

Elle était toujours agenouillée sur le tapis, devant le canapé, mais alors qu'elle s'apprêtait à prendre une nouvelle serviette, il lui saisit le poignet. Puis, incapable de résister, il caressa doucement sa joue.

— Laissez tout ça, je m'en occuperai demain matin.

— Comment vous sentez-vous ? lui demanda-t-elle, les yeux brillants.

— Mieux. Je ne croyais pas qu'un simple massage puisse faire autant d'effet.

En réalité, ce massage n'avait rien de simple. Pas plus que l'effet qu'il produisait sur lui.

— Je vous avais dit que ça fonctionnerait. Me croyez-vous, maintenant ?

— Je vous crois… vous. Mais j'ai eu une autre kiné qui…

Il n'acheva pas sa phrase. Comme il se levait, elle l'imita, et il la vit rougir légèrement et se mordiller la lèvre.

Embrasse-la.

Il prit son visage en coupe, et elle se pencha vers lui, comme si elle attendait un baiser. Comme si elle l'attendait, lui.

— Qu'y avait-il, dans cette huile, déjà ?

— Rien de dangereux…

C'est là qu'elle avait tort. Parce qu'un poison puissant courait dans ses veines, prenant le contrôle de ses pensées. Et s'il interprétait correctement son expression, elle en ressentait les effets, elle aussi.

— Si je t'embrassais dans cette serviette ridicule, que ferais-tu ?

Surprise et flattée par ce tutoiement soudain, elle sourit doucement, révélant une fossette au creux de sa joue.

— Essaye, et tu le sauras…

Alors, sans se faire prier, Roque inclina la tête et posa sa bouche contre la sienne.

À la seconde où il toucha ses lèvres, Amy se sentit fondre. Elle avait beaucoup trop apprécié les quinze dernières minutes de ce massage. Ses muscles étaient fermes sous sa peau, et non pas flasques, comme elle l'avait cru. Il avait une musculature d'athlète, même s'il n'en était plus un.

Ses lèvres étaient fermes, elles aussi, et goûtaient les siennes avec une ferveur qu'elle partageait. Mon Dieu, elle ne pouvait pas y croire ! C'était comme s'il avait lu dans ses pensées et la remerciait de l'avoir aidé à se sentir mieux.

Mais elle n'avait pas du tout l'impression qu'il l'embrassait par devoir, ni par gratitude, plutôt qu'il la désirait autant qu'elle le désirait.

Une aventure… N'était-ce pas ce qu'elle s'était imaginé s'accorder en venant au Brésil ? Avec un bel inconnu ? N'y avait-elle pas vu un moyen de donner un nouvel élan à sa vie ?

Mais pourquoi rêver d'un inconnu quand elle tenait l'homme parfait entre ses bras ? Quelqu'un qu'elle connaissait, en qui elle avait confiance. Quelqu'un dont elle avait touché la peau et qu'elle voulait toucher à nouveau, autrement…

Elle n'avait pas besoin d'engagement. Elle l'avait souhaité par le passé, pour ensuite être cruellement déçue lorsque l'homme auquel elle tenait s'était éloigné, sans même une excuse ou un au revoir. Cela avait fait mal. Assez pour ne pas vouloir répéter cette expérience.

Mais elle n'avait pas besoin que Roque lui fasse des

promesses d'avenir. En cet instant précis, en tout cas, elle ne voulait rien d'autre que prendre du plaisir avec lui…

Elle fit glisser ses mains le long de ses bras, et sentit ses muscles saillir sous ses doigts, qu'elle glissa dans ses cheveux, juste au-dessus du col de son polo.

Roque pencha la tête pour approfondir leur baiser, ses paumes frôlant le tissu de sa robe, sur ses reins.

— Comment ça s'appelle ? murmura-t-il en soulevant légèrement sa robe. Je n'ai pas pu m'empêcher d'y penser toute la journée…

— Quoi ? demanda-t-elle sans comprendre.

Il sourit contre sa bouche.

— Ce tissu plein de trous minuscules. C'est tellement sexy que j'ai envie d'en caresser chaque centimètre carré…

— De la broderie anglaise. Je ne sais pas comment on dit en portugais.

— Hum… Moi non plus.

Il fit courir ses lèvres douces et chaudes sur sa joue, puis sa gorge. Et quand il atteignit l'encolure de la robe, il la frôla lentement du doigt, la faisant gémir. Puis, de sa main libre, il fit glisser la fermeture Éclair au dos de sa robe, l'abaissant jusqu'à sa taille.

— Veux-tu que nous allions ailleurs ? Dans un endroit un peu plus… intime ?

— Oui, murmura-t-elle, soudain timide.

Il lui prit la main et l'entraîna vers le fond de l'appartement, ouvrant, puis refermant une porte derrière eux. Celle de sa chambre, où trônait un immense lit à baldaquin en bois exotique.

Lentement, il saisit le bas de sa robe et fit passer le vêtement par-dessus sa tête, si bien qu'elle se retrouva debout devant lui, vêtue de ses seuls sous-vêtements roses.

Il posa le doigt sur son slip en dentelle.

— Est-ce celui que…

Elle pencha la tête.

— Que quoi ?

— … que j'ai aperçu dans ta valise, le premier jour, acheva-t-il.

Son visage s'éclaira tandis qu'elle se remémorait les circonstances de cette visite.

— Oui…

Le portait-elle aujourd'hui parce qu'elle savait qu'il allait le voir ?

Non, il est impossible qu'elle ait pu planifier tout cela, même inconsciemment.

— Ces dessous me hantent depuis des semaines.

Elle eut un rire léger.

— Et moi qui espérais que tu ne les avais pas remarqués !

Il se pencha vers le bas comme pour la prendre dans ses bras, mais elle le repoussa doucement.

— Qu'est-ce qui ne va pas ?

Une foule d'émotions contradictoires passèrent sur son visage, et elle comprit qu'il se trompait sur les raisons de son geste.

— Je ne veux pas que tu me soulèves, ni que tu fasses quoi que ce soit qui puisse réveiller la douleur de ta jambe. Cela me rendrait très malheureuse, à plus d'un titre.

Elle se tourna vers le lit, puis tira la couverture et lâcha d'un air mutin :

— Pourquoi ne pas t'allonger ?

Il ne réagit pas du tout comme elle l'avait espéré.

— Je ne suis pas un invalide, Amy.

— Oh ! je le sais, crois-moi…

Pour cacher sa douleur et sa gêne, elle eut un rire forcé et lui prit doucement sa serviette, révélant une impressionnante érection, visible sous son boxer.

— Tu es incroyable, souffla-t-il, au comble de l'excitation. Mais… Je vais avoir besoin de quelque chose, dans la table de nuit.

En ouvrant le tiroir du haut, elle trouva un paquet de préservatifs qu'elle jeta sur le lit.

— Autre chose ?

Il hocha la tête.

— Oui. Si je promets de ne faire aucun mouvement de gymnastique, me laisseras-tu jouer un rôle… actif ?

— Cela dépend, répondit-elle, prudente.

Soudain, il vint se placer devant elle, lui saisit les hanches et l'attira contre lui.

— Je veux que nous ayons du plaisir. Tous les deux, murmura-t-il, soudain sérieux.

— Pas d'acrobaties, et tout ira bien.

— Pas cette fois. Promis.

Il n'essaya pas de la soulever de nouveau ; au lieu de cela, gardant ses mains sur ses hanches, il la fit reculer jusqu'à ce que le dos de ses cuisses touche le matelas. Puis il la fit basculer sur le lit moelleux et accueillant…

Il s'allongea sur elle et ne bougea pas pendant quelques secondes, puis fit glisser son slip de dentelle rose le long de ses cuisses.

— *Meu Deus. Você é a mulher mais linda do mundo.*

Elle n'était pas la plus belle femme du monde, mais c'était agréable de l'entendre dire ces mots. Et de le voir aussi passionné. Quant à elle, impossible d'être plus excitée qu'elle ne l'était en cet instant.

Mais comme il se penchait pour l'embrasser, elle posa son pied nu sur son ventre.

— Reste aussi droit que possible.

— C'est un ordre ? demanda-t-il, un peu surpris par son ton autoritaire. D'accord. Je ne bougerai plus. Assieds-toi, *querida*.

Elle obéit à son tour et il prit ses seins en coupe pour en taquiner les tétons.

— Tu me rends fou…

Folle de désir elle aussi, elle se cambra pour mieux l'accueillir quand il agrippa ses fesses et la pénétra d'un rapide coup de reins, l'emplissant entièrement.

Bouleversée par les sensations inédites qui l'assaillaient,

elle perdit tout contrôle. Visiblement, Roque ne voulait pas prolonger les préliminaires, ni lui laisser l'initiative…

Elle avait voulu lui éviter toute douleur à la jambe, mais l'expression qu'elle lisait sur son visage n'avait rien à voir avec la douleur. C'était du désir, de la sensualité pure, une foule de sentiments qu'elle n'était pas vraiment en état d'analyser.

Ce qu'elle savait, c'est qu'elle le désirait. Qu'elle voulait qu'il la possède, et que cela ne s'arrête jamais… Il se mit à bouger de plus en plus vite en elle, et elle se rendit compte qu'elle s'approchait de la falaise. Si elle basculait, il n'y aurait plus de retour en arrière possible…

Mais elle s'en moquait, certaine que, bientôt, elle serait aussi proche du paradis qu'elle ne l'avait jamais été.

Il l'embrassa, tout en continuant de bouger en elle et de la caresser.

— J'ai tant attendu ce moment, murmura-t-il. Depuis le premier instant…

— Moi aussi…

Elle voulait en dire plus, mais les mots ne franchissaient pas ses lèvres, qu'il recommençait à dévorer. Quand sa langue en passa la barrière et se mêla à la sienne, elle noua ses mains autour de sa nuque, comme pour se fondre en lui.

— Amy, je ne peux plus…

Doucement, il glissa une main entre leurs corps, et trouva son bouton sensible, qu'il caressa avec douceur.

— Ooooh ! Roque… Oui…

Très vite, tous deux atteignirent l'orgasme dans un même cri, puis retombèrent dans les bras l'un de l'autre, haletants, épuisés, comblés.

9.

Il y avait un sujet tabou entre eux, et ce n'était pas lui qui ne voulait pas en parler. Pire encore, sa mère lui avait confié avoir invité Amy à une fête qu'elle organisait, et être toujours dans l'attente d'une réponse. Elle voulait sans doute que ce soit lui, Roque, qui lui demande de venir.

Mais il n'en avait pas l'intention, bien que le coup de téléphone maternel l'ait incité à renouer le dialogue, ce qu'il remettait à plus tard depuis deux semaines, en voyant Amy travailler d'arrache-pied aux côtés des autres membres de l'équipe, puis disparaître tout aussi rapidement une fois sa garde terminée. Comme si elle évitait d'être seule avec lui.

Comme si ?

Non, il n'y avait aucun doute : elle ne voulait pas le voir.

Mais, aujourd'hui, il devait assister à la première séance de kiné d'Enzo, et la rencontre serait inévitable. Il avait l'intention d'être présent et d'intervenir à l'issue de la consultation, même s'il ne savait pas très bien ce qu'il allait dire.

Tout ce qu'il savait, c'est qu'il n'avait pas aimé la façon dont ils s'étaient quittés, après avoir fait l'amour : avant même qu'il soit sorti de la douce léthargie qui avait suivi leur étreinte passionnée, elle s'était éclipsée…

Les portes de l'ascenseur s'ouvrirent sur une grande salle grouillant d'activité, avec des patients occupés à faire les exercices prescrits par leur kinésithérapeute.

Il repéra Enzo, qui lui fit un signe rapide. Quelques semaines auparavant, il avait passé son test de déglutition avec succès, mais Roque ne s'attendait pas à autre chose de son ancien entraîneur. Quand il se dirigea vers lui, il remarqua qu'Amy évitait de croiser son regard.

— Comment ça va ? demanda-t-il à son ami.

— Bien. Elle ne m'a pas encore fait pleurer.

Ses paroles étaient un peu déformées à cause de sa récente chirurgie de la mâchoire, mais au moins il pouvait parler. Il suivait également des scéances d'orthophonie et tous espéraient qu'il n'aurait pas de lésions nerveuses. Krysta, qui s'était montrée très méticuleuse dans sa résection, était optimiste. Cette mémoire musculaire reviendrait au fil du temps, il n'en doutait pas.

— Ne t'inquiète pas, ça viendra. Vous devez travailler encore plus d'un mois ensemble, ironisa-t-il.

Cependant, Roque avait décidé qu'il ne pouvait plus reporter sa discussion avec Amy.

Ils n'avaient rien fait de mal, mais son attitude suggérait qu'elle le pensait. Et il finissait par le penser aussi, sans trop savoir pourquoi.

Il s'agissait d'une mission temporaire, pour elle. Et pour lui aussi, en réalité. Ce qui aurait dû en toute logique faciliter la résolution du problème. Mais, jusqu'à présent, ce n'était pas le cas.

Elle lui avait vraiment fait du bien, et sa jambe le faisait moins souffrir depuis qu'elle l'avait massé. Ce qui signifiait qu'il s'était trompé en prétendant que la physiothérapie ne pouvait plus l'aider. C'était une réaction négative à ce qui s'était passé bien avant son arrivée.

— Je me sens mieux, confia Enzo.

Roque posa la main sur l'épaule de son ami.

— Je suis très heureux pour toi. Tu dois être soulagé d'arriver bientôt au terme de ton parcours de soins.

Il se rappela soudain l'époque où il terminait ses études de médecine, l'exaltation et l'angoisse qu'il ressentait face à l'avenir qui l'attendait. Enzo éprouvait probablement la même chose, en ce moment.

— Il a travaillé dur aujourd'hui, expliqua Amy. Assez fort pour que je sois prête à le laisser tranquille. Au moins jusqu'à la semaine prochaine.

Elle se tourna vers son patient et lui sourit.

— Assurez-vous de faire les exercices que je vous ai donnés. Ils vous aideront vraiment à retrouver votre amplitude de mouvement.

Enzo acquiesça et descendit de la table avant de regagner sa chambre.

Une fois son ami parti, Roque s'adressa à Amy.

— As-tu un autre patient maintenant ?

— Non, c'était mon dernier de la journée.

— Bien. Penses-tu que nous pouvons trouver un endroit pour parler ?

Elle ferma les yeux pendant une seconde avant de les ouvrir

— De quoi ?

Un muscle se crispa dans sa mâchoire.

— Je pense que tu sais de quoi il s'agit.

— Oui, en effet, soupira-t-elle en levant les yeux vers lui. Allons faire un tour.

Elle fit quelques pas, puis demanda :

— Comment va ta jambe ?

— Bien. Je suis tout à fait capable de marcher…

— Ce n'est pas ce que je voulais dire.

Il n'était pas sûr de la raison pour laquelle il avait devancé sa question. Peut-être que leurs *jogo de palavras*, leurs échanges un peu vifs, lui manquaient. Ils avaient fait place à des dialogues guindés et formels. Professionnels. Mais c'est bien ce qu'il avait voulu, n'est-ce pas ?

— Désolé. Allons jusqu'au *pátio*.

Derrière l'hôpital, il y avait un petit jardin privé où les patients et leurs proches pouvaient sortir et profiter du soleil ou s'asseoir à l'ombre des arbres. Cela lui rappelait un peu la *chácara* de ses parents. C'était aussi assez intime, et il y avait peu de chances que quelqu'un les entende.

Ils sortirent dans la cour et empruntèrent une petite allée.

— Je ne pense pas être encore venue ici. C'est magnifique.

— Oui. J'adorais ce lieu quand j'étais étudiant.

Elle le regarda.

— Je n'avais pas compris que tu avais fait tes études à Paulista.

— C'est le cas. J'avais envie de changer d'air après avoir vécu longtemps à Rio.

— Tes parents ont déménagé ici pour être près de toi ?

— La famille de ma mère est originaire de Sao Paulo, elle n'a donc eu aucun problème pour déménager. Pour un Brésilien – comme tu le sais probablement —, la famille est essentielle.

Il ne savait pas exactement comment la conversation avait pris ce tour mais, au moins, il avait réussi à rompre le silence glacial qu'il avait en vain tenté d'ignorer pendant les deux dernières semaines. Et elle semblait se détendre, peu à peu.

— J'ai toujours été surpris que ma mère ne soit pas retournée au Brésil après la mort de mon père.

— Pour être près de ton oncle, tu veux dire ?

Peut-être que, s'il lui rappelait les raisons de sa venue au Brésil, ils pourraient tous deux surmonter la gêne de ce qui s'est passé entre eux.

— Oui. Mais elle a dit qu'elle et mon oncle ne s'étaient pas parlé depuis des années. Il n'était pas d'accord pour qu'elle se marie si jeune et si vite et parte s'installer aux États-Unis.

Amy n'avait pas parlé à son oncle de la mort de sa mère. Ce n'était pas le genre de nouvelle qu'elle voulait lui annoncer par téléphone.

Roque voulait la faire parler, non seulement parce que cela pourrait les aider à renouer, mais aussi parce qu'il voulait vraiment savoir. Elle était venue ici à cause de sa mère, pour en apprendre un peu plus sur ses racines, alors il pourrait peut-être l'aider ?

— Ta mère a-t-elle grandi là où vit ton oncle maintenant ?

— Je ne sais pas. Elle n'a pas beaucoup parlé de sa vie au Brésil. Pour autant que je sache, elle n'est revenue ici qu'une seule fois. Quand j'étais bébé. Mon oncle a manifestement refusé de la voir.

— Je parie qu'il le regrette, maintenant.

— Peut-être. Au moins, il n'a pas refusé de me rencontrer.

Elle soupira.

— Je pense que le problème est que ma mère ne lui a pas laissé le temps d'assimiler ce qui se passait entre elle et mon père. Mon père travaillait pour l'un des principaux constructeurs automobiles du Brésil, qui avait une usine à Sao Paulo. Lui et ma mère se sont rencontrés lors d'un de ses voyages d'affaires et sont tombés amoureux. Trois semaines plus tard, ils se mariaient et partaient pour la Floride. Je suis née un an plus tard.

— C'était rapide, en effet.

Amy sourit.

— C'était ma mère. Elle vivait l'instant présent et s'y donnait entièrement, sans jamais se retourner. C'est peut-être en partie pour cette raison que, après avoir quitté le Brésil, elle détestait y revenir.

Il s'arrêta un instant sur cette idée. Ainsi, une fois qu'Amy aurait quitté le Brésil, elle ferait la même chose que sa mère et ne reviendrait jamais ?

Mais, d'un autre côté, cela pourrait aussi signifier que, si Amy vivait dans l'instant présent, elle serait capable de reléguer ce qui s'est produit entre eux dans le passé et d'aller de l'avant.

— Penses-tu que tu reviendras nous rendre visite ?

— Cela dépend de la façon dont les choses se passeront avec mon oncle.

Comme sa jambe commençait à fatiguer, Roque s'assit sur un banc et la tendit devant lui pour soulager la douleur.

— Je… voudrais parler de ce qui s'est passé à l'appartement, dit-il.

Elle leva la tête et le regarda dans les yeux.

— Oui ?

— J'aimerais dépasser cette gêne qui s'est installée entre nous.

— Je ne sais pas si j'en suis capable, Roque.

Ces mots lui firent l'effet d'un coup de poing dans le ventre. Mais, avant qu'il ne puisse formuler une réponse, elle ajouta :

— Je n'ai jamais eu de rapports sexuels… en dehors d'une relation amoureuse, et encore moins avec un patient. Ce n'était pas professionnel et je…

C'est donc de cela qu'il s'agissait !

— Mettons les choses au clair, Amy : je ne suis pas ton patient.

— Je croyais que tu allais te demander s'il ne s'était pas passé quelque chose entre moi et… Enzo, par exemple, ou d'autres patients.

Roque se retourna et planta ses yeux dans les siens.

— Après ma blessure, j'ai eu une kinésithérapeute, à Rio, qui m'a fait des avances. Elle a voulu prolonger mon traitement même après que j'ai cessé de faire des progrès. Crois-moi, si j'avais senti que tu étais comme ça, tu aurais quitté le programme en un clin d'œil !

Il lui toucha tendrement l'épaule.

— Tu n'as pas profité de moi. Je désirais autant que toi ce qui s'est passé. Nous étions deux adultes consentants qui ont passé une nuit ensemble, comme tant d'autres avant nous.

Elle lui sourit.

— Tu n'imagines pas à quel point je suis soulagée d'entendre cela ! Avant de venir ici, j'avais songé à avoir une aventure avec un beau Brésilien. Est-ce ainsi que tu définirais ce qui s'est passé entre nous ?

— Oui, sans doute, dans le sens où cela est totalement sans importance.

Une lueur de douleur dans ses yeux le fit réfléchir. Il s'attendait à ce qu'elle soit soulagée, pas… peinée. Il avait déjà perçu ce manque de confiance en elle auparavant. Mais, cette fois, ce n'était pas lié à son travail. Non, cela avait à voir avec lui.

— N'est-ce pas le bon mot ?

Elle enroula ses bras autour de sa taille.

— Si, c'est exactement le bon mot, murmura-t-elle.

Mais elle ne le regardait plus.

— Peut-être que « sans conséquence » aurait été plus adapté ?

Le visage impassible, elle répliqua :

— Oui, cela convient aussi…

Il sentit un étrange malaise l'envahir. Pourquoi réagissait-il ainsi ? C'était incompréhensible. Il aimait sa vie telle qu'elle était. Pas de conflits. Aucun engagement. Personne pour se demander ce qu'il ferait dans dix ans.

En la voyant brandir ce déambulateur, dans son salon, il avait eu un choc, comme un présage de ce que l'avenir pourrait lui réserver. Était-ce la raison pour laquelle il ne s'était jamais décidé à se débarrasser de cet objet ?

Il ne voulait pas être traité comme un invalide. Ni par Amy ni par personne d'autre. C'était ridicule mais, avec elle, il avait soudain l'impression d'avoir quelque chose à prouver, même s'il avait prétendu le contraire. Et il n'y pouvait rien…

C'est alors qu'il se remémora l'objectif de cette discussion qu'il avait lui-même provoquée.

— Alors, c'est réglé ? Tout va bien entre nous ?

— Oui, Roque, oublions tout ça.

Heureux d'être parvenu à ses fins, il ajouta sans réfléchir :

— Ma mère m'a dit qu'elle t'avait invitée à sa fête. Elle aimerait beaucoup que tu viennes. Et moi aussi.

Bon sang. Mais qu'est-ce que tu fais ?

— Je ne sais pas…

— Je te promets de ne pas marcher sur ta robe, cette fois.

Elle lui sourit timidement :

— Si tu es sûr que ça ne la dérange pas. Je pensais que ta mère voulait peut-être juste se montrer polie envers moi.

— Crois-moi, elle ne t'aurait pas invitée si elle ne voulait pas que tu sois là.

— Cela dépend un peu de mon chef de service. Il faut qu'il soit d'accord. C'est un type assez intimidant.

Il lui fallut une seconde pour comprendre qu'elle parlait de lui.

— Il n'est pas si intimidant que ça, et je suis sûr qu'il acceptera de t'accorder une soirée de liberté !

Amy prit une robe sur le portant, avant de la remettre en place avec un soupir. Elle devait se dépêcher. Son oncle était enfin de retour de voyage, et elle avait prévu de prendre un taxi pour se rendre chez lui sitôt sa garde terminée.

Et si elle laissait tomber le shopping et portait à nouveau sa robe de plage en broderie anglaise ? Non. Elle ne remettrait plus cette tenue, qu'elle ne pouvait pas regarder sans se rappeler les longs doigts de Roque courant sur le délicat coton…

Bien que leur relation de travail fût meilleure maintenant, parfois des bribes de la conversation qu'ils avaient eue dans le jardin resurgissaient à son esprit.

Roque considérait ce qui s'était passé entre eux comme « sans importance ». Et il avait raison. Mais entendre ces mots de sa bouche lui avait tout de même fait mal.

C'est la définition même d'une aventure, Amy. N'est-ce pas ce que tu voulais ? Une nuit, une seule…

De plus en plus agacée, elle essaya plusieurs robes. Sans succès.

Pourquoi as-tu donc accepté d'aller à la fête de ses parents ?

À cause d'une expression qu'elle avait vue sur son visage et qui contredisait ses paroles.

De plus, elle aimait bien ses parents. Elle n'avait pas vraiment eu l'occasion d'échanger avec beaucoup de gens en dehors du programme de l'hôpital, et c'était une occasion de découvrir la vie brésilienne telle que sa mère l'avait connue autrefois.

Et il fallait en profiter car, à la fin du mois, elle devrait dire au revoir – ou plutôt, adieu – à tous ses collègues et à ce merveilleux pays, et prendre l'avion pour rentrer chez elle.

Chez elle ?

Pour la première fois de sa vie, la Floride ne lui apparaissait plus comme son foyer. Mais sa vie était là-bas. Sa carrière. C'est là qu'elle reprendrait bientôt ses études de doctorat. Elle ne pouvait pas simplement se déraciner et venir vivre dans ce pays, où elle ne connaissait pratiquement personne…

Chassant ces pensées importunes, elle choisit une robe décontractée, puis la reposa et opta finalement pour un jean slim foncé qui mettait en valeur sa silhouette. Elle l'espérait, en tout cas.

Pourquoi ?

Peut-être avait-elle quelque chose à prouver ? À elle-même, du moins. Car, même si elle avait eu l'aventure espérée, elle n'était pas entièrement satisfaite et se surprenait à attendre davantage.

La soirée serait décisive mais, pour l'instant, elle devait se dépêcher, car elle était attendue chez son oncle dans une heure. Alors, avec un sourire à la vendeuse, elle sortit de la boutique et chercha la station de taxis la plus proche.

10.

Le jour de la fête, Amy se sentait presque aussi nerveuse à l'idée de se préparer pour cet événement qu'elle l'avait été pour le barbecue de la *chácara*. Il s'était passé tant de choses depuis ! Elle était allée à la plage avec Roque, et ils avaient fait l'amour… Elle avait aussi rendu visite à un oncle qu'elle n'avait jamais rencontré auparavant.

Elle et Abel avaient ri et pleuré en souvenir de sa mère, et il avait exprimé ses regrets de l'avoir rejetée tant d'années auparavant, lorsqu'elle était venue pour renouer avec lui. Il avait promis à Amy que lui et sa femme viendraient lui rendre visite aux États-Unis.

Elle enfila son jean slim, l'assortit d'une paire de bottes à talons, puis passa une tunique verte serrée à la taille par une ceinture à maillons argentés.

Après s'être coiffée et avoir appliqué une couche de mascara et du gloss sur ses lèvres, elle se déclara prête à sortir.

Quarante-cinq minutes plus tard, alors qu'elle s'avançait vers un jardin d'où s'échappaient des rires, Amy eut soudain envie de faire demi-tour. Mais elle avait promis d'être là et ne voulait pas qu'on pose trop de questions si elle annulait au dernier moment.

Tandis qu'elle se penchait vers l'Interphone, la porte s'ouvrit sur la mère de Roque, qui l'embrassa sur la joue, comme elle l'avait déjà fait lors de leur dernière rencontre.

— C'est bon de vous revoir !

L'enthousiasme de son hôtesse balaya tous ses doutes et elle s'entendit répondre :

— *Obrigada pelo convite.*

Au fil des semaines, elle avait progressé en portugais et ne trébuchait plus sur la moitié des mots. Elle continuait cependant à parler en anglais avec Roque car, bizarrement, il lui semblait important de bien s'exprimer en s'adressant à lui.

— Entrez, je vous en prie, dit Mme Cardoza. Mon mari espère arriver avant le dîner. Il a reçu un appel pour une urgence il y a quelques minutes et a dû s'absenter.

Amy suivit Claudia dans la charmante maison aux murs carrelés de bleu et blanc. C'était complètement différent de leur *chácara*, mais l'espace était chaleureux, et les délicieuses odeurs qui s'échappaient de la cuisine lui mirent l'eau à la bouche.

— Y a-t-il quelque chose que je puisse faire pour vous aider ? demanda-t-elle.

— Vous pouvez empêcher mon fils de faire des bêtises ! lança Claudia avec un sourire malicieux qui la toucha au cœur.

Comme s'il avait entendu l'appel de sa mère, Roque s'avança vers elle. En jean noir et chemise blanche aux manches retroussées sur ses bras bronzés, il était plus séduisant que jamais.

— Tu es venue…, murmura-t-il en prenant ses mains dans les siennes.

À cet instant, elle sentit une étrange chaleur irradier dans son bras, avant de se diffuser dans son corps tout entier.

— Je t'avais dit que je viendrais…

— Je sais mais, quand tu as annoncé que tu prendrais un taxi, j'ai eu des doutes. Je suis heureux que tu sois là.

Elle se garda bien de lui avouer qu'elle avait failli demander au taxi de rebrousser chemin, d'autant qu'elle était finalement contente d'être là.

Tant de choses avaient changé depuis leur première rencontre, quelques semaines plus tôt ! songea-t-elle, comme une étrange émotion la gagnait.

Oh ! non, Amy. Ne fais pas cela. Surtout pas !

Hélas, il était trop tard. Et toutes les injonctions mentales du monde n'y changeraient rien. Elle était amoureuse de cet homme. Irrémédiablement, éperdument amoureuse…

Elle ne put réprimer le rire qui jaillit de sa bouche à cette pensée. Elle ressemblait un peu plus à sa mère qu'elle ne le croyait, finalement. Sauf qu'elle avait mis trois mois à comprendre ce que Cecilia avait saisi tout de suite…

— Qu'est-ce qui te fait rire ?

— Oh rien…

Comme il la regardait d'un air interrogateur, elle tenta de faire diversion.

— Ça sent délicieusement bon, ici ! Qu'a préparé ta mère ?

— Une *feijoada,* le plat national brésilien.

— J'adore ça ! Ma mère en cuisinait pour les grandes occasions.

— Eh bien, la mienne a trois grandes passions dans la vie : mon père, la couture et la cuisine. Pas nécessairement dans cet ordre…

Elle sourit et, sans savoir pourquoi, se sentit prise d'un léger vertige.

Prenant sa main, Roque l'attira dans le salon. Il semblait très à l'aise et, tandis qu'il lui présentait ses oncles et tantes et trois de ses cousins, elle aperçut des cadres sur une grande étagère, dans un coin de la pièce. Laissant Roque bavarder avec sa famille, elle s'en approcha et découvrit des trophées sportifs, des articles de journaux et des photos encadrés, qui concernaient tous Roque. L'un des clichés le montrait, très jeune, aux côtés d'Enzo Dos Santos, qui le présentait comme le nouveau joueur de Chutegol.

Elle jeta un coup d'œil en direction de Roque, venu la rejoindre. Il n'avait plus l'air aussi insouciant qu'auparavant, et sa légère claudication lui rappela soudain qu'il avait connu un tournant radical, dans sa vie.

— Ce coin est comme un sanctuaire, pour ma mère, qui refuse de jeter toutes ces vieilleries. N'importe quoi ! dit-il d'un ton brusque.

— Elle a bien raison ! approuva Amy. Cela fait partie de l'histoire de ta vie, du parcours qui t'a mené là où tu es aujourd'hui.

— Je n'aime pas me raccrocher à des choses du passé, ou regretter des instants perdus à jamais. Je préfère les ruptures franches et définitives.

C'est le moment que choisit la maîtresse de maison pour appeler ses invités à passer à table, empêchant Amy de répondre.

Elle prit place près de Roque pendant que sept autres personnes s'installaient autour d'une table chargée de différentes sortes de viandes grillées et de saucisses. Le riz et les haricots étaient présentés dans de grands plats noirs en forme de chaudron. Il y avait aussi des tranches d'orange et des légumes verts sautés, comme chez sa mère, songea Amy, les yeux soudain humides.

— André n'est pas rentré, mais c'est la vie d'un policier, déclara Mme Cardoza. Il ne nous en voudra pas de commencer sans lui.

Claudia servit tout le monde, plutôt que de faire passer des plats comme c'était d'usage aux États-Unis. Quand ce fut le tour d'Amy, elle demanda :

— Voulez-vous un peu de tout pour goûter, ou y a-t-il quelque chose que vous n'aimez pas ?

— Je crois que j'aime tout, répondit-elle.

Y compris votre fils…

Comme elle le soupçonnait, tout était succulent et Claudia était une hôtesse merveilleuse, très douée pour animer les conversations et mettre ses invités à l'aise.

Au fil du repas, Amy se sentait plus détendue. Elle avait soupçonné Mme Cardoza de vouloir la pousser dans les bras de son fils, mais celle-ci se montra au contraire d'une parfaite discrétion, les traitant tous deux avec autant d'attention que ses autres convives.

C'était peut-être à cause du vin mais, en regardant autour de la table, Amy se félicita d'être allée voir son oncle. Elle espérait pouvoir un jour rencontrer ses cousins aussi, qu'elle imaginait un peu comme ceux de Roque : pleins d'enthousiasme et d'espoir, heureux de vivre, tout simplement.

Quand Claudia voulut remplir de nouveau son assiette, elle secoua la tête.

— Non, merci, je suis rassasiée. Tout était si délicieux.

— *Mamãe*, tu veux bien nous excuser ? intervint Roque. Je voudrais faire visiter la maison à Amy.

— Bien sûr, dit Claudia en leur jetant un étrange regard par-dessus son verre. Je t'appellerai dès que ton père sera rentré.

Il lui montra le terrain et les différentes pièces de la maison, puis, à l'étage, la chambre de son enfance dont il referma la porte derrière eux. Ici, il n'y avait pas de trophées sportifs, constata Amy. Au lieu de cela, on voyait des articles de presse consacrés aux divers cas médicaux qu'il avait pu traiter, et des clichés de lui sortant de l'école de médecine.

Quand il s'éloigna de la porte et s'approcha d'elle, Amy sentit sa bouche s'assécher. Il avait le même regard que le jour où ils avaient fait l'amour.

— Je t'ai dit que tu étais très belle, ce soir ?

— Non. Mais je pourrais te retourner le compliment…

— Je croyais que tu ne me trouvais pas si beau que ça ?

— Eh bien, c'était un mensonge !

Il rit, puis prit sa main et la porta à ses lèvres.

— Depuis le début de la soirée, j'ai du mal à te quitter des yeux.

Posant les mains contre son torse, elle fut prise d'une envie folle de poser sa joue contre sa barbe naissante, de glisser les doigts dans ses cheveux…

— La visite de la maison n'était qu'un prétexte. En vérité, je te voulais pour moi seul…

— Je ne l'aurais jamais deviné.

— Encore un mensonge ?

— Peut-être… Mais pourquoi voulais-tu me voir seule ?

— Pour pouvoir faire ça…

Son baiser la prit par surprise, différent des baisers passionnés qu'ils avaient échangés pendant leur nuit d'amour. C'était un baiser doux et lent, mais qui lui enflamma le cœur. Se pouvait-il que, malgré ce qu'il lui avait dit à l'hôpital, il ressente quelque chose pour elle ?

— Je voudrais venir finir la soirée chez toi, murmura-t-il. Dis oui. S'il te plaît…

Levant la main, il effleura son sein, puis le prit en coupe.

— Je voudrais te parler.

Parler… Si ce qu'il était en train de faire était un avant-goût de la conversation qu'il voulait avoir, elle n'était pas contre, songea-t-elle, comme une vague de désir la submergeait tout entière.

— Oui. Et j'ai autre chose à te dire. Je pense que je…

Un long cri de douleur venu du rez-de-chaussée l'interrompit, brisant leur intimité.

— C'est ma mère !

Roque la lâcha et sortit en trombe de la chambre, puis dévala l'escalier, dans lequel elle le suivit, alarmée.

Lorsque Amy arriva en bas, Claudia sanglotait si fort

dans les bras de son fils qu'elle ne comprit pas ce qu'elle disait.

Ce n'est qu'en croisant le regard affolé de Roque qu'elle comprit que quelque chose de très grave s'était produit, ce qu'il lui confirma en lâchant d'une voix blanche :

— Mon père a reçu plusieurs coups de feu.

11.

Roque ne l'appela pas, comme il avait promis de le faire quand il l'avait déposée chez elle en allant à l'hôpital. À mesure que les heures passaient, Amy se sentait de plus en plus inquiète. Elle lui avait proposé de l'accompagner, mais il l'avait remerciée et écartée en disant qu'il avait besoin d'être avec sa famille.

Elle n'en tirait aucune conclusion, si ce n'est qu'il était très inquiet, ce qui était tout à fait compréhensible. Elle l'aurait été aussi si l'un de ses parents avait été en danger.

Cependant, elle décida de ne plus attendre et tenta de le joindre sur son téléphone portable, mais elle tomba sur sa messagerie. Elle ne jugea pas nécessaire de lui laisser un message mais décida de se rendre directement à l'hôpital pour lui apporter son soutien, car il devait être au chevet de son père.

Ou était-il trop tard ? Si M. Cardoza avait succombé à ses blessures, que ferait-elle ? Voir Claudia pleurer dans les bras de son fils lui avait fendu le cœur, et elle s'était sentie impuissante, ne sachant que dire ni comment se comporter.

Déterminée à savoir coûte que coûte ce qui se passait, elle appela un taxi. Comme elle se dirigeait vers l'ascenseur, elle jeta un coup d'œil à la porte de Lara et se rappela le visage de cette dernière, quand elle l'avait vue avec Roque, dans le couloir…

Elle avait l'impression que tout cela était très loin.

Désormais, son séjour touchait à sa fin. La fête d'adieu arrivait à une vitesse folle, et elle ne tarderait plus à rentrer aux États-Unis.

Et elle n'avait toujours pas avoué à Roque ce qu'elle ressentait pour lui. Elle avait voulu le faire dans la chambre, juste avant qu'il n'apprenne l'accident de son père. Et ce n'était certainement pas maintenant qu'elle pourrait le faire, hélas !

Le trajet en taxi ne dura que dix minutes, qui lui parurent une éternité. Plus ils approchaient de l'hôpital, plus elle était mal à l'aise. Si Roque avait voulu qu'elle soit là, il n'aurait pas pris la peine de la déposer chez elle et l'aurait gardée auprès de lui.

Sans importance…

Voilà ce qu'il pensait de leur relation.

En tant qu'ancien footballeur vedette, Roque était habitué à avoir du succès auprès des femmes, prêtes à tout pour s'attirer ses faveurs.

Crois-tu vraiment qu'il pourrait tomber amoureux de quelqu'un comme toi ?

Soudain, le manque de confiance en elle qu'elle avait ressenti lors de son arrivée au Brésil refit surface : qu'était-elle donc venue faire ici ?

Mais, déjà, le taxi s'arrêtait devant l'hôpital, il était donc trop tard pour faire demi-tour. Après avoir réglé sa course, elle se dirigea lentement vers l'entrée.

Elle repéra aussitôt Roque assis sur une des chaises, seul, face à l'entrée vitrée des urgences, la tête entre les mains.

Oh ! mon Dieu ! Son père était-il mort ? Il était policier, l'un des métiers les plus dangereux au Brésil. Amy hésitait à s'approcher quand il leva la tête et l'aperçut. Il ne semblait ni furieux ni accablé. Il avait juste l'air… vide.

Elle alla s'asseoir près de lui, laissant une chaise entre eux pour ne pas envahir son espace privé.

Il prit une profonde inspiration et souffla :

— J'ai vu que tu avais appelé.

Elle avait supposé qu'il serait au chevet de son père ou en train de réconforter sa mère, et qu'il ne voudrait pas lui parler.

— Je n'ai pas laissé de message. Je me suis dit que tu avais d'autres choses à penser. Comment va-t-il ?

— Il est au bloc. Les chirurgiens ignorent encore s'il va s'en sortir. Il participait à une descente dans une favela quand une fusillade a éclaté. Une balle a entaillé son artère fémorale. Il a failli se vider de son sang sur les lieux. Il a fait un arrêt cardiaque pendant le trajet.

— Je suis vraiment désolée, Roque. Ta mère…

Il détourna le regard.

— Elle est dans la chapelle, en train de prier.

Elle voulut lui toucher la main, mais l'espace entre eux lui parut trop grand, au propre comme au figuré. Il y avait quelque chose de distant dans son attitude. Peut-être n'était-ce dû qu'à l'angoisse et à l'inquiétude ?

— Que puis-je faire pour toi ?

— Rien. S'il survit, il aura un long travail de rééducation devant lui. L'aider sera une priorité pour moi.

Il se tourna vers elle avant d'ajouter :

— J'ai demandé à être remplacé pour le reste du programme d'échanges. Tu travailleras donc avec quelqu'un d'autre jusqu'à la fin de ton séjour, et je ne participerai sûrement pas à la fête d'adieu. Je ne sais pas si nous pourrons nous voir avant ton départ et j'en suis désolé.

Amy sentit son cœur se briser. Il regrettait de ne pas être là pour lui faire ses adieux, mais pas de la voir partir… Il n'avait même pas proposé de la tenir au courant de la situation de son père, ni pendant qu'elle était encore ici, ni une fois qu'elle aurait quitté le Brésil…

Anéantie, elle parvint à se lever au prix d'un incroyable effort de volonté.

— Je comprends. Ta place est ici, auprès de ton père. Dis à ta mère que je pense à elle et que j'espère qu'André ira mieux.

— Merci.

Amy le regarda longuement, comme pour graver les traits de son visage dans sa mémoire. Puis, après avoir murmuré un timide « au revoir », elle tourna les talons et s'éloigna.

Elle avait raison. Il ne l'avait pas contactée – bien qu'elle ait appris que son père avait survécu à son opération. Il n'était pas non plus venu constater les derniers progrès accomplis par Enzo. Et il n'était pas visible à la fête d'adieu, qui battait son plein.

Cette cérémonie n'était pas aussi joyeuse que la fête de bienvenue. Amy regarda Francisco Carvalho bavarder tranquillement avec Krysta, le visage empreint de tristesse. Cette dernière lui avait dit que Flávia avait été mordue par un serpent venimeux et qu'elle avait failli mourir. Heureusement, elle avait connu une guérison quasi miraculeuse. Amy espérait qu'un autre miracle se produirait pour le père de Roque, dont la réhabilitation serait très longue.

Quant à elle, ce qu'elle pouvait faire de mieux était de rentrer chez elle et d'oublier Roque. De le chasser de sa mémoire, en même temps que ses souvenirs de ce séjour au Brésil…

Heureusement, elle pourrait bientôt se lancer dans ses études de doctorat qui ne lui laisseraient pas le temps de penser à autre chose. Roque avait raison sur un point : elle devait dire adieu au passé. Elle avait gardé la maison de ses parents pendant bien trop longtemps, en faisant presque un sanctuaire – comme la mère de Roque avec les trophées sportifs de son fils. Amy aimait sa mère, et son père et elle seraient toujours dans ses pensées, mais elle avait besoin de prendre un nouveau départ. Peut-être même dans une autre région ?

Oui, à partir de maintenant, elle devrait à tout prix

cesser de poursuivre ce qu'elle ne pouvait pas avoir, sous peine de souffrir chaque jour davantage. Alors, après un dernier coup d'œil au décor chic de cette fête sinistre, elle chercha la sortie la plus proche et disparut.

Après trois semaines très incertaines et épuisantes, le père de Roque était enfin tiré d'affaire. Il allait devoir suivre une rééducation cardiaque pour renforcer son myocarde endommagé, et il faudrait des mois avant qu'il puisse travailler de nouveau – s'il était autorisé à reprendre une activité professionnelle. Mais, comme il approchait de l'âge de la retraite, il songeait sérieusement à rendre son badge et à mener une vie plus tranquille. C'était certainement aussi ce que sa mère voulait.

Et lui, Roque, que voulait-il ?

Il savait qu'il ne s'était pas montré très accueillant envers Amy, quand elle était venue à l'hôpital, mais ses pensées étaient si chaotiques qu'il avait été incapable de réfléchir. L'opération de son père lui avait fait réaliser à quel point la vie était incertaine, fragile. Assis dans la salle d'attente, il était en train de penser à la jeune femme au moment même où elle l'avait appelé, mais il n'avait pas eu le courage de décrocher…

Lorsque sa blessure l'avait mis sur la touche, il avait fait de son mieux pour conserver son ancienne vie, en tâchant de se convaincre qu'il allait rejouer au football. Il avait fallu la visite d'Enzo Dos Santos pour lui faire comprendre qu'il devait lâcher prise.

C'est ce qu'il avait dû faire avec Amy. Elle avait toute la vie devant elle, toute sa carrière. Il lui avait assuré qu'elle obtiendrait son doctorat un jour, et elle avait annoncé son intention de s'inscrire dès son retour aux États-Unis. Elle ne pourrait pas le faire s'il s'accrochait à elle comme il s'était accroché à ses rêves de football…

Il n'aurait jamais dû céder à son désir pour elle. Cela

avait été un acte irréfléchi et irresponsable, et s'il avait achevé ce qu'il s'apprêtait à lui dire dans sa chambre, chez ses parents, le cours de sa vie en aurait peut-être été bouleversé. En effet, il avait été sur le point de lui demander de rester au Brésil. Avec lui.

Il s'était rendu compte, durant ce dîner organisé par sa mère, de la profondeur de ses sentiments pour cette femme. Des sentiments qu'il n'avait jamais éprouvés pour une autre, pas même pour Halee.

Et, alors que sa mère était assise dans la chapelle de l'hôpital, suppliant Dieu de sauver son mari, de le garder auprès d'elle, il avait compris qu'il ne pouvait pas faire la même chose au sujet d'Amy. Car il refusait de faire des promesses qu'il ne pourrait pas tenir…

Oui, il allait la laisser partir. Parce qu'il l'aimait. Parce qu'il voulait que sa vie soit aussi riche et pleine qu'elle pouvait l'être. Sa vie avant son accident avait été égoïste, tournée vers sa seule réussite. Aujourd'hui, il estimait avoir dépassé tout cela, jusqu'à ce qu'il comprenne qu'en lui demandant de rester il réveillerait ses vieux démons…

Il sursauta en entendant frapper à la porte de son bureau, puis aperçut le regard désespéré de sa mère.

— Maman ! Est-ce que Papai va bien ?

— Oui, mais il est toujours en soins intensifs et refuse que je lui rende visite. Il ne peut pas supporter que je le voie affaibli. Ce qu'il ne sait pas, c'est qu'il est l'homme le plus fort que j'aie jamais rencontré.

Elle se pencha vers son bureau, et y appuya ses mains.

— Je te croyais comme lui mais, maintenant, je n'en suis plus si sûre.

Il ne put s'empêcher de lever les yeux au ciel. Il savait exactement où elle voulait en venir.

— Elle va continuer ses études, *Mamãe*. Je ne veux pas l'empêcher de réaliser ses rêves.

— Lui as-tu demandé quels étaient ses rêves, au moins ?

— Je le sais déjà…

— Donc, tu ne l'as pas fait ? Et quand tu étais dans ta chambre, avec elle ? Pourquoi ne lui as-tu pas demandé à ce moment-là ?

Il ne put retenir un petit rire amusé.

— Comment as-tu su où nous étions ?

— Je sais où un homme amoureux veut emmener une jolie femme…

Elle se laissa tomber sur la chaise, devant son bureau.

— N'essaye pas de le nier, Roque…

Il serra les dents et s'apprêta à quitter son bureau. Il ne voulait pas s'avancer pour l'instant. Pas à propos d'Amy. Pas à propos de quoi que ce soit, d'ailleurs. Il voulait travailler, et rien d'autre.

— Cela ne change rien, maman.

Elle se pencha en avant.

— Que risques-tu à lui parler, alors ?

— Je te l'ai déjà dit. Je sais ce qu'elle veut. Lui demander d'y renoncer serait égoïste.

— Qui te parle de renoncer à quoi que ce soit ? rétorqua sa mère, têtue. Combien de temps faut-il pour obtenir un doctorat ?

— Je ne sais pas… Trois ans, peut-être. Pourquoi ?

Elle cligna des yeux.

— Oh ! *Roquinho* ! Trois ans, ce n'est pas si long que ça, tu sais…

Comme il la regardait sans comprendre, sa mère leva la main.

— Elle a quitté le Brésil pour poursuivre son rêve, n'est-ce pas ? Alors pourquoi ne peux-tu pas quitter le Brésil pour… la poursuivre ?

Il se retourna, abasourdi. Sa mère allait droit au but, c'était le moins qu'on puisse dire. Pourquoi ne pas aller aux États-Unis pour être avec elle, pendant qu'elle travaillait à l'obtention de son diplôme ? Avec ses qualifications, il pourrait probablement trouver un poste pendant la durée de son séjour, peut-être même entamer des recherches. Mais, dans l'immédiat, ce n'était pas cela, l'important. Cela pourrait se décider dans un second temps, quand chacun d'eux aurait obtenu ce qu'il voulait : Amy son diplôme et une carrière épanouie et lui… Amy.

Si seulement elle était d'accord pour le revoir après le mal qu'il lui avait fait en la repoussant.

Oui, il devait tout tenter pour la reconquérir. La question était de savoir s'il était prêt à le faire.

S'approchant du bureau, il prit le visage grave de sa mère dans ses mains et lui donna un baiser sur la joue.

— T'ai-je déjà dit à quel point j'étais heureux de t'avoir comme mère ?

Sans ajouter un mot, elle se leva et le serra très fort dans ses bras. Quand elle le lâcha enfin, il vit des larmes dans ses yeux.

— File, maintenant ! Et dis-lui que j'aimerais bien travailler sur une autre de ses robes. Une robe blanche, avec beaucoup de dentelle…

— Je vais lui dire. Je le promets, maman.

12.

Amy tenta de se concentrer sur son premier cours, mais n'obtint qu'un succès relatif. Même deux mois après son retour du Brésil, ses pensées la ramenaient toujours vers lui. Et cela la mettait en rage.

Il ne t'aime pas, Amy. Passe à autre chose.

Il aurait fait des efforts pour la contacter, s'il avait ressenti quelque chose pour elle. Pourtant, quand il l'avait embrassée, dans sa chambre, elle était certaine qu'il était sincère et sur le point de lui avouer ses sentiments. Mais, au lieu de cela, il n'y avait eu que le silence. Un silence qui se poursuivait encore aujourd'hui.

Une fois son cours terminé, elle se dirigea vers le parking, son sac de livres sur l'épaule. Obtenir son diplôme lui semblait si dérisoire, désormais ! Tout ce qu'elle souhaitait, pour l'instant, c'était de cesser de penser à son beau chirurgien et de le voir partout, comme appuyé à ce lampadaire, là-bas, sur le chemin…

Soudain, elle se figea, songeant qu'elle ne se l'était jamais représenté de manière aussi réaliste. En regardant de nouveau devant elle, elle comprit qu'elle ne rêvait pas, cette fois : il était ici, en Floride ! Et il était aussi outrageusement beau qu'au Brésil.

Tout à coup, il lui sourit. Et, comme toujours, elle se sentit fondre. Que faisait-il ici ? Était-il venu assister à une conférence ?

Peut-être, mais cela ne répondait pas vraiment à la

question. Pourquoi était-il précisément ici, devant l'université où elle étudiait ?

Elle le vit s'écarter du lampadaire pour marcher à sa rencontre. Sans canne.

— Est-ce que… ton père va bien ? fut la seule chose qu'elle fut capable d'articuler.

— Il est toujours sous étroite surveillance, et bientôt convalescent. Mais il a quitté la police, au grand soulagement de ma mère.

— Je suis si heureuse pour lui !

Elle était parfaitement sincère. Elle savait qu'André avait survécu à son opération, mais la dernière nouvelle qu'elle avait entendue après cela était que le diagnostic restait réservé.

Elle avait été en contact avec Krysta et Flávia, et il semblait qu'elle n'était pas la seule à avoir eu des déboires sentimentaux pendant son séjour au Brésil. Mais elle avait été trop occupée par sa propre vie amoureuse pour se rendre compte que ses deux amies glissaient elles aussi sur la même pente qu'elle.

Elle espérait que leurs histoires à toutes les deux connaîtraient une fin heureuse, mais pour sa part, hélas, elle craignait que ce ne soit pas le cas…

Soudain, Roque lui sourit.

— Essayons encore une fois, d'accord ? Bonjour, Amy.

— Bonjour, Roque…

— Tu as l'air en forme. Comment se déroulent tes études ? demanda-t-il en désignant son sac.

— Plutôt bien.

Pourquoi ne lui disait-il pas pourquoi il était ici ? Essayait-il de la torturer ? Avait-elle oublié quelque chose au Brésil ?

Bien sûr que oui ! Mais ce n'était pas quelque chose que l'on pouvait mettre dans un sac et faire passer à la douane.

— Pouvons-nous marcher un peu ?

Ces derniers mots lui restèrent en travers de la gorge.

Elle se souvint que la dernière fois qu'elle lui avait fait cette proposition, c'était pour lui dire que céder à leur désir avait été une erreur. Manifestement, c'était le cas. Mais, en dépit de tous ses efforts, elle n'arrivait pas à regretter le peu de temps qu'ils avaient passé ensemble. Elle chérirait ces souvenirs pendant le reste de sa vie, convaincue que Roque avait tort. Certains événements ne devaient pas être considérés comme n'ayant jamais existé.

En deux enjambées, il fut près d'elle.

— Je ne sais pas par où commencer. Je devrais peut-être dire que j'ai eu tort…

— Tort ?

— Oui, tort de ne pas t'appeler. C'est une erreur de ne pas essayer de trouver une solution à un problème bien réel.

Elle sentit son cœur battre follement dans sa poitrine.

— Et… Quel est ce problème ?

— Le fait que je vive au Brésil et toi en Floride.

Il sourit d'un air pensif, avant de poursuivre :

— Il a fallu l'intervention de ma mère pour que je comprenne que problème n'était pas insurmontable, loin de là.

Plaisantait-il ? Ce n'était pas seulement une question de distance physique. Il s'était conduit de manière très ambiguë avec elle, soufflant sans cesse le chaud et le froid…

— Mais… Je ne comprends pas très bien, avoua-t-elle. Je croyais que tu n'aimais pas les adieux et que tu voulais les écourter.

— En effet. Mais là où je ne suis pas tout à fait d'accord avec toi, c'est sur l'emploi du mot « adieux ».

— Es-tu en train de me dire qu'il s'agissait plutôt… d'un simple au revoir ? demanda-t-elle sans vraiment oser y croire.

En sentant ses doigts sur sa joue, elle comprit que ses sentiments pour lui étaient encore bien vivants et, les yeux fermés, s'abandonna à l'exquise sensation de sentir de nouveau sa peau sur la sienne.

— En effet, je préfère ça.

— Mais… Comment peux-tu en être sûr ? Tu étais si distant à l'hôpital…

Il laissa échapper un rire douloureux.

— Il y avait le choc provoqué par l'accident de mon père, et aussi la prise de conscience que ton avenir était à des milliers de kilomètres du mien, ce qui me paraissait le bout du monde. Alors, j'ai essayé de te laisser sortir de ma vie.

— Essayé ? Tu as très bien réussi, je trouve !

— En effet. Et tu ne peux pas savoir à quel point je le regrette. Est-ce qu'il est trop tard, maintenant ?

Non, ce n'était pas trop tard. Et comme elle écoutait son explication, toutes les pièces du puzzle se mirent en place dans son esprit. Enfin, elle comprenait pourquoi il s'était montré si distant. Si peu touché par sa présence. Elle avait beaucoup fait semblant au cours de son séjour au Brésil. Soudain, elle sut ce qu'elle devait faire. Il avait sacrifié quelque chose en venant la rejoindre, et il était peut-être temps qu'elle fasse de même.

— Je pourrai abandonner mes études. Je viens juste de commencer et…

— Non. Il n'en est pas question ! Je veux que tu termines ton cursus.

Elle se délecta de ses paroles, de sa peau, de sa présence même, qui faisait renaître l'espoir en elle.

— Mais je ne veux pas que tu aies l'impression de devoir m'attendre.

— Je ne maîtrise pas parfaitement l'anglais, mais je pense qu'il suffit d'un petit effort pour que tu comprennes ce que je te dis, Amy. Je ne vais pas t'attendre, Amy. Je vais attendre avec toi. Ici, en Floride.

Il s'arrêta un instant pour guetter sa réaction, puis reprit :

— Je t'aime, Amy. J'ai eu tort de ne pas dire ces mots plus tôt, de te laisser partir comme je l'ai fait. Une fois que j'ai réalisé la vérité, j'ai dû obtenir mon visa et organiser les vols. Ce que j'avais à dire ne pouvait pas être dit au téléphone, c'est pourquoi je ne t'ai pas appelée.

Il déposa un tendre baiser sur sa joue.

— J'espère que tu ressens quelque chose pour moi, toi aussi…

Il lui restait encore quelques points à éclaircir, même si elle était presque sûre de connaître déjà les réponses.

— Tu as dit que notre relation était… sans importance.

— Oui. Et je savais que j'avais choisi le mauvais mot, parce que j'avais peur. Parce que ce n'était pas sans importance. Au contraire… Notre rencontre a sans doute été l'événement le plus important de ma vie. Plus important que mes succès au football, que ma carrière médicale. J'ai trouvé l'amour, alors que je ne croyais plus cela possible…

Aux anges, elle ferma les yeux et, quand elle les rouvrit, il était toujours là, l'empreinte de ses lèvres encore fraîche sur son visage.

— Vous êtes complètement fou, docteur Cardoza, mais je vous aime vraiment. N'ayez jamais de doute à ce sujet…

— Dans le fond, je n'en ai jamais douté. Mais quand mon père a été blessé, j'ai compris que je ne voulais pas que tu abandonnes tout pour moi.

Elle réfléchit un instant, puis dit d'un air grave :

— Je ne veux pas non plus que tu abandonnes tout pour moi.

— Ce n'est que pour trois ans, juste le temps pour toi d'obtenir le diplôme que tu désires tant. Cela passe très vite, tu sais…

Il allait vraiment le faire. S'installer ici. Pour elle. Avec elle ! Elle n'arrivait pas à y croire.

— À Paulista, ils t'ont laissé partir ?

— Ils n'ont pas eu le choix. Mais l'administrateur m'a assuré que j'aurais un emploi qui m'attendrait si jamais je décidais de revenir.

— Tu veux dire que… tu pourrais rester ici ? Pour de bon ?

— C'est une possibilité. J'ai contacté un hôpital de la région et demandé quelle serait la procédure à suivre pour obtenir une équivalence de diplôme et être autorisé à exercer aux États-Unis. Ils m'ont convoqué pour des entretiens, mais je n'ai pas voulu pas m'engager avant de connaître ton avis…

— Mon avis, c'est que c'est une idée géniale, Roque ! dit-elle en lui tendant ses lèvres.

Il se pencha pour lui donner le plus fougueux des baisers, là, sur le parking de l'université. Le monde autour d'eux tournait encore, mais elle avait l'impression que le temps s'était arrêté.

Quand il finit par s'écarter d'elle, il dit :

— Avant que j'oublie… Ma mère a un message pour toi.

— Ah oui ?

— Elle veut que tu saches qu'elle a un rêve, elle aussi : coudre une autre de tes robes. Une robe toute blanche que tu porterais pour entrer dans une église…

Il glissa la main dans sa poche et en sortit un petit écrin de velours qui renfermait une bague magnifique, un diamant entouré de deux magnifiques émeraudes.

— Amy Woodell, veux-tu m'épouser ? Ici et au Brésil ? demanda-t-il d'une voix où perçait l'émotion.

— Oui. Oh ! oui ! Je t'épouserai où tu veux.

Il glissa la bague à son annulaire. Elle lui allait parfaitement, et elle eut du mal à en détacher le regard, de crainte que tout cela ne soit qu'un rêve et s'évanouisse.

Mais le goût des lèvres de Roque sur les siennes lui rappela que tout était bel et bien réel.

Épilogue

Ce n'était pas Amy, la mariée. Pas cette fois-ci, en tout cas.

Elle avait épousé Roque six mois plus tôt, dans une robe magnifique spécialement conçue par Claudia, lors d'une cérémonie inoubliable et riche en émotions.

Mais, aujourd'hui, elle était l'une des demoiselles d'honneur de cette cérémonie particulière, tout comme Flávia. Sa nouvelle amie avait elle aussi trouvé l'amour de sa vie au Brésil, en même temps que Krysta, qui s'apprêtait à prononcer les vœux qui devaient l'unir à Francisco. Elle était ravie pour eux deux.

Ému aux larmes, Roque serra sa main dans la sienne. Aujourd'hui, il avait besoin de sa canne pour le soutenir, et chacun d'eux avait appris à aider l'autre quand il en avait le plus besoin.

Le mariage de Krysta et Francisco était très différent du leur, mais tout aussi beau, car l'amour que se portaient les époux irradiait famille et amis réunis autour d'eux.

Elle aperçut Flávia qui serrait son bébé contre son cœur, le bras de son mari autour de ses épaules. Personne n'avait remarqué que la jeune chercheuse était enceinte pendant la dernière partie de leur séjour au Brésil, pas même l'homme qui se tenait près d'elle.

Ces jours passés ensemble à Paulista semblaient très loin, désormais. Mais personne n'avait perdu le contact avec l'hôpital, et les liens tissés pendant leur séjour étaient très solides. Contrairement à ce que Roque avait prétendu, Amy ne voulait pas dire adieu à ce passé, car il avait joué un rôle déterminant dans l'avenir qu'ils étaient en train de construire ensemble.

Et, qu'ils décident de revenir au Brésil après avoir obtenu son diplôme ou de rester aux États-Unis, elle savait que cela n'aurait pas d'importance, tant qu'ils seraient ensemble.

Elle était certaine que les deux autres couples ressentaient la même chose, comme en témoignait cette assemblée, réunie dans le petit jardin des parents de Francisco, joliment décoré pour l'occasion.

L'officiant leva sa main droite et déclara Krysta et Francisco mari et femme. Et, quand il invita les mariés à s'embrasser, ils ne furent pas les seuls à échanger un baiser passionné.

Ce n'était que le premier des moments de bonheur qu'ils passeraient ensemble, car le Brésil les reliait pour toujours les uns aux autres et continuerait de le faire longtemps après qu'ils se seraient séparés pour repartir aux quatre coins du monde.

Parce que c'était cela, l'amour. Un lien fort et éternel.

Vous avez aimé *Conquise par le Dr Cardoza* ?
Retrouvez en numérique l'intégrale de votre série
« Un été à Sao Paulo » !

1. *Une chirurgienne à Sao Paulo*, Ann McIntosh
2. *Deux médecins au Brésil*, Charlotte Hawkes
3. *Conquise par le Dr Cardoza*, Tina Beckett

JULIE DANVERS

Idylle à Hawaï

Traduction française de
MATHILDE SEGAS

BLANCHE

HARLEQUIN

Titre original :
FROM HAWAII TO FOREVER

1.

En descendant de l'avion à Honolulu, Kat Murphy secoua ses boots pour chasser les dernières gouttes d'eau qui s'y accrochaient, vestiges de la couche de neige qui recouvrait Chicago au moment de son embarquement.

Là-bas, le thermomètre affichait des températures négatives, alors qu'à Hawaï une douce brise caressait les palmiers.

Bye bye, le froid et la glace, se dit-elle en offrant son visage au soleil matinal. Au moins, elle avait gagné cela dans la tourmente qui avait balayé l'essentiel de sa vie.

Trois semaines plus tôt, elle figurait parmi les médecins les plus réputés de Chicago. Elle attendait sa nomination à la tête du service de médecine interne du Grace Memorial, le prestigieux hôpital où elle avait effectué son internat et l'essentiel de sa carrière, et un avenir brillant se dessinait devant elle. Trois semaines plus tôt, elle allait épouser Christopher.

Elle jeta un coup d'œil à son annulaire où la fine ligne blanche laissée par sa bague de fiançailles commençait à s'effacer. Comme chaque fois qu'elle se remémorait leur rupture, une boule se forma dans sa gorge, l'empêchant de respirer, et les larmes lui montèrent aux yeux…

Mais elle les ravala bien vite pour sourire à l'agent d'accueil qui venait de lui passer autour du cou un magnifique *lei* d'orchidées pourpres.

Inutile de ressasser le passé. Ce nouveau poste de

spécialiste des maladies infectieuses à l'hôpital général d'Oahu représentait la chance d'un nouveau départ. Bye bye, son ancienne vie ! Bye bye, Christopher !

Dieu sait pourtant que quitter Chicago et un avenir tout tracé pour aller s'installer à Hawaï ne figurait pas en tête de liste dans ses projets de vie. Pas plus que perdre sa promotion, son travail et son fiancé dans la même journée !

Tout ce pour quoi elle avait travaillé jusque-là – sa carrière, son mariage, les espoirs et les rêves de sa famille – s'était volatilisé en un clin d'œil.

Au soir de ce jour maudit, alors que la ville disparaissait sous une épaisse couche de neige, elle s'était blottie chez elle sous une grosse couverture, se demandant si elle retrouverait jamais le courage d'affronter le monde extérieur. Mais, alors qu'elle calculait combien de temps elle pourrait tenir avant de devoir sortir acheter à manger, le téléphone avait sonné.

Une de ses meilleures amies l'appelait avec une offre inattendue : Selena, qui occupait le poste de chef de clinique dans un petit hôpital à Hawaï, recherchait une personne intéressée par un emploi d'un an à Honolulu en qualité de chercheur dans le traitement d'une souche rare de grippe.

Sans réfléchir, Kat s'était aussitôt portée volontaire.

Sa mère et ses amis avaient été sidérés par la nouvelle, ce qui n'avait rien d'étonnant. Agir aussi impulsivement ne lui ressemblait pas. Après qu'elle eut décidé à l'âge de seize ans qu'elle deviendrait médecin, chacune de ses décisions avait été longuement mûrie et réfléchie. Tout dans sa vie reposait sur des choix logiques et stratégiques.

Mais, ça, c'était l'ancienne Kat, qui n'avait pas encore conscience que le destin peut vous jouer de sales tours.

Elle avait toujours cru que planifier sa vie vous mettait à l'abri des coups durs. Que, en se préparant bien, on était à même d'affronter tout ce qui pouvait vous tomber dessus.

Mais ses précautions ne l'avaient pas préparée à cette

rupture. Ni à perdre un travail qu'elle adorait et une carrière qu'elle avait passé sa vie à construire…

En sortant de l'aéroport, elle s'arrêta net devant le spectacle qui s'offrait à elle.

Jamais elle n'avait vu une végétation aussi luxuriante !

La rue était bordée de palmiers aux larges feuilles qui ondulaient doucement sous la brise. Les fleurs roses et jaunes des frangipaniers s'épanouissaient le long des trottoirs et embaumaient. Au loin, les montagnes se détachaient sur un ciel bleu dénué de nuages, suggérant d'infinies possibilités.

Elle respira profondément, s'imprégnant de toutes ces odeurs, s'étonnant elle-même de prendre le temps de s'arrêter pour respirer.

Elle n'était à Hawaï que depuis trente secondes, et voilà qu'elle s'arrêtait déjà pour humer les hibiscus !

Sitôt ses études terminées, elle avait été happée par le rythme infernal des urgences où il y a toujours quelqu'un pour réclamer votre temps et votre attention séance tenante. Aujourd'hui, pour la première fois depuis des années, aucune urgence ne l'attendait. Elle n'avait à prendre aucune décision de vie ou de mort. Avec tous ces événements, elle en était arrivée à ne plus savoir qui elle était vraiment, mais, devant ce paysage de conte de fées, elle retrouvait ce qu'elle avait perdu ce fameux jour maudit : l'espoir.

L'espoir, et même une certaine excitation.

Elle ferma les yeux et discerna à l'arrière-plan un bruissement qui n'était pas seulement le vent dans les palmes. L'océan tout proche ajoutait sa voix à ce murmure.

Contre toute attente, elle était en train de succomber au charme d'Hawaï !

Peut-être n'était-elle pas tombée aussi bas qu'elle le craignait ? Peut-être était-ce vraiment là un nouveau départ ?

Tout en admirant le paysage autour d'elle, elle découvrit qu'elle n'était pas pressée de rejoindre son nouvel appartement pour s'installer – ce que l'ancienne Kat n'aurait pas manqué de faire, avant d'aller visiter les alentours pour savoir où se trouvaient l'épicerie et la poste.

Pour la nouvelle Kat, la priorité était de se détendre.

qu'Elle n'avait pas eu un moment de liberté depuis si longtemps qu'elle n'avait plus aucune idée de la signification du mot « détente ». Son rêve de devenir médecin requérait une énorme quantité de travail et de discipline, et elle s'était jetée à corps perdu dans ses études sans prendre le temps de profiter de son adolescence. Force était de constater que, pendant toutes ses années d'études, de cours de chimie, d'anatomie et de physiologie, elle avait oublié d'apprendre à déconnecter. Elle s'était toujours montrée responsable, et où cela l'avait-il menée ? Elle se retrouvait sans travail, après avoir été plaquée pratiquement au pied de l'autel !

À elle, maintenant, de considérer la vie sous un nouvel angle. Le moment était peut-être venu de s'offrir une adolescence débridée ? Une personne proche de la trentaine le pouvait-elle encore ?

En tout cas, elle allait essayer. L'ensemble de ses affaires qui avait été expédié à son nouvel appartement sur l'île d'Oahu contenait, outre une blouse blanche et un stéthoscope, une collection de maillots de bain, un chapeau de paille, des lunettes de soleil et plusieurs paires de tongs. Si elle n'avait pas complètement perdu la capacité de vivre l'instant présent, cette année à Hawaï allait lui permettre d'apprendre à se lâcher et à retrouver sa spontanéité.

Elle disposait d'une année. Une année loin des attentes et des préjugés de son entourage. Et quel meilleur endroit pour apprendre à vivre que dans ce décor paradisiaque ?

Le bruit de l'océan raffermit sa décision : elle allait profiter de cette année pour chasser Christopher de sa mémoire et se débarrasser de l'ancienne Kat. Ce ne devait pas être si difficile que cela.

Mais par où commencer ?

Elle considéra ses boots.

S'ils avaient fait leur office dans le froid et la neige de Chicago, ils paraissaient ridicules dans cet environnement, et elle était impatiente de sentir le sable sous ses pieds.

Elle avait mis sous ses vêtements d'hiver un bikini rayé bleu et jaune, car elle avait projeté d'aller nager sitôt arrivée. Elle avait prévu de visiter d'abord sa nouvelle demeure, mais il lui paraissait maintenant impossible d'attendre.

Une rapide recherche sur son téléphone lui apprit que la plage la plus proche se trouvait à une vingtaine de minutes de marche.

Elle attrapa son sac et prit la direction de la mer.

Jack Harper n'était pas un lève-tôt. Pourtant, il arpentait la plage depuis l'aube, la lettre de son père serrée dans son poing.

Les mots étaient gravés dans sa tête.

De nombreuses facultés de médecine pratiquent un système d'admission continu. Je pourrais passer quelques coups de fil pour que tu puisses commencer dès le prochain semestre. Il est temps pour toi de te reprendre. Tu t'es bien amusé à Hawaï, mais le moment est venu de retrouver la vraie vie !

Frustré, il se passa la main dans les cheveux.

Il adorait son travail d'ambulancier, mais il avait eu beau répéter à son père qu'il ne retournerait jamais en fac de médecine, ses parents refusaient de comprendre. Pour son père, la « vraie vie » se trouvait à Lincoln, Nebraska – à des années-lumière d'Hawaï.

Ses parents, son grand-père et ses deux frères vivaient à Lincoln, où ils étaient tous médecins. Ses deux parents étaient des chercheurs respectés et mondialement connus, son jeune frère Todd avait rejoint son grand-père dans son cabinet, et son frère aîné Matt exerçait la profession de chirurgien.

Cinq médecins dans la famille. Cinq fortes personnalités convaincues d'avoir toujours raison. Cinq personnes à l'ego surdimensionné.

Pour Jack, cinq médecins dans la famille, cela suffisait amplement. Trois années en fac de médecine lui avaient permis de comprendre qu'il n'était pas taillé pour cette vie. Son travail d'ambulancier lui convenait à merveille, surtout ici, sur l'île d'Oahu. Sa ville natale n'était pas plus désagréable qu'une autre, mais il avait été ravi d'échanger les champs de maïs, les vaches et les hivers glacials de son enfance contre les paysages luxuriants d'Honolulu.

Après avoir abandonné ses études pour rejoindre les Navy Seals – une autre décision désapprouvée par ses parents –, il avait terminé sa formation à Hawaï où il s'était senti immédiatement chez lui. Il pouvait secourir une personne brûlée un jour et le lendemain mettre un bébé au monde, tout cela dans un décor de rêve, qui comptait plus pour lui que n'importe quel autre endroit sur terre.

Il adorait son travail pour les poussées d'adrénaline qu'il lui procurait et pour toutes les opportunités qu'il lui donnait de sauver des vies. Mais, pour ses parents, son choix de carrière et son désir de vivre à Honolulu s'apparentaient plutôt à des vacances prolongées.

Il ne leur ressemblait vraiment pas, une évidence qui sautait aux yeux dans le dernier paragraphe de la lettre.

> *Tu as trente et un ans, il faut penser à ton avenir. Les femmes désireuses de fonder une famille ne manquent pas au Nebraska. Ta mère qui ne rajeunit pas aimerait avoir plus de petits-enfants…*

Il avait arrêté là sa lecture. Il n'arrivait pas à croire que ses parents puissent lui parler mariage après la trahison de son frère aîné Matt, le prodige de la famille.

Il n'avait pas reparlé depuis près de quatre ans à Sophie, son ex-fiancée, ni à Matt, mais son cœur saignait encore en pensant à eux. Après avoir été trahi par les deux personnes qui comptaient le plus dans sa vie, il n'envisageait vraiment pas de se lancer dans une nouvelle relation. Pour lui, s'attacher émotionnellement était désormais synonyme de souffrance, et il n'entendait pas revivre l'expérience. Oh ! il ne manquait pas de petites amies ! Pas mal de femmes étaient prêtes à passer une soirée, voire plusieurs, en sa compagnie. Sans parler des touristes qui voyaient en lui un excellent moyen d'agrémenter leurs vacances sur cette île exotique et qu'il était ravi de satisfaire – en prenant bien soin de garder ses distances émotionnellement parlant.

À quoi bon ressasser un passé qu'il ne pouvait modifier ?

Il lissa la lettre avant de l'écraser de nouveau dans sa main, résistant à l'envie de la jeter à l'eau.

Bien que son histoire avec Sophie fût terminée depuis longtemps, cela restait un moment très douloureux pour lui. Il n'avait pas seulement perdu Sophie, ce jour-là. Il avait également perdu son frère, *la* personne sur laquelle il avait cru pouvoir toujours compter quoi qu'il arrive.

Grandir dans une famille de médecins représentait une certaine pression, et il n'y avait pas échappé, mais ce n'était rien, comparé à ce qu'avait enduré Matt.

De deux ans son aîné, Matt avait supporté en plus la charge du premier né. Leurs parents avaient toujours attendu de Matt qu'il veille sur lui et, dès l'enfance, Matt avait pris cette responsabilité très au sérieux. Si Jack se blessait, s'il se disputait avec des amis ou s'il avait du mal à suivre à l'école, il pouvait compter sur son aîné pour voler à son secours.

En retour, il le vénérait. Matt était son héros. Aussi, la trahison de celui-ci avec Sophie l'avait anéanti, et il n'avait plus été capable de supporter sa présence. Cela faisait maintenant quatre années qu'ils ne s'étaient pas parlé…

Un cri le tira de ses pensées.

Il scanna l'océan d'un œil exercé et aperçut une femme au loin. Prise dans un fort courant qui l'entraînait au large, elle tentait de résister et s'épuisait inutilement dans un combat perdu d'avance.

Il réagit au quart de tour. La plage étant très calme, il n'y avait pas de poste de secours. Il composa donc le numéro des urgences pour informer la personne de garde de la situation, puis, abandonnant son téléphone, il ôta prestement son T-shirt.

Des jeunes qui jouaient dans les vagues s'étaient rassemblés sur la plage en entendant les cris de la femme.

— Prête-moi ça, dit-il en attrapant le bodyboard d'un des garçons.

Sans attendre sa réponse, il courut dans l'eau et laissa le courant l'entraîner vers le large. Il se retrouva très vite près de la nageuse, de toute évidence terrifiée. Malgré les circonstances, il remarqua sa chevelure flamboyante.

Il avait toujours eu un faible pour les rousses…

Il savait qu'il pouvait la ramener sur la plage, mais pour cela il devait d'abord la rassurer.

— On dirait que vous vous retrouvez bien plus loin que vous ne l'aviez prévu, lança-t-il d'un ton léger destiné à la rassurer. Vous avez conscience, n'est-ce pas, qu'il est impossible de rejoindre le continent américain à la nage ? Pour cela, je vous recommande plutôt l'avion.

La femme toussa et s'étouffa, l'air affolé, mais elle faisait de son mieux pour maîtriser sa peur.

Cette attitude lui inspira du respect. La plupart du temps, lors d'un sauvetage en mer, l'essentiel du travail consistait à empêcher la victime d'aggraver encore la situation en paniquant.

— Le courant… Il est trop fort, dit-elle d'une voix essoufflée. Nous ne parviendrons jamais à rejoindre la plage,

— Bien sûr que si. Pour cela, vous devez d'abord vous détendre.

Il avait parlé avec assurance et confiance, mais, à ces mots, les yeux de la femme s'agrandirent d'horreur, comme s'il venait de lui demander une chose impossible.

Il devait agir vite.

— Je vais passer mon bras autour de vos épaules, expliqua-t-il en se rapprochant d'elle.

Quand il fut derrière elle, la femme cessa de se débattre et se reposa sur lui.

Il glissa alors le bodyboard devant elle.

— Appuyez-vous dessus, dit-il.

Obéissante, elle s'exécuta. Elle commençait à dominer sa peur, et il admira la vitesse avec laquelle elle avait repris le contrôle. La plupart des gens dans sa situation se seraient mis à recracher de l'eau de mer.

— Comment vous appelez-vous ?

— Kat, répondit-elle d'une voix étranglée.

Ce qui permit à Jack de vérifier que ses voies respiratoires étaient dégagées.

— Kat, écoutez-moi bien. Nous allons survivre, mais vous devez me faire confiance. Si vous faites ce que je vous dis, je vous promets que nous serons bientôt sur le sable. Alors, gardez votre calme.

— Je vais essayer.

— Vous êtes toute tremblante, remarqua-t-il avec un petit rire, qu'il réprima bien vite sous le regard noir qu'elle lui jeta. C'est la première fois que vous êtes prise dans un courant ?

Elle hocha la tête.

— C'est la première fois que je nage dans l'océan. En fait, c'est même la première fois que je viens à Hawaï.

C'était probablement une touriste comme les milliers qui débarquaient chaque mois, impatients de se jeter à l'eau mais complètement inconscients des dangers.

— Eh bien, *aloha*. Bienvenue à Oahu. Maintenant, allongez-vous sur la planche en prenant appui sur vos bras. Je vais vous tirer jusqu'au rivage. Ne vous inquiétez pas, je ne vous lâcherai pas.

Au début, entre la peur et les vagues qui la submergeaient, Kat n'avait pas vraiment regardé l'homme providentiel qui s'était précipité à son secours. Elle avait seulement deviné sa présence masculine derrière sa voix rassurante – une voix chaude et apaisante comme une cuillerée de miel.

Mais elle avait conscience à présent de la poitrine lisse et musclée et des bras puissants qui la soutenaient, et à son attitude, elle comprenait qu'il savait ce qu'il faisait.

La pressant entre lui et la planche, il utilisa son corps comme contrepoids pour l'aider à se hisser sur le body-board. Une fois qu'elle fut dessus, il lui lâcha la taille pour nager à côté de la planche, et elle regretta aussitôt de ne plus sentir son bras autour d'elle.

— Parfait, dit-il. Le plus dur est fait. Maintenant, tenez-vous bien pendant que je vous tire. Nous serons sur la plage en moins de temps qu'il ne faut pour le dire.

Il continua de nager près d'elle, guidant la planche tout en nageant parallèlement à la plage.

Une grosse vague vint brusquement les bousculer, et elle éprouva une violente douleur à la jambe. Elle avait dû pousser un cri parce que l'homme passa aussitôt le bras autour de sa taille.

— Que se passe-t-il ? demanda-t-il, l'air inquiet.

— Ma jambe. Quelque chose a dû la frapper.

— Tenez bon, nous y sommes presque.

À son grand soulagement, la plage se rapprochait vite, et finalement l'océan abandonna la lutte et les rejeta sur le rivage.

Dès qu'elle toucha terre, elle se laissa tomber sur le sable, et son sauveteur l'imita, son bras toujours autour d'elle. Ils restèrent ainsi quelques secondes, exténués par l'effort. Ils étaient si proches qu'elle sentait la chaleur qui émanait de lui.

Elle tourna la tête pour le remercier.

Si elle avait pu apprécier sa force durant le sauvetage, elle constata alors que ce n'était pas là son seul atout.

Il avait des yeux magnifiques, de la même couleur bleu turquoise que l'océan hawaïen, et un corps mince bien que très musclé. Une mèche de cheveux noirs recouvrait son front, et elle refréna la tentation de passer les doigts dedans. Leurs regards se croisèrent, et un courant électrique jaillit aussitôt entre eux.

Son bras toujours autour de sa taille, la protégeant, il l'observait pour s'assurer qu'elle allait bien. Elle voulut parler, mais une quinte de toux l'en empêcha, et il lui fallut quelques secondes pour retrouver son souffle.

— Vous avez vécu une expérience difficile, dit-il. Donnez-vous le temps de récupérer.

Elle se redressa, et il retira son bras lentement, comme à regret.

Mais peut-être se faisait-elle des idées ?

Tandis qu'elle reprenait ses esprits, elle prit brusquement conscience de son allure probablement minable avec ses cheveux dégoulinants et couverts de sable qui pendaient autour de son visage. Mais elle était vivante grâce à l'homme assis près d'elle, dont la main lui tapotait gentiment le dos.

— Je vais bien, dit-elle, une fois son souffle retrouvé. Je vous remercie d'avoir sauvé ma vie, monsieur… ?

— Jack Harper.

— Je vous remercie, monsieur Harper.

— Il n'y a pas de quoi.

Tenant ses genoux entre ses bras, elle baissa la tête, cherchant à ralentir sa respiration. Cette position lui permit également d'éviter son regard, même si elle continuait à percevoir la chaleur qui irradiait de son corps puissant.

— Je ne sais pas comment vous pouvez rester aussi calme, dit-elle. J'ai bien cru que nous allions nous noyer tous les deux.

— Il y avait du danger, mais vous avez su vous contrôler, ce qui a facilité les choses.

Elle frissonna en se rappelant combien elle était passée près de perdre la vie.

— J'avais peut-être l'air calme mais, croyez-moi, ce n'était qu'une apparence. Je pensais pourtant être une bonne nageuse. Il faut dire que je ne m'attendais pas à un courant aussi violent. Malgré tous mes efforts pour nager parallèlement à la plage, l'océan m'entraînait au large.

— Vous n'êtes pas la première à vous laisser surprendre par la force des courants hawaïens. Dommage que cette première baignade ait failli vous coûter la vie. Ce n'était pas une façon très agréable de découvrir l'île.

— Vraiment ? Et moi qui croyais que me noyer dès ma descente d'avion était une sorte de rite de passage ! dit-elle en riant. La meilleure façon de fêter mon arrivée et le fait d'avoir survécu à cette expérience de mort imminente serait peut-être d'inviter mon sauveur à dîner, s'entendit-elle proposer, à sa grande surprise.

Elle n'arrivait pas à croire qu'elle ait pu dire cela !

Le moment était mal choisi pour se jeter à la tête d'un inconnu, alors qu'elle venait d'être plaquée au pied de l'autel – en fait, trois jours avant le mariage, mais le ressenti était le même.

Non, il n'était pas question pour elle de se lancer dans une nouvelle aventure… Cela étant, elle apprécierait d'entendre encore cette voix profonde et chaude et de sentir ces bras autour de ses épaules. De préférence dans des circonstances moins dramatiques.

Apprendre à se détendre. Se trouver un homme sexy pour oublier une horrible rupture.

— J'apprécie votre offre, mais inutile de me remercier, répondit Jack. Cela fait partie de mon travail.

Il montra du doigt l'ambulance garée un peu plus loin

— Vous êtes médecin ?

— Ambulancier. Et j'ai le regret de vous dire que l'invitation à dîner devra attendre, parce que nous allons d'abord à l'hôpital pour un petit check-up. Comme nous ne sommes pas très loin du General Hospital, je vais vous accompagner.

— Le General Hospital ? Oh non ! Je ne peux pas aller là-bas !

Maintenant qu'elle reprenait ses esprits, elle commençait à se sentir gênée de toute l'agitation soulevée par son sauvetage. Et, surtout, il n'était pas question pour elle d'aller à l'hôpital. Quelle humiliation de se présenter sur son nouveau lieu de travail en tant que patiente, simplement vêtue d'un bikini !

Par ailleurs, le moment était venu de mettre un peu de distance entre elle et Jack Harper. Elle n'avait pas l'intention de se jeter à la tête du premier homme qu'elle rencontrait sur cette île, même si ses yeux avaient la couleur de l'océan.

— Je vous assure que je vais très bien.

— Vous saignez, fit-il remarquer.

— Quoi ?

Surprise, elle regarda sa jambe et constata que le sang coulait d'une entaille de près de trois centimètres.

— Oh ! j'ai dû heurter quelque chose dans l'eau. Mais je ne pense pas que ce soit très grave.

Elle avait sûrement besoin de quelques points, mais elle ne comptait pas en parler à Jack.

Celui-ci se pencha sur la plaie, et elle capta son odeur, un mélange de crème solaire, d'eau salée et de sable. L'odeur de l'océan. La trace de sel dans l'air qui l'avait tellement excitée qu'elle s'était précipitée à la plage à peine franchies les portes de l'aéroport.

Il fallait qu'elle s'éloigne très vite de lui si elle ne voulait pas se ridiculiser.

— D'ailleurs, ça ne me fait pas mal, dit-elle, alors même que les premières brûlures se faisaient sentir.

— Cela ne m'étonne pas. Vous venez de frôler la mort, et l'adrénaline court dans vos veines, ce qui vous donne l'impression d'être invincible. Du coup, vous ne ressentez pas la douleur. Mais, faites-moi confiance, mieux vaut aller à l'hôpital.

— Ce n'est pas nécessaire, protesta-t-elle, tout en devinant que Jack n'allait pas abandonner si facilement la partie. Écoutez, pour tout vous dire, je suis médecin, et je peux prendre soin de moi. Je vais prendre mon poste au General Hospital lundi, et il n'est pas question que l'on me voit comme ça, conclut-elle en montrant son maillot.

Elle eut l'impression que l'expression de Jack avait soudain changé quand elle avait avoué être médecin. Elle avait vu une ombre passer sur son visage, comme s'il était déçu.

Il poussa un soupir.

— Les médecins sont toujours les pires patients, déclara-t-il.

Il n'avait pas tort. Il était difficile pour elle de s'en remettre à un tiers. Elle détestait être le centre de l'attention d'autrui.

Sous l'éclat des yeux bleus de Jack, ses genoux tremblaient, et elle eut le sentiment que ce n'était pas seulement dû à son début d'hypothermie.

— Vos genoux tremblent, fit remarquer Jack. Vous, mieux que personne, devriez savoir que le plus grand risque après une quasi-noyade, quelle que soit la température de l'eau, c'est l'hypothermie. Nous ne vous lâcherons pas tant que nous ne serons pas certains que la température de votre corps n'est pas tombée trop bas.

Elle gémit intérieurement, sachant pertinemment qu'il avait raison. Elle avait espéré qu'il ne le remarquerait pas, mais c'était raté. De toute évidence, Jack connaissait très bien son métier et n'était pas intimidé par ses compétences médicales. D'ailleurs, elle ne devait pas soigner elle-même sa jambe, surtout avec un risque d'hypothermie.

Elle aurait été bien en peine de décider si elle considérait cette détermination à la soigner comme ennuyeuse ou agréable. Un peu des deux, probablement. La voix de sa raison était d'accord avec Jack, ce qui ne l'aidait pas, d'autant qu'une autre voix sortie elle ne savait d'où lui suggérait que passer quelque temps dans l'ambulance avec cet homme ne devrait pas être trop pénible.

Monter dans cette voiture serait peut-être sa deuxième décision impulsive de ces dix dernières années…

Assez ! Jack Harper était indéniablement un bel homme. Ses yeux bleus semblaient changer d'une minute à l'autre, comme connectés à son humeur, et son air autoritaire n'avait rien de déplaisant. Elle devinait déjà qu'il l'emmènerait à l'hôpital quoi qu'elle dise, même s'il devait la traîner par les pieds.

En tant que médecin respecté, elle n'avait pas l'habitude de voir ses décisions contestées. Que quelqu'un insiste pour prendre soin d'elle malgré ses protestations représentait une expérience toute nouvelle pour elle.

Presque sexy…

Sauf que cela ne figurait pas dans son agenda. Pas maintenant. Pas trois semaines après Christopher. Pas après le désastre de son presque mariage.

— Est-ce vraiment nécessaire ? demanda-t-elle sans grand espoir.

— Vous le savez bien

Sa voix déterminée était indéniablement sexy.

Elle observa ses mâchoires serrées et comprit qu'elle n'y couperait pas.

Elle allait arriver sur les lieux de son nouveau poste en état d'hypothermie, vêtue d'un mini-bikini et couverte de sable. Et, pour couronner le tout, en compagnie d'un des plus beaux hommes qu'elle ait jamais vus.

Voilà qui était en complète contradiction avec l'idée d'apprendre à se détendre.

2.

Kat capitula mais tenta de négocier.

— J'irai si vous insistez, mais laissez-moi au moins me rhabiller.

— Avez-vous d'autres vêtements avec vous ?

— Oui ! Ma valise est là-bas sur la plage.

Elle allait se lever, mais Jack la repoussa d'une main ferme, avant de passer une couverture autour de ses épaules et de la border comme une enfant. Elle se sentit rougir et fit mine de protester, mais il lui coupa la parole.

— Il n'est pas question que je prenne des risques juste parce que vous êtes médecin et que vous estimez en savoir plus que moi. Restez tranquille. Je vais chercher votre valise.

Il s'éloigna, la laissant râler, même si elle se réjouissait au fond qu'il l'ait empêchée de se lever. Ses jambes étaient en coton, et elle n'aurait sans doute pas pu tenir debout. Elle appréciait aussi la couverture. Mais il était important qu'il comprenne que, en tant que médecin, elle était parfaitement capable de décider de ce dont elle avait besoin ou non.

— Écoutez, dit-elle à son retour, j'apprécie votre sollicitude, mais ce n'est pas nécessaire. Je suis un excellent médecin. J'étais le plus jeune chef de clinique en médecine interne que le Grace Memorial Hospital de Chicago ait jamais nommé.

— Je n'en doute pas, répondit-il en levant les yeux au ciel.

Elle rougit en se rendant compte qu'il allait sûrement la prendre pour une de ces personnes qui se vantent de leur réussite. Et c'était exactement ce qu'elle était en train de faire : inconsciemment, elle cherchait à gagner son estime.

— J'essayais juste de dire qu'il est inutile de vous inquiéter pour moi. Inutile de me traiter comme une patiente.

— Parce que les médecins savent tout mieux que les autres, n'est-ce pas ?

— Eh bien… Oui. Franchement, de nous deux, c'est certainement moi la plus qualifiée pour décider si je vais bien ou non.

En réponse, il la regarda droit dans les yeux, et elle ressentit un choc. Son regard était vraiment désarmant.

— En ce qui me concerne, vous êtes ma patiente, déclara-t-il. Quelle que soit votre expérience médicale, je suis responsable de vous, et j'entends bien assumer pleinement cette responsabilité…

Sa voix était ferme mais chaude. Elle aurait pu l'écouter toute la journée, et elle sentit sa résistance fondre comme neige au soleil.

— Vous croyez aller bien, mais c'est l'effet de l'adrénaline qui coule dans vos veines. Vous avez bu beaucoup d'eau, et je ne vous quitterai pas tant que votre état ne sera pas stable.

Il souleva la valise pour la déposer dans l'ambulance et commença à fouiller dedans.

— Hé ! cria-t-elle. Ce sont mes affaires !

Comment osait-il farfouiller ainsi dans ses vêtements ?

— Voilà, dit-il en sortant une veste blanche. Votre sweat est plein de sable, alors vous pouvez enfiler cela.

Elle passa la veste sur son maillot et s'enveloppa dedans.

— Êtes-vous toujours aussi autoritaire ? marmonna-t-elle pour le principe.

— J'en ai bien peur. Surtout lorsqu'il s'agit d'un de mes patients, quel que soit son niveau d'études.

Aussi énervant qu'il soit, elle ne pouvait s'empêcher d'éprouver de l'admiration devant son insistance. Il avait peut-être des défauts, mais se montrer laxiste dans le travail n'en faisait pas partie. Son entêtement l'ennuyait et l'intriguait en même temps. Qui était donc cet homme intransigeant dont le bras s'ajustait si parfaitement à sa taille ?

Elle ne disposait que d'un indice, un tatouage qu'il portait au bras : « Le seul jour facile, c'était hier ».

— Vous avez fait partie des Navy Seals ? demanda-t-elle.

Il hocha la tête, l'air surpris.

— La plupart des gens ne connaissent pas cette devise.

— Mon grand-père était un Seal, dit-elle. Il disait toujours que les gars de la marine étaient les meilleurs amants.

À peine eut-elle prononcé ces mots qu'elle s'empourpra.

Comment avait-elle pu dire cela ?

C'était sa faute, aussi ! L'effet qu'il avait sur elle lui donnait envie de le cogner et de sauter dans ses bras en même temps – ce qui ne faisait que renforcer sa décision de s'éloigner de lui.

— C'est très gentil à vous de m'offrir un transport en ambulance, mais je peux me débrouiller toute seule.

— Comme vous voulez. Mais je précise quand même que cela fait un bon bout de chemin et que je roulerai près de vous tout le long.

— Si ça vous amuse, déclara-t-elle en se levant.

Aussitôt elle se sentit tomber, les jambes flageolantes. Jack la rattrapa avant qu'elle ne s'étale et la prit dans ses bras. Elle s'étonna du soulagement qui l'envahit lorsque ses bras se refermèrent sur elle. Elle devait reconnaître qu'il avait raison. Seule l'adrénaline lui avait permis de tenir jusque-là.

— Ce serait peut-être une bonne idée d'aller à l'hôpital

finalement, convint-elle d'une voix tremblante. Mais pas de sirènes, d'accord ? Je ne tiens pas à me faire remarquer. La situation est déjà suffisamment embarrassante.

— Pas de sirènes, donc.

Après l'avoir mise dans l'ambulance, il fit signe au conducteur et referma les portes derrière lui.

Jack regrettait déjà d'avoir accepté de renoncer aux sirènes.

Kat était vraiment le médecin typique, persuadé de tout savoir mieux que les autres même quand sa propre vie était en jeu. Évidemment, elle n'était pas en danger immédiat, mais elle restait une patiente sous sa responsabilité.

Dire que la première femme qui lui plaisait vraiment depuis des années était une future collègue de travail et, pire, un médecin ambitieux et carriériste !

En matière d'aventures amoureuses, il avait une règle : pas de médecins. Après ce qui s'était passé entre Sophie et Matt, il n'avait vraiment pas besoin d'un autre médecin dans sa vie personnelle… Ce qui ne l'empêchait pas de remarquer que la veste blanche que Kat portait sur son maillot faisait paraître ses jambes encore plus longues.

Surtout pas de ça ! s'intima-t-il avec impatience. Bien que ce fût une belle femme, mieux valait pour tous les deux qu'il mette un peu de distance entre eux.

Bien sûr, s'ils devaient travailler ensemble, cela risquait d'être difficile. Mais combien de temps resterait-elle à l'hôpital, et dans quel service ? Peut-être ne serait-il pas amené à la voir trop souvent ?

Il décida de pousser discrètement son investigation.

— Vous allez donc travailler au General de Oahu ? demanda-t-il d'un ton léger en s'asseyant en face de Kat et en sortant sa trousse de sutures.

Au lieu de répondre, Kat éloigna sa jambe de lui.

— Ah non, pas question ! dit-elle. L'entaille n'est pas si profonde. Un ou deux points suffiront. Je pourrai même m'en charger.

Non sans une certaine admiration devant sa détermination, il lui jeta un regard noir.

Elle dépassait les bornes. Le fait qu'elle suggère de se recoudre elle-même prouvait qu'elle était en état de choc. Sans compter que ce serait criminel de laisser une cicatrice sur une de ces jambes.

— Et si vous me laissiez m'occuper du patient pour le moment ? déclara-t-il en la dévisageant pour s'assurer qu'elle comprenait.

— Je sais faire des points, protesta Kat d'un air buté.

Il tira doucement la jambe de Kat à lui et se pencha pour la regarder droit dans les yeux.

— Écoutez, j'ai très bien compris que vous étiez parmi les bons élèves de Northwestern, mais, croyez-moi, il vaut mieux que ce soit moi qui me charge de cela. Si vous pouviez cesser de vous montrer aussi têtue et me laisser faire mon travail, je pourrais vraiment vous aider.

Devant le silence de Kat, il regretta l'espace d'un instant d'avoir parlé aussi sèchement. Elle était probablement vexée à l'idée de rencontrer ses futurs collègues dans cet état…

Non. Il avait eu raison de se montrer dur. Pour sa propre sécurité, elle devait accepter d'être la patiente, et lui-même devait s'assurer qu'il n'allait pas trop loin à cause de l'effet qu'elle lui faisait. Dresser des barrières professionnelles solides dès le début, c'était mieux pour tout le monde.

— Parmi les cinq meilleurs, murmura-t-elle d'une petite voix.

— Quoi ?

— Je figurais parmi les cinq meilleurs élèves de ma promotion.

Il parvint à retenir une remarque sarcastique mais, à sa grande surprise, elle lui fit un clin d'œil.

— Je voulais juste que vous compreniez que je suis un super grand ponte, d'accord ?

Il ne put s'empêcher de rire.

— C'est noté.

Génial, pensa-t-il. Intelligente et drôle. Juste ce qu'il lui fallait. À lui, avec tout ça, de garder une attitude détachée et professionnelle.

— Avec tout le respect que je vous dois, madame le Grand Ponte, pourriez-vous vous détendre pendant que je recouds cette entaille ?

Elle poussa un gémissement.

— Quoi ? Que se passe-t-il ? Je vous ai fait mal ?

— Non. C'est juste… Ce mot, encore. Détente. Vous n'arrêtez pas de me dire de me détendre, alors que j'ignore totalement comment on fait.

Il appliquait de la lidocaïne sur la blessure, s'efforçant de se concentrer, mais sa curiosité fut la plus forte. D'ailleurs, c'était bien qu'elle pense à autre chose.

— Quoi ? Vous ne savez pas comment on se détend ?

— Je n'ai jamais été bonne à cet exercice, expliqua-t-elle. Je suis tellement habituée à avoir une vie bien remplie que, en quelque sorte, j'oublie de vivre l'instant présent… Ou peut-être que je n'ai jamais su comment faire. Juste avant de descendre à la plage, j'avais pris la décision d'apprendre à me relaxer. J'ai failli en mourir.

— « Failli » est le mot-clé. Non seulement vous n'êtes pas morte, mais vous vous êtes très bien débrouillée dans l'eau.

— Vous êtes sincère ? Parce que, quand vous m'avez rejointe et demandé de me détendre, j'ai bien cru que nous allions y rester tous les deux.

— Non. Vous avez su garder votre calme dans une situation particulièrement éprouvante. La plupart des gens paniquent mais, vous, vous avez gardé la tête froide.

Il la vit souffler doucement et fut certain qu'elle n'avait même pas eu conscience de retenir son souffle.

— J'avais tellement peur, avoua-t-elle. J'ai eu de la chance que vous ayez été là.

C'est vrai. Elle avait eu de la chance. Les courants étaient extrêmement dangereux. Pourtant, la chance n'expliquait pas tout. Il avait été impressionné par son attitude. Malgré sa terreur, elle avait suivi ses instructions à la lettre.

Il fit le premier point, s'efforçant d'ignorer la peau nue dévoilée sous la veste qui avait glissé.

— On peut dire que, pour votre premier jour à Hawaï, vous n'avez pas manqué d'émotions. Vous allez rester longtemps ?

— Une année. On m'a offert un poste ici, et… Et le timing était parfait, alors j'ai accepté.

Devant son visage triste, il n'osa pas insister malgré sa curiosité. Son poste à Oahu serait temporaire, et il ne la verrait peut-être pas tant que cela.

— Vous êtes là en tant que consultant ? Nous en recevons beaucoup. Dans quel service travaillerez-vous ?

— Apparemment, le service des maladies infectieuses manque de personnel. Ils avaient besoin d'un médecin spécialisé en médecine interne, avec un diplôme en maladies infectieuses pour diriger les recherches sur une nouvelle souche de grippe.

Une interniste. Les occasions de la revoir ne lui manqueraient donc pas.

Il acheva de suturer la plaie.

— Le service des maladies infectieuses est toujours en manque de personnel. Chaque année, une nouvelle souche de grippe apparaît et, dès le printemps, une nouvelle épidémie se répand. Toute aide sera bienvenue. Voilà, conclut-il avec une tape sur la jambe de Kat. Comme neuve.

Soudain désœuvré, il s'efforça de ne pas détailler en face de lui les courbes du corps de Kat drapé dans sa veste humide.

Rester professionnel. C'était sa patiente et, même si elle ne l'était pas, c'était un médecin. Et il ne sortait pas avec des médecins, d'accord ?

— Il n'y a pas beaucoup de médecins sortant des meilleures écoles de médecine qui accepteraient un poste dans un petit hôpital à Hawaï, fit-il remarquer pour briser le silence.

— Cela m'a paru une bonne opportunité.

— Vraiment ? En général, les gens ne viennent pas dans les îles pour pratiquer la médecine, sauf si leur famille habite ici ou s'ils ont grandi à Hawaï et veulent s'y installer.

L'espace d'un instant, un voile de tristesse recouvrit le visage de Kat, vite remplacé par une expression professionnelle.

— C'était une bonne opportunité pour moi, répéta-t-elle. Et je ne ferai pas seulement des consultations. On m'a proposé de prendre la direction du département de médecine interne en tant que directeur administratif, ce qui me permettra d'effectuer des changements dans la politique de l'hôpital, ce que je ne pourrais pas faire ailleurs. Je n'aurai jamais cette chance dans un hôpital plus grand ou plus prestigieux. Cela peut être un bon tremplin pour ma carrière.

Un tremplin.

Exactement le genre de choses qui énervait Jack chez les médecins qui arrivaient à Hawaï pour une durée limitée. Ils ne s'investissaient jamais dans l'île ou auprès de la communauté. Seule leur carrière les intéressait, et ils brûlaient tous de mettre en œuvre une de leurs brillantes idées au sein de ce petit hôpital où les enjeux n'étaient pas élevés. Ce petit hôpital où il se sentait chez lui avec des collègues et des patients qu'il aimait.

— Le General Hospital d'Oahu n'a peut-être pas beaucoup de prestige, mais c'est un excellent hôpital avec d'excellents médecins, fit-il remarquer.

— Oh ! je sais ! Ce n'est pas ce que je voulais dire. Mais j'ai appris beaucoup de choses au Grace Memorial de Chicago en matière d'efficacité et d'amélioration des résultats pour les patients, et je suis impatiente de mettre en pratique certaines de ces idées... D'ailleurs, je ne doute pas qu'il y ait des points à perfectionner.

Comment pouvait-elle dire cela alors qu'elle n'avait même pas encore vu l'hôpital ?

À coup sûr, cette femme était le grand ponte typique des grandes villes, certaine de pouvoir tout changer. Comme si cet établissement ne disposait pas déjà d'un excellent système, mis en place par des gens qui savaient comment l'on vivait à Hawaï et qui aimaient cette ville.

Sophie, son ex-fiancée, était exactement comme Kat : concentrée sur sa carrière, indépendante et prête à tout pour atteindre son but. Des qualités qu'il avait admirées, jusqu'à ce qu'il comprenne que, lorsqu'il s'agissait de choisir entre sa carrière et les gens qui comptaient dans sa vie, Sophie favorisait d'abord et avant tout sa carrière. Même si cela impliquait de blesser ses proches.

Il ne connaissait Kat que depuis quelques minutes, mais il savait déjà qu'elle était intelligente, amusante, belle... Et convaincue de savoir ce qui était le mieux pour les autres.

Au moins, elle ne resterait qu'une année. Inutile donc de compliquer les choses.

Il détourna le regard du triangle de peau crémeuse révélé par la veste entrouverte de Kat et commença à ranger sa trousse médicale d'une façon qu'il estima très professionnelle.

Bien que Kat détestât se retrouver dans la peau d'une patiente, elle n'avait pu s'empêcher de remarquer que Jack Harper avait recousu sa plaie de manière efficace et compétente. Il savait ce qu'il faisait et, en le regardant agir, elle avait éprouvé ce calme qu'elle ressentait toujours en observant un simple acte médical.

Quelle que soit l'urgence, le fait qu'une procédure existe pour la traiter la réconfortait. Il y avait un véritable soulagement à avoir un plan, à savoir exactement quoi faire.

Observer Jack lui avait également permis d'apprécier la musculature de ses bras.

Hélas, il avait remis sa chemise pour monter dans l'ambulance. L'occasion se représenterait-elle d'admirer ce qu'il cachait dessous ?

Puis elle se reprit et se concentra sur le présent.

Elle avait le cœur brisé. Inutile de se jeter à la tête d'un autre homme, surtout quand elle venait de se ridiculiser devant lui.

Malheureusement, son corps ne réagissait pas avec la même logique.

Les cheveux de Jack avaient l'air si doux ! Qu'est-ce que cela ferait de passer la main dedans ?

Au cours des trois semaines qui avaient suivi le jour maudit, elle s'était sentie comme anesthésiée. Pourtant, il avait suffi qu'elle pose les yeux sur Jack Harper pour qu'un éclair déchire le voile de coton qui l'enveloppait.

Son plan, en venant sur cette île, était de se remettre de sa rupture avec Christopher et de la perte de son travail tout en apprenant à apprécier la vie d'une façon plus sereine. Plus tard, bien plus tard, elle pourrait envisager de commencer une nouvelle relation si la bonne personne se présentait. Mais le moment n'était pas venu, et encore moins avec un ambulancier autoritaire et présomptueux.

Elle aimait son plan, c'était un bon plan, et l'idée d'en dévier la rendait nerveuse. Or, son attirance pour son sauveteur représentait une déviation certaine. Cela étant, le fait qu'il semble irrité par ses projets pour l'hôpital d'Oahu lui facilitait les choses.

Même si elle ne comprenait pas pourquoi cela le dérangeait autant.

— Je ne comprends pas. Y aurait-il un problème avec le fait que je veuille apporter des changements à l'hôpital ?

— Pourquoi y aurait-il un problème ?

— Je ne dis pas qu'il y en a un, mais j'ai remarqué votre changement d'attitude quand j'ai parlé de mes projets.

— C'est juste que…

Il parut choisir ses mots avec soin.

— Je trouve que vous devriez d'abord prendre le temps de connaître l'hôpital et les personnes qui y travaillent avant d'envisager d'y apporter de grandes transformations.

Elle serra les lèvres, s'efforçant de conserver un visage impassible.

Les paroles de Jack lui rappelaient celles du directeur du Grace Memorial de Chicago, quelques minutes avant qu'il ne la mette à la porte.

Elle avait passé une année à effectuer des recherches avant d'exposer son projet au conseil d'administration de l'hôpital. Elle proposait d'ouvrir un dispensaire pour soigner gratuitement ou à bas prix les patients qui n'avaient pas les moyens de payer pour les soins. Elle avait établi un devis, et les chiffres prouvaient que l'hôpital pouvait se le permettre. Toutes ses recherches montraient que, faute de moyens, les patients les plus pauvres venaient trop tard à l'hôpital pour se faire soigner. Un dispensaire gratuit permettrait de les sauver.

Il suffisait que le conseil approuve le projet.

Mais le directeur administratif lui avait expliqué que l'hôpital était là pour réaliser des profits et que, si elle voulait mettre en place de tels changements, elle devrait plutôt se lancer dans la politique. Elle allait bien trop loin, trop vite, avait-il expliqué, et elle avait été choquée de voir les administrateurs hocher la tête.

Le directeur s'était montré si condescendant envers elle, allant même jusqu'à la traiter de « petite dame », qu'elle s'était mise en colère. Incapable de se retenir, elle n'avait pas mâché ses mots. Le directeur avait répliqué, le ton était monté et, avant qu'elle ait compris ce qui se passait, elle s'était retrouvée à la porte.

Lorsque son amie Selena avait téléphoné, elle lui avait honnêtement avoué son licenciement et les raisons qui l'avaient justifié. Personne d'autre n'était au courant, à l'exception de Christopher. Et vu la réaction de ce dernier…

Si cela ne tenait qu'à elle, personne ne connaîtrait jamais

les raisons de son renvoi. Impossible donc d'expliquer à Jack que ses paroles avaient réveillé ses pires craintes que ses projets n'aboutissent pas et que le jour maudit se répète.

Mais il y avait peu de risque que cela arrive. Ici, les choses étaient différentes. Le directeur de l'hôpital approuvait pleinement son projet. Et ses changements en termes de règlements et de procédures étaient bons. Il fallait juste qu'on lui donne une chance de le prouver. C'était ce qu'elle attendait de son séjour à Oahu. Et si cela posait problème à Jack Harper ou à quelqu'un d'autre, tant pis pour eux.

Au moins, elle ne risquait plus de perdre de nouveau son travail *et* son petit ami le même jour puisqu'elle n'avait plus de fiancé…

Mais ce genre de pensées faisait remonter des émotions qu'elle ne se sentait pas encore prête à affronter, surtout assise à moitié nue en face d'un ambulancier à la barbe naissante et horriblement sûr de lui.

— Vous avez fait du bon travail, fit-elle remarquer en montrant sa jambe. De toute évidence, vous êtes doué.

Elle n'avait presque rien senti et savait déjà qu'elle n'aurait pas de cicatrice.

Il releva la tête, l'air surpris de ce compliment.

— Vous avez dû acquérir beaucoup de pratique dans les Seals.

— En fait, j'ai fait trois ans de fac de médecine. Cela ne représentait donc pas un véritable défi. Mais c'est agréable de voir mes compétences reconnues. Vous… – il s'éclaircit la gorge – Vous avez une belle peau. La cicatrisation ne devrait pas poser de problème.

Sa main était chaude contre sa jambe. Il avait montré une telle dextérité pour la recoudre qu'elle préféra ne pas imaginer dans quelles autres tâches ses mains étaient expertes.

— Après trois années de fac de médecine, vous aviez fait le plus dur. Pourquoi ne pas avoir continué ?

Jack se renfrogna.

— Parce que j'adore le travail d'ambulancier. J'ai compris que la fac de médecine ne me convenait pas, alors j'ai préféré abandonner.

Elle fut surprise de le sentir sur la défensive. Jusque-là, il avait paru extrêmement sûr de lui. Il n'était tout de même pas complexé d'être ambulancier ?

Durant sa carrière, elle avait croisé un très petit nombre de médecins suprêmement arrogants – comme son ancien directeur –, persuadés de leur supériorité vis-à-vis des autres professionnels de la médecine. Elle n'avait jamais partagé ce sentiment, considérant au contraire que les ambulanciers et infirmières procuraient aux patients des soins différents mais tout aussi importants.

Pourvu que Jack ne la prenne pas pour un de ces médecins !

Cela étant, dans son état proche de l'hypothermie et avec sa gêne d'arriver sur son futur lieu de travail en ambulance, elle lui avait sans doute donné toutes les raisons de la croire arrogante et aussi têtue que… que lui.

— Pour être franche, je suis heureuse que vous ayez abandonné la médecine, déclara-t-elle d'un ton léger.

De nouveau, il la considéra d'un œil étonné.

— Si vous étiez devenu médecin, vous ne vous seriez sans doute pas trouvé sur cette plage aujourd'hui, et vous ne m'auriez donc pas sauvé la vie. En conséquence, quelles que soient vos raisons, je ne peux que me réjouir de votre décision de devenir ambulancier.

Il eut un petit rire.

— Vous êtes la première personne de ma connaissance qui se réjouisse de mon choix de carrière. Enfin, après moi…

Elle sentit qu'il était sur le point d'ajouter quelque chose mais qu'il se retenait.

— D'autres membres de votre famille sont-ils militaires ? s'enquit-elle.

— Pas vraiment. Mon grand-père est médecin… Tout comme mes parents et mes deux frères.

Ah… Soudain, l'attitude défensive de Jack prenait tout son sens : avec cinq médecins dans la famille, les attentes avaient dû être lourdes quant à son avenir professionnel.

— J'ai connu en fac quelques personnes dont les parents étaient médecins, dit-elle. Mais beaucoup de gens ne sont pas attirés par le métier de leurs parents. Je peux comprendre que travailler comme ambulancier à Hawaï soit idéal pour quelqu'un qui a fait partie de Seals et a été étudiant en médecine. Vous pouvez aider les gens tout en expérimentant les rushs d'adrénaline inhérents au travail dans cet environnement.

— Exactement, conclut-il sans épiloguer.

Elle avait compris : il n'aimait pas parler du passé. C'était noté. Elle n'y voyait aucun inconvénient.

À cet instant, l'ambulance s'arrêta devant l'entrée de l'hôpital, et le chauffeur descendit.

Comme Jack allait ouvrir la porte, sur une impulsion, elle posa la main sur son bras pour le retenir.

— Je ne vous ai pas encore vraiment remercié, dit-elle. Si vous n'aviez pas été là aujourd'hui… je me serais noyée.

Il parut aussi surpris qu'elle par sa voix altérée.

À quoi jouait-elle ? Elle avait juste voulu le remercier, mais l'émotion qu'exprimait sa voix représentait plus que de la gratitude. Et maintenant qu'elle le regardait et qu'il soutenait son regard de ses yeux bleu océan… Ce courant chargé d'électricité passait de nouveau entre eux, l'empêchant de détourner les yeux.

— Vous vous êtes sauvée vous-même en gardant votre calme et en suivant mes instructions, dit-il d'une voix douce. Je n'ai fait qu'aider.

Ils étaient seuls à l'arrière de l'ambulance silencieuse, le visage à quelques centimètres l'un de l'autre, et l'espace d'un instant, elle crut qu'il allait l'embrasser.

C'était ridicule. Pourquoi voudrait-il l'embrasser alors

qu'elle était dans un état déplorable et qu'elle se conduisait comme une fille arrogante ?

Mais seule son attitude autoritaire l'avait poussée à réagir ainsi. C'était donc sa faute à lui. D'ailleurs, pourquoi voudrait-elle qu'un homme aussi agaçant que Jack Harper l'embrasse ?

Sauf qu'elle en avait vraiment très envie.

Ils étaient si proches qu'elle pouvait sentir son odeur iodée. L'attraction qu'elle ressentait était aussi forte que le courant dans la mer, mais elle ne ressentait cette fois aucune panique. Seulement un sentiment de plénitude. Et la certitude de ce qui allait se passer.

Mais, juste au moment où la bouche de Jack se rapprochait de la sienne, deux urgentistes ouvrirent les portes de l'ambulance.

Elle sursauta et recula en même temps que Jack, regrettant aussitôt sa réaction qui ne manquerait pas de paraître suspecte et d'alimenter les ragots. Il était important que tout le monde comprenne qu'elle et Jack n'étaient que des collègues.

Resserrant les deux pans de sa veste autour d'elle, elle descendit de l'ambulance. Malgré ses protestations, les deux urgentistes insistèrent pour qu'elle s'assoie dans le fauteuil roulant qu'ils avaient apporté pour elle.

Tandis qu'ils l'entraînaient vers les portes de l'hôpital, elle se retourna vers Jack.

— Ravie de vous avoir rencontré, Jack, dit-elle de sa voix la plus professionnelle. Je suis heureuse d'avoir pu constater que mes futurs collègues étaient très compétents. Je me réjouis que nous soyons amenés à travailler ensemble.

En regardant Kat s'éloigner, Jack expira longuement, comme s'il avait retenu son souffle durant tout le temps qu'il avait passé avec elle à l'arrière de l'ambulance.

Il ignorait à quoi il avait bien pu penser quand il avait failli l'embrasser, mais à l'évidence il avait cessé de réfléchir.

Sinon, il aurait su sans l'ombre d'un doute que lui et Kat n'avaient rien à faire ensemble. Que les raisons de garder ses distances avec elle dépassaient largement l'attirance qu'il pouvait ressentir. D'ailleurs, elle n'avait pas manqué de bien préciser qu'ils n'étaient que des collègues. Ils allaient travailler ensemble, et les relations amoureuses au travail n'étaient pas une bonne idée. Sans parler de sa règle impérative en matière amoureuse : pas de médecin.

Pas depuis Sophie.

Ils avaient commencé la fac de médecine ensemble, puis elle avait obtenu des bourses prestigieuses pour des postes en recherche médicale. Au début, il l'avait encouragée mais, quand il avait abandonné ses études, elle lui avait clairement fait comprendre qu'elle voulait devenir la femme d'un médecin – pas d'un militaire ou d'un petit ambulancier.

Il l'avait comprise. Après tout, il ne pouvait pas lui en vouloir de désirer autre chose. Mais découvrir qu'elle fréquentait déjà son frère six mois avant leur rupture l'avait secoué.

En fait, Sophie avait toujours été extrêmement ambitieuse. Or, les Harper étaient reconnus dans le milieu médical, et fréquenter un des leurs représentait un atout non négligeable.

C'était d'ailleurs une des raisons pour lesquelles il n'aimait pas parler de sa famille avec d'autres membres du milieu médical. Il ne pouvait jamais savoir si les gens se rapprochaient de lui sincèrement ou par intérêt.

Kat avait-elle reconnu son nom ? Il était courant, mais il n'y avait pas beaucoup de Harper avec cinq médecins dans la famille. En tout cas, si elle soupçonnait que sa famille faisait partie de l'élite médicale, elle n'en avait rien laissé paraître.

Il s'était toujours demandé si Sophie l'avait trompé avec son frère uniquement pour rester dans la famille, changeant simplement de fils Harper. Matt ne l'avait apparemment pas vu ainsi, ou il s'en moquait. Il avait toujours apprécié Sophie. Mais Jack n'avait pas discerné l'étendue de cette inclination jusqu'à ce qu'il soit trop tard. Il avait fait confiance à Sophie. Il leur avait fait confiance à tous les deux.

Pas question de revivre cela. Jamais. Pour lui, l'amour n'était qu'une illusion, et le meilleur moyen de se protéger d'un cœur brisé était de garder ses distances. Les occasions de relations amoureuses éphémères ne manquaient pas sur l'île. Hawaï débordait de touristes impatientes de se fabriquer de bons souvenirs avant de regagner le continent.

D'ailleurs, à bien y réfléchir, cette attirance pour Kat ne serait pas vraiment un problème. Elle ne resterait qu'un an sur l'île. De nombreux médecins acceptaient des postes temporaires à Hawaï, réputée manquer de docteurs, mais la plus grande partie d'entre eux retournait ensuite sur le continent. Kat semblait ambitieuse. Une fois qu'elle aurait mis en place ses projets et compris que travailler à Hawaï signifiait se concentrer sur les soins aux patients et non sur son avancement, elle prendrait le chemin du retour.

Il n'aurait qu'à se tenir à distance jusqu'à son départ et espérer qu'elle oublie cet instant d'égarement dans l'ambulance. En fait, avec le recul, il se disait que Kat avait probablement voulu juste lui manifester sa gratitude. C'est vrai qu'elle s'était penchée vers lui, si près qu'il aurait pu compter chacun de ses cils, si près qu'il avait pu remarquer les petites taches de rousseur sur son nez, sentir son souffle sur sa joue. Mais peut-être cherchait-elle seulement à attraper quelque chose.

En tout cas, il n'avait pas l'intention de lui poser la question. Mieux valait oublier cela et s'efforcer de l'éviter au travail. Ainsi, il ne perdrait pas son temps à se rappeler ses cheveux roux et trempés autour de son visage.

Ou ses petites taches de rousseur. Ou ses lèvres pulpeuses.

3.

— On peut dire que tu sais comment réussir ton entrée, fit remarquer Selena.

Plusieurs jours s'étaient écoulés depuis l'arrivée dramatique de Kat au General Hospital d'Oahu, et toutes deux buvaient un café dans le bureau de Selena.

Bien qu'elles ne se fussent pas revues depuis plusieurs années, Selena Kahale était restée une des meilleures amies de Kat après la fac de médecine. À la fin de leurs études, Selena avait regagné Honolulu où son excellent travail et son caractère chaleureux l'avaient aidée à gravir rapidement les échelons pour finalement devenir directrice de l'hôpital.

Mais ce titre prestigieux ne l'empêchait apparemment pas de manier l'humour.

Kat rougit au souvenir des taquineries qu'elle avait endurées quand les urgentistes avaient découvert qui elle était. Malgré ses protestations, ils avaient insisté pour la pousser jusqu'à une salle d'examen, dégoulinante, sa veste drapée autour d'elle pour dissimuler son bikini.

— Je n'avais pas prévu de me présenter le premier jour, vêtue de cette façon, dit-elle, gênée.

Même si Selena était son amie, c'était également son chef, et elle ignorait comment celle-ci prenait l'incident.

— Détends-toi. Nous sommes à Hawaï. Ici, les gens ne font pas de manières, lui assura Selena. Tu te rendras vite compte que les choses sont beaucoup plus détendues ici qu'à Chicago. La chemise hawaïenne est pratiquement considérée comme une tenue de travail. Mon seul souci est de savoir si tu seras capable de t'habituer à la décontraction générale.

Kat poussa en soupir de soulagement en constatant que son amie ne s'était pas formalisée de son arrivée incongrue.

— Je reconnais que c'est un grand changement pour moi, admit-elle.

Pour ne pas dire plus. L'ambiance au General Hospital était parfois si décontractée qu'elle en restait bouche bée. Après sa première journée, elle avait vite relégué ses tailleurs aux oubliettes – elle aurait été ridicule avec une veste classique.

Au Grace de Chicago, la hiérarchie entre les employés était clairement définie, et tout le monde restait à sa place. Elle s'était d'ailleurs souvent demandé si cette culture d'obéissance inconditionnelle à l'autorité ne nuisait pas aux soins donnés aux patients dans le sens où certains médecins n'osaient remettre en question le diagnostic de leur supérieur ni apporter de modifications aux traitements préconisés.

À Oahu, l'atmosphère était complètement différente. Tout le monde se respectait sans tenir compte de la hiérarchie, et les plaisanteries s'échangeaient en toute décontraction entre les membres du personnel.

Cette atmosphère détendue présentait un challenge imprévu pour elle. À Chicago, quand elle était le médecin en charge, son équipe l'écoutait et exécutait ses instructions. Le simple fait d'être en position d'autorité lui assurait le respect de ses subordonnés. Ici, elle devrait gagner la considération de ses collègues autant que leur confiance.

Selena parut deviner son trouble.

— Chaque hôpital fonctionne différemment, dit-elle. J'ai moi-même été surprise par l'absence de formalisme ici, bien que j'aie grandi dans l'île. Puis j'ai compris que le General d'Oahu était un endroit spécial : nous sommes comme une grande famille. Je suis sûre que tu finiras par aimer cela, tout comme je suis certaine que tout le monde t'aimera. Donne-leur juste le temps d'apprendre à te connaître…

Selena avala une gorgée de café avant de reprendre.

— Tu risques même d'être surprise de constater que tu es parfaitement à ta place ici si tu t'en donnes le temps. La Kat Murphy que j'ai connue à la fac était tellement idéaliste, déterminée à faire une différence dans la vie des patients. Peut-être qu'avoir été virée du Grace de Chicago s'avérera pour toi un mal pour un bien.

— Je ne vois pas en quoi passer une année à faire de la recherche pourrait représenter un bienfait ?

— Réfléchis. Le Grace Memorial de Chicago est peut-être un des hôpitaux les plus prestigieux du pays, mais c'est d'abord et avant tout un établissement à but lucratif. La Kat que je connais n'aurait jamais pu être complètement heureuse dans un hôpital où les patients sont considérés en fonction de leur portefeuille. Cela ne te ressemblait pas.

Kat médita un moment ces paroles.

Selena la connaissait assez pour savoir combien il était important pour elle d'utiliser la médecine pour faire une différence. Quand elle avait commencé à travailler au Grace, elle était tellement excitée par la réputation de l'hôpital et par les opportunités de recherche qu'il procurait qu'elle ne s'était pas vraiment posé de questions sur le fait que les valeurs de l'hôpital étaient différentes des siennes. Pourtant, au fil du temps, il lui était devenu impossible de ne pas regarder les choses en face : de très nombreux patients ne pouvaient pas se payer les soins dont ils avaient besoin.

Elle savait ce qu'ils ressentaient. Dans son enfance, ses parents attendaient toujours la dernière minute pour se faire soigner. L'argent était rare dans la famille. Bien que ses parents l'aient toujours emmenée très vite chez le médecin quand elle était malade, ils n'en faisaient pas autant pour eux-mêmes. Quand elle avait dix ans, son père était tombé malade. « Ce n'est qu'un rhume », disait-il pour les rassurer. Mais, comme le rhume ne passait pas, il avait dit que ce devait être la grippe et qu'il irait voir le médecin pendant son prochain jour de repos, puis le suivant. Finalement, en quelques semaines, la grippe s'était transformée en pneumonie, et l'état de son père était devenu si grave qu'il était mort le lendemain même de son admission à l'hôpital.

C'était pourquoi ce n'était pas suffisant pour elle d'être un bon médecin et de travailler au Grace de Chicago, si prestigieux soit-il. Elle voulait faire une différence au sein de la communauté et s'assurer qu'aucun enfant, aucune famille n'ait à endurer la tristesse qu'elle avait connue quand elle était petite. D'où sa proposition au directeur de l'hôpital d'ouvrir un dispensaire gratuit – une contribution à la médecine qui venait directement de sa propre expérience et de ses valeurs.

Elle avait cru que les membres du conseil d'administration, eux-mêmes médecins pour la plupart, reconnaîtraient en dernier ressort que l'impact éventuel sur les profits de l'hôpital serait un petit prix à payer par rapport à l'augmentation de la qualité des soins aux patients. Quelle naïveté !

Non seulement ils avaient rejeté la proposition, mais ils avaient exprimé leur indignation devant ses résultats de recherches qui démontraient que les patients riches guérissaient plus vite que les pauvres. Ils avaient déclaré que ce serait terrible si ces conclusions venaient à la connaissance du public, et ils lui avaient demandé de les détruire. Elle avait refusé. C'était ce refus, en plus des mots échangés avec le directeur de l'hôpital, qui avait entraîné son renvoi.

Elle avait eu sa chance de faire une différence, et elle avait échoué. Elle n'avait pas su convaincre ni dominer sa colère devant le ton condescendant du directeur. Pas plus qu'elle n'avait été capable de faire comprendre à Christopher pourquoi tout cela était si important pour elle. Elle avait espéré son soutien, et au lieu de cela il avait paru aussi choqué que les membres du conseil d'administration. Au lieu de partager sa colère, il s'était indigné qu'elle ait insulté le directeur de l'hôpital.

— Comment as-tu pu faire une chose pareille ? Autant jeter tout de suite ta carrière à la poubelle !

Cela l'avait rendue furieuse. Anéantie et furieuse.

Au souvenir de cette conversation, les larmes lui montèrent aux yeux. Elle fixa sa tasse de café, espérant que Selena ne les verrait pas.

— Tu sais, même si je suis ravie de t'avoir parmi nous, je reconnais avoir été un peu surprise que tu acceptes ce poste, avoua Selena. Hawaï est très loin de Chicago, et tu aurais sans doute pu trouver quelque chose plus près de chez toi.

— J'avais besoin d'un changement de décor. D'un véritable changement.

Elle ne pouvait se résoudre à admettre que la véritable cause de son départ était sa rupture amoureuse. Cela faisait tellement cliché…

Mais, alors qu'elle cherchait une façon diplomatique d'expliquer cela, Selena reprit la parole.

— C'est à cause de Christopher, n'est-ce pas ?

— Comment as-tu deviné ?

— Voyons, Kat ! Trois jours avant le mariage, tu annonces en ligne son annulation, puis silence radio. Aucun de tes amis ne parvient à te joindre. Dans ces circonstances, on ne parle plus d'une rupture mais d'un cœur brisé.

— Je ne veux pas que tu t'imagines que je ne suis venue ici qu'à cause de… de lui. Il ne s'agit pas seulement d'oublier un homme, je suis vraiment motivée par ce travail.

— Tu crois que je ne peux pas comprendre ? Je suis

mère célibataire… Je sais exactement ce qu'on ressent quand votre vie change brusquement du tout au tout. Tu n'as pas à affronter cela toute seule.

Kat sourit à Selena, reconnaissante.

Elle se réjouissait du soutien de son amie mais, après une semaine à Hawaï, elle commençait à prendre conscience qu'elle s'était rarement sentie aussi seule.

Une fois l'excitation du voyage retombée, elle avait l'impression de ne plus très bien savoir qui elle était. Elle n'était plus un super médecin dans l'un des plus prestigieux hôpitaux du pays. Elle n'était plus la fiancée de Christopher et encore moins sa femme. Elle ne vivait plus à Chicago, la ville où habitaient sa famille et ses amis et où elle avait prévu de passer sa vie.

Elle s'efforça de retenir ses larmes.

— Le fait est que tout cela appartient au passé. Je suis venue ici pour oublier, pour me libérer de tout ce qui me retenait. Mais, du coup, je ne sais plus ce que je suis supposée faire maintenant.

— Oh ! Kat ! Je pense sincèrement que tu es venue au bon endroit. Et on dirait bien que tu t'es déjà fait des amis, ajouta Selena avec un clin d'œil malicieux. N'est-ce pas l'un des célibataires les plus convoités de l'île qui t'a repêchée dans le Pacifique récemment ?

— Tu veux parler de Jack Harper ?

— Qui d'autre ? Mais il était inutile de te noyer pour faire sa connaissance. J'aurais pu t'organiser un rendez-vous.

— Selena ! Je ne suis vraiment pas prête à me lancer dans une nouvelle relation. Une des raisons de ma présence ici est d'apprendre à ralentir et à me détendre.

— Excuse-moi de me montrer sceptique, répondit Selena en haussant les sourcils. « Ralentir » et « se détendre », ce sont des mots qui n'ont jamais figuré dans ton vocabulaire.

— C'est possible, mais je me soigne. Et d'ailleurs, si je cherchais un homme, ce ne serait certainement pas sur

Jack Harper que se porterait mon choix, vu que nous ne sommes absolument pas compatibles.

— Très bien. Premièrement, tu es tout à fait prête pour une nouvelle relation, mais tu l'ignores encore. Tu as déjà franchi la première étape pour te remettre de ta rupture.

— Qui est ?

— De t'éloigner du continent américain. Maintenant, tu passes à la deuxième étape, à savoir rebondir. Pour cela, Jack est le candidat idéal pour toi.

Kat eut un petit peu de mal à déglutir en se demandant ce que Selena savait exactement.

— Je ne dirais pas cela, avança-t-elle prudemment. Il m'a paru passablement autoritaire. Et même si j'étais intéressée – ce que je ne suis pas —, il n'a sûrement pas envie de me revoir.

— Et pourquoi cela ? D'après ce que j'ai entendu dire, vous sembliez déjà plutôt intimes quand l'ambulance s'est garée devant l'hôpital.

Bon sang, il y avait donc eu des ragots ! Il fallait mettre tout de suite les choses au clair avec Selena. Il s'agissait d'un malentendu.

— J'ignore ce que les gens ont pu raconter, mais Jack n'a fait que me soigner la jambe. Nous sommes tous les deux restés très professionnels. Nous avons juste fait un peu connaissance…

— Et ? demanda Selena, tout ouïe.

— Et je ne pense pas être son genre de femme. En fait, nous sommes partis du mauvais pied. Cela m'ennuie de le reconnaître, mais je crois que je ne lui ai pas fait une très bonne impression et qu'il m'a trouvée arrogante. Mets cela sur le compte de l'hypothermie. Et je crois – non, je suis certaine – que Jack serait d'accord avec moi pour considérer que, comme nous devons travailler ensemble, il vaut mieux éviter d'y mêler les sentiments.

— Qui te parle de relation amoureuse ? Ce dont tu as besoin, c'est une aventure.

— Je ne suis vraiment pas du genre à avoir des aventures.

Selena agita la main.

— Ma chérie, comme tu le sais, je suis mère célibataire. En conséquence de quoi, quand je ne travaille pas, je passe mes journées à préparer des repas et à discuter crayons de couleur avec un bébé que j'adore mais qui peut à peine former des mots de deux syllabes. J'ai donc terriblement besoin d'excitation, de vivre des ébats amoureux par procuration. C'est la raison pour laquelle j'ai besoin de toi, parce que je n'ai vraiment pas de temps pour ce genre de chose.

Kat éclata de rire.

— J'ai le regret de t'apprendre que ma vie amoureuse n'a jamais été particulièrement exaltante. Pour les frissons par procuration, tu vas devoir chercher ailleurs.

— Oh ! allez ! Je croyais que tu étais venue ici pour oublier le passé et vivre de nouvelles expériences ?

— Certes, mais… Je ne suis pas certaine de vouloir que Jack Harper soit une de ces nouvelles expériences.

— Pourquoi pas ? Jack est un type sympa, et il serait parfait pour toi en ce moment parce qu'il n'est pas du genre à s'engager sur le long terme. Ne te méprends pas, c'est une bonne personne, et j'aime beaucoup travailler avec lui. Il connaît son boulot, il est vraiment drôle, et c'est un excellent ami. Mais il est fait pour les passades. Il n'est jamais sorti longtemps avec une femme.

— Cela ne m'étonne pas, grommela Kat, les dents serrées.

Selena ne faisait que confirmer sa première impression.

— En fait, il te ressemble, continuait Selena sur sa lancée. Il aurait pu travailler n'importe où sur le continent, mais il a choisi de s'installer ici. Et il n'est pas un simple ambulancier. Ses parents sont les Harper de l'université du Nebraska à Lincoln…

— Quoi ?

Jack *Harper* ? Elle n'avait pas réagi quand il lui avait dit son nom.

— Tu veux dire que ses parents sont Michael et Janet Harper, les célèbres chercheurs ? J'ai encore certains de leurs livres sur mes étagères.

Elle ne s'était pas trompée quand elle avait senti que Jack ne lui racontait pas tout dans l'ambulance. Elle ne comprenait pas qu'il ait pu parler de sa famille sans mentionner ses célèbres parents.

— Que fait donc le fils de deux des plus grands chercheurs du pays à travailler comme ambulancier dans un petit hôpital hawaïen ? demanda-t-elle.

— On pourrait te poser la même question, rétorqua Selena, les yeux pétillants. Que fait donc un des médecins internistes américains les plus respectés dans mon petit hôpital ? Je suis certaine qu'il a ses raisons, tout comme toi. Tu vois ? Vous vous ressemblez beaucoup.

— Autant que l'huile et l'eau…

— J'ignore pourquoi il préfère travailler ici, mais je m'en réjouis. Il est doué. La plupart des patients qu'il amène sont déjà dans un état stable en arrivant, quelle que soit l'urgence.

— Oui, j'ai pu constater qu'il était compétent. Mais je lui ai clairement expliqué que c'était moi le médecin, et il m'a totalement ignorée pour faire les choses à sa façon.

— Tu es trop habituée à la hiérarchie médicale, fit remarquer Selena. Ici, nous sommes plus égalitaires. Nous prenons nos décisions en commun plutôt que de considérer automatiquement que la personne en charge sait mieux que les autres. Nous travaillons en équipe. Il faut s'y habituer, mais c'est une des choses que j'apprécie le plus ici. Et je crois que tu finiras par l'aimer, toi aussi. Et peut-être que tu finiras par aimer autre chose également. Ou plutôt quelqu'un, quelqu'un avec de beaux yeux bleus et des cheveux noirs et…

— Oh ! Seigneur, Selena, tais-toi ! lança Kat en

menaçant son amie avec un des coussins du canapé. Il ne se passera rien entre Jack Harper et moi !

— Nous verrons cela. L'île est très petite, tu sais.

— Pourrions-nous discuter d'autre chose que ma vie amoureuse ? Un sujet médical, par exemple ?

— D'accord. Parlons de la raison de ta présence, ici. Le virus de la grippe.

Selena reprit sa place derrière son bureau et tendit plusieurs dossiers à Kat.

— À cause de sa localisation, Hawaï est vulnérable à toutes sortes de virus venus d'Asie. Aussi, nous surveillons de près tout ce qui arrive de façon à être prêts si nécessaire…

Elle attira l'attention de Kat sur un des dossiers.

— Nous appelons celui-ci le H5N7. Quelques cas isolés sont apparus à Oahu. La clé est de remarquer les signes très tôt et de mettre les gens en quarantaine pour éviter que l'infection ne se répande. Mais notre hôpital est trop petit pour faire face à une épidémie. Ma plus grande inquiétude, c'est qu'une maladie infectieuse se répande et épuise nos ressources en nous laissant dans l'incapacité de prodiguer les soins nécessaires aux patients qui auraient pu être traités autrement.

Kat hocha la tête.

— Sur le continent, tu peux compter sur les autres hôpitaux mais, ici, impossible d'envoyer tes malades dans un établissement voisin.

— Exactement. Les transporter sur une autre île est un sacré problème. Et, même si nous le pouvions, le seul centre de traumatologie de niveau 1 pour toutes les îles est justement le nôtre. Deux mille miles d'océan nous séparent du plus proche. En conséquence, sitôt qu'un cas se présente, nous appliquons strictement les procédures en matière de contamination.

— Autant que je puisse en juger, vous faites de votre

mieux pour prévenir les risques. Quelle est la situation en matière de vaccin potentiel ?

— Dans ce domaine, nous travaillons avec une équipe de l'université d'Hawaï à Manoa. Pour l'instant, les résultats sont prometteurs. En parallèle, nous maintenons toutes les personnes qui se présentent avec des signes de grippe en quarantaine stricte, ainsi que tous les membres du personnel soignant qui auraient pu être exposés. Ce qui signifie le port de tenues de protection quand tu travailles au contact des malades. J'ai mis en place une règle qui impose à tous les membres de l'hôpital en contact avec des patients potentiellement infectés de rester dormir ici, dans une zone protégée, jusqu'à ce qu'on ait vérifié s'ils ont été infectés ou non. Si les tests sanguins confirment l'exposition, ils restent en quarantaine de dix jours obligatoire, ce qui nous donne le temps d'observer si les symptômes se manifestent et donc d'administrer aussitôt le traitement adéquat si nécessaire. En résumé, prends les précautions habituelles avec chaque patient, mais reste à l'affût de toute rougeur ou éruption suspecte. Jusque-là, aucun membre de notre personnel n'a été atteint, et je souhaite que cela reste ainsi.

Kat hocha la tête.

— Comme je l'ai dit, vous faites le maximum.

— C'est vrai, mais je me sens mieux maintenant que tu es là.

Selena eut soudain l'air mal à l'aise.

— En fait, il se pourrait que tu sois souvent en contact avec Jack à ce sujet.

— Pourquoi cela ? Il est ambulancier.

— Justement. Si l'épidémie s'étend, les ambulanciers et les secouristes seront en première ligne. Il est donc essentiel qu'ils nous tiennent au courant de tout risque potentiel parce qu'ils seront les premiers informés.

Kat soupira.

Apparemment, éviter Jack Harper risquait d'être plus compliqué qu'elle ne pensait.

Après plusieurs semaines, Kat commençait à trouver son rythme à l'hôpital. Elle travaillait en coordination avec les chercheurs de l'université d'Hawaï sur les virus de la grippe et effectuait des gardes aux urgences comme les autres médecins, qui formaient une bonne équipe. Elle appréciait maintenant l'atmosphère détendue de l'hôpital.

Elle était devenue amie avec Kimo, le coordinateur, qui la régalait avec d'excellents sandwichs au porc Kalua préparés par sa mère. Elle avait également fait la connaissance de Marceline, une cardiologue qui l'amusait beaucoup avec des histoires salaces de sa précédente vie de webcam girl. Jouer les mannequins en tenue légère devant son ordinateur lui avait permis de payer presque toutes ses études de médecine ! Il y avait aussi Omar, un des chirurgiens, dont on racontait qu'il faisait partie de la famille royale de son pays d'origine, mais qui restait très discret à ce sujet. Kat le suspectait de laisser la rumeur se répandre parce que cela lui conférait un certain mystère et améliorait grandement ses chances d'obtenir des rendez-vous amoureux.

Ils formaient une galerie de personnages pittoresques, bien différents des médecins coincés qu'elle avait fréquentés jusque-là.

Les patients étaient eux aussi très différents. Elle avait l'habitude de recevoir des patients à la recherche d'un deuxième ou troisième avis sur les pronostics de maladies sérieuses ou rares. Les gens se rendaient au Grace Memorial de Chicago quand les autres médecins avaient atteint la limite de leurs compétences. Là-bas, on mettait régulièrement son expérience à profit pour établir des diagnostics difficiles sur des maladies extrêmement rares ou difficiles à traiter.

L'hôpital d'Oahu ressemblait plus à un cabinet médical. Elle y recevait des enfants qui s'étaient enfoncé un crayon dans le nez ou des touristes avec une entorse ou une fracture, résultat d'une chute pendant une randonnée.

Elle voyait aussi beaucoup trop Jack.

D'une façon ou d'une autre, elle était toujours de garde quand il amenait des patients. Et, comme si cela ne suffisait pas, il flirtait sans cesse avec tout le monde sauf avec elle. Chaque fois qu'elle l'apercevait, il était en train d'adresser son plus beau sourire à la réceptionniste ou de plaisanter avec les infirmières, quand il ne faisait pas les yeux doux à la patiente.

Elle ne savait pas ce qui la dérangeait le plus dans ce comportement. Elle se moquait bien de savoir qui il draguait. Après tout, elle ne s'intéressait pas à lui. Mais elle considérait qu'il fallait conserver une attitude professionnelle au travail. Elle n'avait rien contre une atmosphère décontractée, mais dans une certaine limite. Jack n'avait pas besoin de cligner ses yeux bleu océan ou d'adresser de grands sourires à toutes les femmes qu'il croisait.

Incroyable, se dit-elle alors que Jack remerciait une infirmière qui l'avait aidé à soulever un patient très lourd, même ses dents étaient parfaites.

Tout cela la perturbait. C'était ça le problème, pas qu'il flirte avec tout le monde. La vue de sa peau bronzée ou de ses bras musclés la dérangeait. Pourquoi portait-il des T-shirts aussi près du corps ?

Elle avait essayé de l'éviter, mais ce n'était pas une tâche facile dans un si petit hôpital. Il lui amenait autant de malades qu'aux autres médecins, sinon plus. Mais il semblait s'amuser à lui réserver les cas les plus ridicules qu'il pouvait trouver. Et il ne se contentait pas de les déposer et de repartir comme les autres ambulanciers. Il s'attardait toujours, comme s'il voulait voir comment elle allait s'en tirer.

Quand elle lui en avait fait la remarque, il avait prétendu qu'il restait au cas où elle aurait besoin d'aide. Elle n'en avait pas cru un mot. Il ne restait que pour observer sa réaction, ce qui prouvait bien qu'il lui apportait volontairement les cas les plus absurdes.

En réponse, elle se contentait de maintenir une attitude détachée et professionnelle. Quant à Jack, il conservait un visage totalement impassible. Même aujourd'hui, quand il avait tiré le rideau d'un box aux urgences pour lui désigner ce jeune couple sur une civière, la femme allongée avec son petit ami couché devant elle.

Elle écouta leur histoire passablement embrouillée.

— Et donc, où se trouve la courgette, maintenant ? demanda-t-elle finalement.

Après le départ du couple avec une ordonnance et le conseil d'éviter de glisser des légumes dans certains de leurs orifices corporels, elle attrapa Jack et le tira derrière le rideau.

— Je sais très bien à quoi vous jouez, et j'aimerais que vous cessiez, gronda-t-elle.

Il la regarda d'un air innocent.

— Je ne fais que mon travail. Ce n'est pas ma faute si vous êtes de garde quand j'amène des patients.

— Il y a d'autres médecins de garde ! Adressez-vous à eux ! L'autre jour, vous avez eu une appendicite aiguë, et vous l'avez donnée à Omar. À moi, vous ne réservez que des cas ridicules. Des étudiants qui s'enfoncent des légumes Dieu sait où ! Un bambin qui a fourré une bille dans son nez ! Une vieille dame atteinte de démence qui a mangé tous les petits gâteaux en pâte à modeler confectionnés par sa petite-fille parce qu'elle les croyait vrais !

— Eh, je l'ai trouvée adorable.

— Elle était adorable ! Ce n'est pas la question. Vous le faites exprès !

— Qu'est-ce que je fais exprès ? demanda-t-il d'un air candide.

— De me réserver les cas bizarres.

— Pourquoi ferais-je cela ? s'enquit-il en secouant la tête.

— Je n'en ai aucune idée. Ne me demandez pas les raisons qui motivent un sociopathe. Mais il se trouve que j'ai déjà eu à traiter à peu près toutes les situations bizarres possibles. Les billes, ce n'est rien. Vous n'imaginez pas les choses que les gamins peuvent se fourrer dans le nez ! Rien de ce que vous pourrez m'apporter ne me choquera.

Jack leva les deux mains.

— Je vous crois. Je suis certain que rien ne peut vous choquer. Mais je jure que je ne le fais pas exprès. C'est vrai que vous avez reçu un certain nombre de cas insolites ces derniers temps, mais je vous promets que je les amène juste tels qu'ils se présentent.

Pendant qu'il parlait, elle se rendit compte qu'ils étaient très proches l'un de l'autre. À quoi pensait-elle en l'attirant ainsi derrière le rideau ? Ils auraient tout aussi bien pu avoir cette conversation en public. Une fois de plus, elle se retrouvait coincée avec Jack Harper dans un lieu clos.

Elle tira brusquement le rideau et s'arrêta net en découvrant un petit groupe d'employés de l'hôpital rassemblés devant le box : il y avait là quelques aides-soignants, ainsi que Marceline, Kimo et Omar.

Elle s'efforça de rester naturelle, mais il était évident qu'ils n'avaient pas perdu un mot de la discussion.

Génial. Si la scène dans l'ambulance ne les avait pas convaincus, la rumeur allait maintenant se répandre !

Jack ne faisait pas exprès d'apporter à Kat Murphy les cas les plus inhabituels. Ce n'était qu'une question de timing. Les choses avaient mal commencé entre eux, mais il n'était pas habitué à ce qu'on remette en cause ses décisions quand il essayait de sauver des vies. Pourtant, aussi querelleuse et difficile que fût le Dr Murphy, il y avait chez elle un caractère combatif qu'il ne pouvait s'empêcher d'admirer. Elle n'était apparemment pas du genre à abandonner facilement, quelles que soient les circonstances.

S'il lui paraissait autoritaire, elle n'était pas en reste. Alors qu'il cherchait à la soigner, elle s'était efforcée de le convaincre qu'elle savait mieux que lui ce qu'il fallait faire en lui agitant ses diplômes sous le nez, comme s'il lui était impossible d'imaginer qu'il soit plus expérimenté qu'elle !

Croyait-elle vraiment qu'il aurait dû être impressionné par ses diplômes et ranger ses propres compétences ? Après quelques semaines passées à travailler avec Kat, il la considérait comme un des meilleurs médecins avec lesquels il ait jamais travaillé, mais il ne pouvait pas le savoir avant.

C'était une chose qu'il avait souvent remarquée dans sa famille : on semblait attacher plus de valeur à la réussite et aux relations professionnelles d'un médecin qu'à ses aptitudes.

Comme il l'avait soupçonné, elle avait aussitôt cherché à apporter des changements dans l'organisation de l'hôpital. Certains étaient mieux passés que d'autres. D'abord, elle avait imposé aux urgentistes et autres auxiliaires médicaux de passer à un système de triage à cinq points. Là, même lui devait reconnaître que c'était une bonne idée. Une initiative plus controversée avait été de demander à tout le personnel médical de consacrer huit heures de travail par mois au dispensaire de l'hôpital. Pour cela, elle avait revu l'emploi du temps de tout le monde de façon que cela n'ait pas d'impact sur le nombre d'heures travaillées de chacun.

S'il reconnaissait que les changements apportés représentaient une amélioration sur un plan intellectuel, Kat restait pour lui un grand ponte de la ville qui s'imaginait pouvoir débarquer dans un petit hôpital – *son* petit hôpital – et bouleverser son travail et ses émotions d'un claquement de doigts.

Au début, il avait essayé de garder ses distances. Mais l'éviter n'avait apparemment fait qu'exacerber son attirance pour elle. Il se surprenait constamment à se demander si elle s'habituait à son nouveau poste, si elle avait sympathisé avec d'autres membres de l'équipe… Pour aggraver encore la situation, plus il travaillait avec elle, plus il se rendait compte que, en fait, il l'aimait bien. Elle avait de l'humour et semblait posséder une dose de patience et de compassion infinie, même avec les patients les plus récalcitrants. Sans compter qu'elle souriait facilement et de manière chaleureuse – à part avec lui.

Il avait donc décidé de changer de tactique. Au lieu de l'éviter, il s'était mis à la saluer chaque fois qu'ils se croisaient. Jusqu'à cette affluence de cas bizarres.

Il aurait aimé la convaincre qu'il ne s'agissait que d'une coïncidence.

Au moins, elle n'avait jamais fait allusion à leur presque baiser dans l'ambulance. Si son intuition ne le trompait pas, elle était aussi désireuse que lui d'oublier cet incident. Mais existait-il une possibilité pour eux de tout reprendre à zéro ? Plus vite il pourrait la convaincre qu'il ne s'intéressait pas à elle, plus vite il pourrait s'en convaincre lui-même.

Il ne savait pas encore comment, mais il allait trouver un moyen.

Quelques jours plus tard, alors que les portes de l'ascenseur du parking souterrain de l'hôpital se refermaient sur Kat, une main les arrêta, et elle se retrouva face à Jack.

— Puis-je ? demanda-t-il.

Elle haussa les épaules.

— Ce n'est pas la place qui manque.

Il pénétra dans la cabine, et l'ascenseur s'ébranla. Mais soudain, à sa grande surprise, Jack poussa le bouton d'arrêt d'urgence.

— Écoutez, commença-t-il. Je sais que nous ne sommes

pas partis d'un bon pied, et je voudrais juste mettre les choses au clair. Euh… Dans l'ambulance…

Oh ! non ! Il n'allait quand même pas aborder le presque baiser échangé ? Elle devait reprendre très vite le contrôle de la conversation.

— Je reconnais m'être comportée comme une idiote, s'empressa-t-elle de dire. Vous cherchiez juste à faire votre travail, et je n'ai pas cessé de m'interposer. Mettons cela sur le compte de l'hypothermie.

— D'accord. Mais je dois reconnaître que je n'ai pas l'habitude de m'occuper de patients diplômés en médecine… Tout comme vous n'êtes probablement pas habituée à jouer le rôle du malade.

De toute évidence, il lui tendait une branche d'olivier.

Elle devait peut-être l'accepter. Ils travaillaient ensemble, après tout. Malgré tous ses efforts pour nier son attirance en l'évitant, cette stratégie ne fonctionnait pas. En fait, elle pensait encore plus à lui.

Le problème venait peut-être du fait qu'elle ne le regardait pas comme une vraie personne. La distance entre eux ne faisait qu'exacerber l'attirance physique qu'elle ressentait pour lui. Peut-être que s'ils passaient plus de temps ensemble, si elle apprenait à le connaître comme un simple collègue, il perdrait un peu de son charme. Ce brun magnifique aux dents parfaites avait sûrement des défauts. Seulement, elle n'avait pas encore eu l'occasion de les voir. Une fois qu'elle les aurait découverts, son cœur cesserait peut-être de bondir dans sa poitrine à chaque fois qu'elle l'apercevait.

C'était comme son odeur. Ce mélange enivrant de crème solaire, d'eau salée et de virilité. Elle parviendrait peut-être à s'en désensibiliser et à ne plus être distraite dès qu'elle était proche de lui ?

— Et je ne vous réservais vraiment pas les cas les plus bizarres, reprit-il. J'ignore pourquoi, mais ils se présentaient toujours pendant vos gardes. Je vous promets qu'il n'y avait là rien d'intentionnel de ma part.

— Hum… Pas même le gamin qui avait avalé la boîte vocale de son ours en peluche, de sorte qu'on pouvait entendre la voix de l'ours sortant de l'abdomen de l'enfant à chaque fois qu'il appuyait sur son ventre ?

— Surtout celui-là, dit-il en frissonnant. C'était assez effrayant.

Soudain, elle éclata de rire.

Cela avait été effectivement très étrange. Cela étant, soigner les cas inhabituels faisait aussi partie de son travail.

— Très bien, Jack. Si nous faisions la paix ?

Son rire sincère parut rassurer Jack, et finalement, après tout ce temps, son sourire fut pour elle.

Une expérience éblouissante qu'elle n'avait pas anticipée. Ses genoux faiblirent sous elle, et elle s'appuya discrètement contre la paroi.

— Cela me paraît une bonne idée, dit-il avec chaleur. J'ai le sentiment que, si nous arrêtions de nous chamailler, nous pourrions bien découvrir que nous aimons travailler ensemble.

Elle ne sut que répondre. En tout cas, certainement pas qu'elle adorerait cela, mais qu'elle était très attirée par lui et ça l'empêchait de se remettre de sa rupture avec son fiancé qui l'avait abandonnée devant l'autel quelques semaines auparavant.

Elle se contenta donc d'un petit sourire.

Jack débloqua l'ascenseur, qui reprit sa marche.

Quand les portes se rouvrirent au département traumatologie, le chaos régnait. Même Selena s'agitait, dirigeant le triage. Sitôt qu'elle les aperçut, elle leur fit signe.

— Il y a eu un énorme carambolage sur l'autoroute, expliqua-t-elle. Tous les blessés arrivent en même temps. Prenez-en un et mettez-vous au travail.

Jack et Kat se regardèrent. À cet instant, une équipe

d'ambulanciers se présenta, poussant une civière vers les urgences, et Kat se précipita, suivie de Jack.

— Qu'avons-nous ? demanda-t-elle à Marco, le responsable de l'équipe.

— Un homme proche de la soixantaine qui souffre de fractures multiples. Quand nous l'avons ramassé, sa respiration était faible, et maintenant il ne respire plus. Nous avons dû le désincarcérer pour le sortir de la voiture.

— Depuis combien de temps a-t-il cessé de respirer ?

— Quelques secondes.

— Son pouls est filant, constata Jack. On dirait que ses voies respiratoires sont bloquées.

Kat plaça son stéthoscope sur la poitrine de l'homme, cherchant les battements de son cœur, mais sans capter le moindre son.

— Nous devons l'intuber, déclara-t-elle. Emmenons-le au bloc.

Elle était sur le point de demander à Jack de l'accompagner, mais il avait déjà contourné la civière et l'aidait à la pousser le long du couloir.

— Merci, dit-elle. Je sais qu'ils ont besoin de vous là-bas.

— Vous avez besoin de moi ici.

Une fois au bloc, il s'occupa aussitôt de poser un oxymètre de pouls au bout du doigt du patient, et elle fut soulagée de constater qu'il connaissait la procédure. Avant même qu'elle le lui ai demandé, il lui tendait le laryngoscope.

Elle inclina la tête de l'homme en arrière et inséra l'appareil dans sa bouche, s'assurant de ne pas toucher ses dents. Tandis qu'elle glissait le tube dans la trachée, Jack commença à gonfler le ballon qui enverrait de l'air dans les poumons. Elle positionna d'abord son stéthoscope sur un poumon, puis sur l'autre, cherchant des bruits de respiration.

Là.

Elle se détendit en reconnaissant le son rauque dans

les deux poumons. Ils allaient devoir faire une radio pour s'assurer que le tube était bien placé, mais l'état du patient devrait rapidement se stabiliser.

Elle se redressa et regarda Jack, étonnée.

— Je ne crois pas avoir déjà intubé un patient aussi vite, avoua-t-elle.

Devant son fameux sourire, elle sentit son cœur bondir. Et dire qu'elle espérait que, en le côtoyant, elle finirait par s'immuniser contre son charme ! Néanmoins, maintenant qu'elle savait qu'ils pouvaient travailler ensemble avec autant de fluidité, elle espérait qu'ils en auraient souvent l'occasion.

Si son cœur voulait bien arrêter de battre la chamade à chacun de ses sourires, ils formeraient une bonne équipe.

— Une des plus faciles intubations que j'aie jamais pratiquées, reconnut Jack en vérifiant le niveau d'oxygène du patient sur le moniteur. Je m'apprêtais à suggérer que nous l'emmenions à la radio, mais…

— Que se passe-t-il ?

— Venez voir.

Elle rejoignit Jack à côté de la civière et ressentit soudain une grande angoisse.

L'éruption reconnaissable du virus de la grippe – des petits boutons rouges – s'étendait sur les jambes et l'abdomen de l'homme. Et elle et Jack venaient de s'occuper de lui sans avoir revêtu d'équipements de protection.

Visiblement, son souhait venait de se réaliser : elle allait avoir tout le temps nécessaire d'apprendre à connaître Jack, vu la politique de l'hôpital en cas d'exposition au virus.

4.

Il ne fallut pas longtemps à Kat, enfermée avec Jack Harper en zone de décontamination, pour comprendre que le temps n'avait aucun impact sur l'attirance qu'elle ressentait pour lui.

Elle avait espéré quand même que ce rapprochement leur permettrait de faire connaissance, mais elle ne tarda pas à déchanter. Jack restait sur ses gardes et, quand elle mentionna le fait que l'équipe de chercheurs qui travaillait sur le virus utilisait des études menées par ses parents, il réagit violemment.

— Écoutez, lança-t-il, chaque fois qu'un nouveau médecin débarque dans cet hôpital, j'y ai droit. Alors, je vous dirai juste ceci : je n'ai pas parlé à un membre de ma famille depuis quatre ans. Donc, si vous cherchez une introduction auprès des célèbres Harper, vous vous trompez d'adresse.

— Quoi ? Jack, vous n'y êtes pas du tout ! Je voulais seulement vous dire que les recherches menées par vos parents s'étaient révélées très utiles. Selena a mentionné votre famille à mon arrivée, poursuivit-elle devant son air sceptique. Pour être franche, je ne comprends vraiment pas pourquoi ce devrait être un secret. Si je venais d'une famille comme la vôtre, je ne m'en cacherais pas. Avec ce genre de relations dans le monde médical…

— Les relations avec les Harper ne sont utiles que si vous êtes prêts à faire ce qu'ils attendent de vous. Mais si vous tenez à suivre votre propre chemin, alors faire partie de la famille Harper devient un frein plus qu'un avantage.

Elle hocha la tête.

— J'imagine qu'ils n'ont pas apprécié que vous abandonniez vos études de médecine.

— On peut dire cela.

Elle aurait aimé l'interroger plus avant, mais le sujet était de toute évidence tabou pour Jack.

Bon sang, pourquoi sentait-il aussi bon ? Son plan qui lui avait paru si simple le matin même n'avait aucune chance de réussir. Plus elle passait de temps avec lui, plus son charme agissait sur elle. La question de savoir si ses yeux étaient bleus ou plutôt d'un vert profond comme la mer ne cessait de l'obséder comme une question vitale.

Jack et elle avaient été cantonnés dans une petite pièce rarement utilisée au bout de l'aile ouest de l'hôpital. Selena s'était excusée de la taille de cette zone de quarantaine et avait proposé d'essayer de leur trouver des chambres séparées, mais Kat avait compris que son amie s'inquiétait des capacités d'accueil limitées devant l'afflux des blessés de l'accident. Elle l'avait donc rassurée, tout comme Jack, en affirmant qu'ils pourraient très bien partager cet espace séparé par un rideau, même si elle n'était guère emballée par l'idée. Pas plus que Jack, à en juger par sa tête. Mais, si cela permettait de dégager plus de places pour les patients, elle était prête à ce sacrifice.

Selena avait demandé à l'équipe chargée des maladies infectieuses d'effectuer une prise de sang sur le malade. Mais le diagnostic final demanderait quelque temps. S'il s'avérait que le patient souffrait bien de cette grippe, ils devraient rester confinés au moins dix jours avant d'être certains qu'aucun d'eux n'avait contracté le virus.

Kat espéra de tout son cœur que le patient ne souffrait pas du virus, autant pour lui que pour elle, parce qu'elle se demandait déjà comment elle allait pouvoir fermer l'œil en sachant que Jack dormait à quelques mètres d'elle.

L'aménagement de la chambre était spartiate, avec deux lits roulants séparés par un rideau, une salle de bains et un vieux téléviseur qui diffusait trois chaînes. Vu le manque de distractions, ces dix prochains jours allaient vite paraître interminables.

Vivre si près l'un de l'autre ne faisait qu'exacerber leurs différences. À la façon dont Jack avait éparpillé ses affaires, il était plutôt du genre désordonné, là où elle, au contraire, appréciait que ses vêtements soient bien rangés, même pour une courte durée.

— Nous devrions définir nos quartiers respectifs, proposa-t-elle, dans l'espoir que, si chacun restait dans son coin, elle n'aurait pas à supporter son foutoir.

L'air étonné, Jack regarda autour de lui.

— Est-ce vraiment nécessaire, dans un espace aussi restreint ? De toute façon, nous ne pourrons pas éviter de nous marcher dessus.

Elle serra les dents, aussi peu désireuse de supporter son désordre que lui de parler de sa famille.

— D'aucuns considéreraient justement que, dans un si petit espace, il est encore plus important de bien délimiter les lieux.

— D'accord, répliqua-t-il. Mais pourquoi ne pas dire que je reste sur mon lit et vous sur le vôtre, et que le reste se fera naturellement ?

Elle prit une profonde respiration.

Elle qui voulait apprendre à se détendre, elle devait peut-être saisir cette chance de mettre cela en pratique.

L'ancienne Kat aurait sûrement insisté et gagné la partie, mais la nouvelle préféra renoncer. Elle sortit de son sac un tas de livres de méditation qu'elle arrangea en pile au chevet de son lit, s'assurant qu'ils étaient bien classés par sujets et par noms d'auteurs. Quitte à rester en quarantaine, autant profiter du temps de façon productive.

Quand elle avait appris à Selena son intention d'apprendre à lâcher prise, celle-ci lui avait procuré une collection de livres, d'enregistrements et de cassettes d'exercices de méditation pour ce qu'elle appelait son opération « Rebondir » – ce que Kat préférait pour sa part qualifier d'opération « Paix intérieure ». Mais la tâche s'avérait plus difficile que prévu. Après avoir lu un tiers des livres, elle ne voyait toujours pas la lumière.

À en croire tous ces manuels, la clé était de repousser toute pensée parasite pour se concentrer sur le moment présent.

Elle s'assit donc sur son lit, jambes croisées et yeux fermés comme demandé par la voix douce dans ses écouteurs, et elle s'efforça de suivre les instructions.

D'abord, elle chassa toute pensée relative aux yeux ou aux cheveux de Jack. Ce fut un peu plus difficile avec son odeur. S'agissait-il de son odeur naturelle, ou utilisait-il une eau de toilette ?

Elle s'étonnait en revanche de la facilité avec laquelle elle avait oublié Christopher, qui lui avait pourtant brisé le cœur. Trois jours avant le mariage ! Son cœur saignait encore. Mais, même si elle était triste que tout ce qu'elle avait imaginé de leur vie ensemble ait été ainsi balayé, le fait est qu'elle ne pensait pratiquement jamais à lui. En tout cas, il ne perturbait en rien ses pensées. Contrairement à Jack.

L'objectif de Jack, dans toute relation, était d'éviter de devenir trop proches. Après avoir été écrasé par l'ombre de ses prestigieux parents, il avait besoin d'exister par lui-même. Mais garder ses distances dans une pièce aussi petite, cela s'avérait difficile. Ils n'étaient là que depuis quelques heures, et il doutait déjà de pouvoir tenir beaucoup plus longtemps.

Au début, la situation lui avait paru pratique. Mais maintenant, à l'idée de dormir à quelques mètres de Kat…

Il s'efforçait toujours de se comporter en gentleman quelle que soit la situation. Donc, s'il ne pouvait se cacher son désir pour elle, il devait au moins s'assurer qu'elle ne le remarque pas.

Elle méditait sur son lit. Elle avait l'air tellement sereine. Bien qu'elle fût aussi ambitieuse que Sophie, jamais cette dernière n'aurait accepté de travailler dans un hôpital comme celui d'Oahu, focalisé sur le bien-être des patients et non sur ses prestigieux projets de recherche.

Kat Murphy ne ressemblait certainement pas à Sophie. Sitôt qu'une personne du milieu médical entendait parler de sa famille, son ex-fiancée venait aussitôt lui dire combien les livres de son père avaient changé sa vie ou que c'était pour ressembler à sa mère qu'il ou elle avait fait des études de médecine. En six semaines, Kat n'avait pas abordé le sujet – sauf quand elle avait mentionné les livres de ses parents et qu'il s'était aussitôt imaginé le pire. S'était-il trompé ?

Kat était de toute évidence un excellent médecin. Qu'était-elle venue faire sur cette île, dans *son* hôpital ? Sa place était dans un grand hôpital sur le continent. Loin de lui. Ainsi, il ne serait pas obsédé par les boucles rousses qui cascadaient dans son dos.

Avec tous ces livres, elle donnait l'impression d'effectuer une espèce de retraite de méditation.

Quand il s'approcha des livres soigneusement empilés près de son lit, elle arracha ses écouteurs.

— Désolé de vous déranger, dit-il.

— De toute façon, je n'y arrivais pas. C'est difficile de se concentrer sur le moment présent quand on est enfermé dans une petite pièce mal éclairée, en attendant de savoir si on n'a pas contracté une maladie potentiellement mortelle.

Il hocha la tête et se pencha pour prendre un des livres.

Zen ou comment être soi, lut-il à haute voix. *Trouver son enfant intérieur dans son moi*. C'est quoi, ces trucs ?

— C'est pour apprendre à se détendre. Je me suis dit que je pourrais profiter de tout ce temps libre pour trouver mon espace intérieur.

— Votre… espace intérieur ?

— Cela veut dire apprendre à vivre l'instant présent. Prendre la vie comme elle vient. Ne pas planifier.

— Suivre le mouvement ?

— Exactement. Sauf que c'est plus facile à dire qu'à faire, d'autant que je n'ai jamais été du genre à suivre le courant.

Il haussa les sourcils d'un air moqueur.

— Sans rire ?

Elle lui lança un regard mauvais avant de pousser un soupir.

— Écoutez, tout cela n'est pas naturel chez moi. Je n'ai jamais été très bonne pour me détacher des choses qui m'inquiètent. Quand j'habitais à Chicago, j'allais parfois me promener au bord du lac Michigan pour me détendre, mais vous savez ce qui se passait à chaque fois ? Je me surprenais à penser à mes patients ou à ce que j'avais laissé en plan ou à ce que je devais dire aux médecins et aux infirmières. Ou à tout ce que j'aurais à faire le lendemain. C'était tellement difficile d'essayer de chasser tout cela de mon esprit que j'ai finalement laissé tomber.

— Mais vous essayez de nouveau aujourd'hui ? Qu'est-ce qui vous a fait changer d'avis ?

Son visage s'assombrit.

— Le jour maudit, répondit-elle.

Cela avait l'air plutôt sinistre. Était-ce la raison de sa venue à Hawaï ? Il avait simplement présumé qu'elle voulait faire un break dans sa vie ou qu'elle avait une conception romantique du travail sous les tropiques. Il ne lui était jamais venu à l'idée qu'elle puisse fuir quelque chose.

L'espace d'un instant, il eut l'impression qu'elle s'efforçait de retenir ses larmes, mais c'était peut-être le reflet de la lumière dans ses yeux.

— J'imagine que cela a l'air un peu dramatique, reprit-elle. En fait, ce n'était qu'une rupture difficile.

Ajoutée à d'autres choses. Tout est arrivé en même temps. Mauvais timing.

Elle fuyait donc quelqu'un.

— Les ruptures sont toujours des moments difficiles, dit-il. Si cela peut vous remonter le moral, vous n'êtes pas la première à vous réfugier à Hawaï après une rupture.

— Vous ? demanda-t-elle en haussant les sourcils.

— Moi. Après ma propre rupture particulièrement difficile.

Elle eut un petit rire.

— Nous sommes donc tous les deux malheureux en amour ? Et dire que je croyais que nous n'avions aucun point commun.

Il ricana.

— Pour que nous ayons cela en commun, il faudrait déjà que je croie en l'amour.

— Oh non. N'essayez même pas.

— Essayez quoi ?

— De vous montrer plus fort que moi question cynisme. Ma rupture a été bien pire que la vôtre, n'en doutez pas. Personne ne croit moins à l'amour que moi. D'ailleurs, j'ai totalement renoncé à l'amour.

À son tour de hausser les sourcils, sceptique.

— Vraiment ?

— Vous ne me croyez pas ?

— C'est juste que vous ne ressemblez vraiment pas à quelqu'un qui a renoncé à l'amour.

— Et pourtant, c'est le cas. Et d'une façon bien plus définitive que vous.

— Eh, s'agirait-il d'une compétition ? Sommes-nous en train de chercher lequel de nous deux croit le moins en l'amour ?

Elle pouffa de rire.

— Oui, apparemment. Nous sommes en train de déterminer lequel est le plus triste et malchanceux en amour parce que c'est probablement le seul moyen de nous redonner le moral. Alors, dites-moi si vous pouvez me battre : mon fiancé m'a laissée tomber trois jours avant le mariage.

— Hum… En effet, difficile de faire pire. Et pourtant, je crois que je peux.

— J'en doute… Je crois que, en matière d'histoires tristes, être abandonnée au pied de l'autel gagne à tous les coups.

— Alors que dites-vous de cela ? Ma fiancée m'a quitté pour mon frère.

Il ne comprenait pas pourquoi il racontait cela. Il ne parlait jamais de Sophie avec quiconque.

Kat cessa de rire.

— Tout va bien, dit-il. Cela fait longtemps, maintenant.

— Qu'est-elle devenue ?

— Elle vit au Nebraska, où elle est également médecin.

Pas très sûr d'avoir envie de continuer cette discussion, il feuilleta un des livres, qui contenait des instructions sur le moyen d'atteindre un état de relaxation.

— Vous savez, je crois que vous vous y prenez mal, dit-il.

— Pourquoi ? Il existerait une mauvaise façon de se détendre ?

— Je ne suis pas certain qu'on puisse apprendre à décompresser dans les livres. On dirait que vous faites exactement le contraire de ce que vous essayez d'apprendre.

— Que voulez-vous dire ?

Il ramassa un document qui détaillait les principales écoles de pensée en matière de méditation, où Kat avait apposé des remarques sur leurs différents avantages et inconvénients.

— Vous êtes supposée apprendre à vivre l'instant présent, mais vous agissez exactement comme dans tout ce que vous faites : en planifiant, organisant et étudiant tout ce qu'il y a à savoir sur le sujet. On dirait que vous préparez un doctorat en relaxation.

Elle lui arracha la feuille des mains.

— C'est peut-être le cas, mais c'est comme ça que je fonctionne. J'ai réussi mes études en étudiant plus longtemps et plus fort que n'importe qui d'autre.

— Ouais, mais vous n'êtes plus à l'école, et vous essayez de profiter de la vie, pas de l'apprendre.

— Si les livres ne servent à rien, que préconisez-vous ?

Il réfléchit un instant.

— Vous passez l'essentiel de votre vie à aider les gens. Vous avez donc besoin de rechercher de l'excitation pour vous. Quelque chose qui vous donne le frisson.

— Le frisson ? répéta-t-elle d'un air dubitatif. C'est contraire à tout ce que j'ai lu jusqu'à présent. Tous les exercices visent à ralentir et à se concentrer sur le moment présent.

— Rien ne vous fait plus ressentir l'instant présent qu'un rush d'adrénaline.

Il connaissait cela. Chaque fois qu'il sautait d'un hélicoptère pour récupérer un blessé dans un endroit inaccessible, chaque fois qu'il ramenait un patient à la vie après une crise cardiaque ou mettait un bébé au monde en route pour l'hôpital, il vivait intensément l'instant présent.

— Réfléchissez, dit-il. Quand vous sentez-vous le plus calme et en pleine confiance ?

— Euh… Probablement aux urgences, quand nous sommes submergés de blessés.

— Exactement. C'est la même chose pour moi. Plus rien ne compte. On est totalement concentré sur l'instant, et on oublie tout le reste, les soucis ou les problèmes.

— Très bien. Je reconnais que ce n'est pas bête. Mais je ne peux pas passer ma vie aux urgences. Cela va à l'encontre du but recherché, à savoir me détendre en dehors du travail.

Il secoua la tête.

— Il faut trouver quelque chose qui comble votre esprit

d'aventure. Quelque chose d'excitant comme faire de la randonnée, du surf ou sauter d'une falaise…

— Sauter d'une falaise ?

— Sauter d'une falaise dans l'océan permet de retrouver un mental d'acier. Croyez-moi, vous n'aurez jamais plus conscience de ce que vous voulez dans la vie que lorsque vous vous sentirez tomber dans le vide.

— Euh… Parce qu'on risque de mourir ?

— Mourir ? Bien sûr que non. Je vous emmènerai, proposa-t-il avant de pouvoir se retenir. Nous sauterons dans un endroit que je connais, où l'eau est suffisamment profonde. La sécurité avant tout. C'est justement ce qui rend les choses excitantes et non terrifiantes.

Hé, à quoi jouait-il, là ? Il était censé prendre ses distances avec elle. À la seconde où ils seraient autorisés à sortir d'ici, il avait intérêt à dégager, que ce soit dans dix heures ou dans dix jours.

— Vous parlez comme un vrai secouriste, fit remarquer Kat en souriant.

À la vue de son sourire, il sentit son désir de fuir l'abandonner. Il devait se reprendre.

— Eh bien, quand nous sortirons d'ici, nous pourrions y aller en groupe, avec Marceline, Kimo et…

Il vit l'éclat de ses yeux changer. S'agissait-il de déception ou de soulagement ?

— Bien sûr. Quel meilleur moyen de se lier qu'en effectuant des cascades dangereuses ?

— Pas dangereuses, excitantes. Je ne voudrais pas qu'il vous arrive quelque chose.

— Je commence à le croire, dit-elle avec un nouveau sourire. Mais, puisque nous sommes tous les deux bloqués ici, auriez-vous par hasard d'autres idées d'activités excitantes que nous pourrions pratiquer dans ces quelques mètres carrés mal éclairés et sans fenêtre ?

Il ne se risqua pas à suggérer la première idée qui lui traversa l'esprit. Ni la deuxième, ni d'ailleurs la troisième.

— Je joue plutôt bien au rami, dit-il, si c'est à ça que vous pensez.

Quelques heures plus tard, étendue sur son lit de camp, Kat cherchait en vain le sommeil.

Elle ne cessait de penser à sa conversation avec Jack. L'espace d'un instant, elle avait presque cru qu'il lui proposait un rendez-vous. Mais c'était stupide. Il n'avait jamais rien fait jusque-là qui soit susceptible de lui donner cette impression. Il voulait simplement l'aider, comme un ami. Et son idée était bonne. Comment n'y avait-elle pas pensé plus tôt ? Jack avait tout à fait raison. Elle adorait les urgences. L'idée de relancer le cœur d'un patient ou de soulager un blessé de ses douleurs lui procurait énormément de satisfaction.

Aussi fou que cela paraisse, elle ne cessait de repenser à ce saut de falaise. Après tout, sa décision de venir à Hawaï n'avait pas été autre chose qu'un grand bond dans l'inconnu. À côté de cela, sauter d'une falaise semblait un jeu d'enfant.

C'était sympa de la part de Jack d'avoir proposé de l'emmener en insistant sur le fait qu'elle ne risquerait rien. Probablement son côté protecteur. Il agirait sans doute de la même façon avec n'importe lequel de ses amis.

Alors pourquoi n'arrivait-elle pas à dormir ? Pourquoi éprouvait-elle une telle déception ?

Il avait affirmé ne pas croire en l'amour, et elle n'avait pas été en reste à ce sujet. Mais le pensait-il vraiment ? Et, dans l'affirmative, en quoi cela la gênait-il ?

Soudain, elle comprit qu'elle n'en pouvait plus de cette quarantaine. S'asseyant, elle repoussa les couvertures.

Ça suffisait comme ça. Elle ne resterait pas une minute de plus ici. D'ailleurs, elle avait un plan, et elle était certaine que Jack la soutiendrait.

Jack cherchait en vain le sommeil en fixant le rideau d'isolement autour de son lit de camp.

Soudain, à sa grande surprise, il vit bouger le rideau, et Kat apparut en face de lui, vêtue d'un pyjama en soie rose.

— Euh… Puis-je vous parler ? demanda-t-elle d'une voix un peu rauque.

— Que se passe-t-il ?

Il n'avait pas cessé de rêver d'une telle scène malgré tous ses efforts pour la chasser de son esprit. De cette idée ridicule qu'elle le rejoindrait de son côté du rideau, le regarderait droit dans les yeux et dirait quelque chose comme…

— Nous devons nous déshabiller.

Jack la fixa d'un air incrédule, incapable d'assimiler ce qu'il venait d'entendre.

— Nous devons quoi ?

— Nous déshabiller, répéta Kat d'un ton détaché. Je ne sais pas ce qu'il en est pour vous, mais l'idée de rester ici une minute de plus m'est insupportable. Écoutez, toutes nos recherches ont démontré que les patients atteints du virus développaient les symptômes de la maladie dans les douze heures suivant l'exposition. Or, ni vous ni moi n'avons montré le moindre signe d'une éventuelle infection. Alors, voilà ce que je propose : vous allez m'examiner, puis je vous examinerai, et une fois que nous aurons vérifié qu'aucun de nous n'est atteint, nous appellerons Selena. Après tout, c'est moi qui ai le plus étudié cette maladie. Il me semble que je suis donc la mieux placée pour déterminer si l'un de nous est ou non infecté.

Il remarqua qu'elle tremblait.

Était-elle donc si pressée de sortir de là ? Peut-être souffrait-elle de claustrophobie ou, plus simplement, voulait-elle seulement s'éloigner de lui ?

— Si vous avez besoin de plus d'espace, je suis certain que Selena pourra nous trouver des chambres séparées, proposa-t-il.

— Non. L'hôpital est plein, ce qui d'ailleurs joue en

notre faveur. Si nous pouvons convaincre Selena que nous sommes sains, elle pourra récupérer cette chambre.

Il réfléchit un instant et reconnut que l'idée était tentante… Sans parler de la perspective de voir Kat nue devant lui. Sous la soie fine de la veste de son pyjama, il devinait la courbe de sa hanche, et le short assorti ne cachait rien de ses longues jambes minces.

Il décida d'essayer de la raisonner.

— Si vous redoutez d'avoir attrapé la grippe, rassurez-vous, dit-il. Les chances sont extrêmement minces. Ils ne nous ont isolés que par excès de précaution. C'est pénible, mais c'est la procédure.

— Ce n'est pas ça. Je suis certaine que ni vous ni moi ne sommes malades. Je veux juste sortir d'ici.

Dieu sait qu'il avait rêvé de se retrouver ainsi, seul avec Kat, et ce malgré tous ses efforts pour le nier. Pourtant, jamais il n'avait imaginé que cela se passerait ainsi, tous les deux cloîtrés dans une chambre isolée, entourés de matériel médical. Pour couronner le tout, la demande de Kat montrait clairement qu'elle le considérait comme un simple ami. Jamais elle n'aurait suggéré une telle chose si elle s'était doutée de ses sentiments pour elle – ou si elle en avait pour lui.

Il tenta une dernière approche.

— Écoutez, pourquoi ne pas attendre demain matin ? D'ici là, les résultats des analyses de sang seront peut-être arrivés.

— Je ne peux pas attendre jusqu'à demain, déclara-t-elle en commençant à déboutonner la veste de son pyjama.

— Attendez, intervint-il en sautant précipitamment sur ses pieds.

Il pouvait la voir trembler, exactement comme dans l'eau lors de leur première rencontre.

— Vous êtes certaine de vouloir cela ? demanda-t-il.

Serrant les dents, elle attrapa son T-shirt.

— Jack, nous sortons d'ici. Cette nuit.

Le ton déterminé de sa voix ne souffrait aucune discussion, et il eut le sentiment que personne ne résistait à Kat Murphy quand elle se trouvait dans cet état d'esprit.

Elle en devenait presque intimidante. Ses yeux le transperçaient.

Il prit donc une profonde inspiration, espérant rester aussi professionnel que possible, même s'il ignorait comment il allait pouvoir poser les mains sur le corps nu de Kat sans réagir.

— Très bien, dit-il. Nous allons faire cela de façon très professionnelle.

— D'accord. Allumons les lampes.

Il alluma le plafonnier qui les inonda d'une violente lumière fluorescente.

Parfait. Difficile de trouver moins romantique comme ambiance.

— On joue à pile ou face pour savoir qui commence ?

— Inutile. Je suis volontaire, déclara-t-elle.

Kat se mordit la lèvre.

Était-elle bien sûre de savoir ce qu'elle faisait ?

Oui, parfaitement. Elle saurait convaincre Selena de les laisser sortir si aucun d'eux ne manifestait le moindre symptôme du virus, et elle n'aurait donc plus à partager cette intimité insupportable avec Jack.

Pourtant, si l'idée lui avait paru excellente quelques minutes plus tôt, elle hésitait maintenant sous la lumière crue.

Allons, Jack était un professionnel, tout comme elle. Ils pouvaient parfaitement s'examiner mutuellement puis rentrer chez eux. En tant que médecin, cela faisait longtemps qu'elle ne ressentait plus la moindre pudeur en pratiquant des examens médicaux. Ce n'était qu'un simple acte pour leur bien à tous les deux. Il lui fallait absolument s'éloigner de Jack.

Le voir nu devant elle risquait d'être un peu difficile,

mais cela ne durerait pas. Elle pourrait le supporter quelques minutes, si cela signifiait ensuite rentrer chez elle.

Ses doigts tremblaient tellement qu'elle n'arrivait pas à déboutonner sa veste.

— Laissez-moi faire, proposa Jack.

Il vint rapidement à bout des quelques boutons de soie et la veste s'ouvrit, révélant la courbe de ses seins. Kat garda ses yeux rivés sur ceux de Jack pendant qu'il faisait glisser la veste, qui tomba à terre dans un bruissement doux.

— Commençons par le haut, dit-il d'une voix détachée, après s'être éclairci la gorge.

Il posa ses mains le long de ses mâchoires et commença sa palpation.

— Rapprochez-vous de moi, que je puisse examiner votre cuir chevelu.

Elle s'exécuta et ne résista pas à l'envie d'inspirer profondément. Si près de lui, son odeur l'enivrait tellement qu'elle avait du mal à tenir debout. Jack la tira vers lui pour mieux examiner son crâne et sa nuque.

Pour ne pas rendre la situation plus difficile, elle gardait une immobilité parfaite. Après tout, c'était son idée, et Jack n'avait sûrement aucune envie de la voir nue. Il aurait agi de la même façon avec n'importe lequel de ses patients.

Continuant son examen, il lui plaça ses mains sur les épaules et descendit le long de ses bras, à la recherche d'irrégularités à la surface de sa peau. Puis il lui demanda de faire demi-tour et fit courir ses mains dans son dos – des mains un peu rêches, qu'il devait utiliser beaucoup. Des mains qui pouvaient sauver un nageur qui se noyait ou pratiquer un massage cardiaque.

Son propre cœur battait la chamade, et elle frissonna.

— Désolé, dit-il aussitôt. Avez-vous froid ?

— No… Non, je vais bien.

Ses mains se déplacèrent plus vite, frottant sa peau comme s'il voulait la réchauffer. Finalement, il la fit tourner et leva une main pour la poser sur sa poitrine.

Avant d'y arriver, il arrêta son mouvement, et leurs regards se croisèrent.

Brusquement, elle comprit que ce qu'elle voulait vraiment n'avait rien à voir avec un examen médical ou une possible infection.

Face à Jack, nue et vulnérable, elle ne savait plus quoi faire. Elle avança encore, prête à reconnaître que tout cela était une mauvaise idée et tendit sa main vers la sienne, toujours suspendue près de son sein.

Puis avant qu'elle ait compris ce qui se passait, elle se retrouva dans les bras de Jack. Sa bouche recouvrait la sienne et elle lui rendait ses baisers avec fougue. Son odeur de mer et de soleil l'enivrait. Ses bras puissants la maintenaient contre lui, et elle se tortilla, cherchant à passer ses mains sous son T-shirt.

Ils se détachèrent un instant, le temps pour elle de lui ôter son T-shirt, avant de se serrer de nouveau l'un contre l'autre.

Puis il la déposa sur le lit de camp, s'allongea près d'elle, et elle souleva les hanches pour lui permettre de faire glisser son short.

Dans sa tête, une petite voix susurrait qu'elle n'avait attendu que cela depuis que Jack l'avait sauvée de la noyade. Aucune logique ne guidait ses actions, seulement une intuition. Le sentiment que c'était exactement ce dont elle avait besoin. Ce à quoi son corps aspirait.

N'était-ce pas cela, vivre l'instant présent ?

Il n'y avait eu aucune planification, aucune tergiversation, aucune liste des avantages et des inconvénients. Elle avait suivi son instinct. Elle était complètement soumise à Jack, à ses mains rugueuses sur ses épaules, ses seins. La puissance de son torse et de ses bras, le goût légèrement salé de sa bouche sur la sienne…

Soudain, ils se figèrent tous les deux.

Quelqu'un frappait à la porte.

— Kat ? lança la voix de Selena. Jack ? Puis-je entrer ?

D'un bond, ils se séparèrent et se levèrent.

— Une seconde ! cria Kat en enfilant prestement son short.

Elle tenta ensuite de boutonner sa veste, mais ne cessait de se tromper de trou. Finalement, elle renonça et serra les deux pans sur sa poitrine, ses deux bras croisés devant. Selena n'y verrait que du feu.

Jack enfila son T-shirt et lui fit un signe de tête.

— Entre, lança-t-il à Selena, une fois qu'ils furent tous les deux assis sur le lit, donnant l'impression qu'ils terminaient une partie de cartes tardive.

Selena entra et survola la scène du regard, les draps froissés, Kat et Jack un peu essoufflés, assis côte à côte sur le même lit.

— Désolée de débarquer ainsi aussi tard, mais je me suis dit que vous seriez contents d'apprendre qu'il s'agissait d'une fausse alerte. Le patient ne souffrait que d'un banal zona contre lequel vous avez tous les deux été vaccinés. Il n'y a donc aucune raison pour vous de rester ici plus longtemps.

— Formidable ! s'écrièrent en chœur Jack et Kat.

— Je me doutais que vous seriez impatients de sortir d'ici.

— En effet, dit Jack.

— Je ne crois pas que nous aurions pu supporter de rester ici une minute de plus ici, renchérit Kat.

— Ravie de vous avoir apporté ces bonnes nouvelles, dit Selena en se tournant pour prendre congé. Au fait, Jack, ton T-shirt est à l'envers.

5.

Kat se laissa tomber sur le canapé du bureau de Selena avec un soupir de frustration.

Une semaine s'était écoulée depuis la nuit passée en quarantaine avec Jack. Ils s'étaient croisés une ou deux fois et s'étaient montrés polis et aimables. Mais ils s'étaient bien gardés de discuter des événements de cette fameuse nuit.

Aux yeux de Kat, Jack préférait prétendre qu'il ne s'était rien passé, et dans ce cas elle n'y voyait aucun inconvénient.

Du moins, elle s'efforçait de le croire. Mais c'était plus facile à dire qu'à faire. Elle ne cessait de se remémorer la scène. Ses mains sur son dos, ses épaules, ses cuisses… Son odeur qui l'avait complètement enveloppée, ses bras autour d'elle. Comment il avait fait glisser le bas de son pyjama quelques secondes avant que Selena ne frappe à la porte.

Son comportement l'affligeait. Jack avait su garder une attitude détachée et professionnelle pendant qu'il l'examinait jusqu'à ce qu'elle se jette à son cou comme une espèce d'obsédée sexuelle.

Ses joues s'enflammèrent à ce souvenir.

Cela étant, Jack ne l'avait pas repoussée. Il avait au contraire manifesté le même enthousiasme qu'elle pendant qu'ils s'embrassaient. Il n'avait pas protesté quand elle lui avait ôté son T-shirt, et n'avait pas non plus rechigné pour l'aider à se déshabiller. Mais peut-être avait-il seulement été emporté par la situation qu'elle avait initiée ?

Non, rien ne permettait de conclure qu'il partageait les mêmes sentiments qu'elle.

Que se serait-il passé sans l'arrivée intempestive de Selena ? Jusqu'où auraient-ils été ?

Faire l'amour avec Jack aurait-il permis de relâcher la tension, ou au contraire cela l'aurait-il augmentée ?

Toutes ces questions tournaient inlassablement dans sa tête. Une fois de plus, elle cherchait à analyser la situation, à la décrypter comme un puzzle au lieu de se concentrer sur ce qui se trouvait sous son nez.

Et qu'y avait-il sous son nez ?

Des tas d'évidences indiquant que, au mieux, elle et Jack étaient amis et rien de plus. Deux personnes enfermées ensemble pendant un certain laps de temps et désœuvrées pouvaient très bien en venir à s'imaginer avoir des sentiments l'une pour l'autre.

Mais il était évident que Jack ne ressentait rien pour elle. Elle s'était tenue pratiquement nue devant lui, et il était resté de marbre, concentré sur sa tâche. Elle seule s'était jetée à son cou, incapable de se retenir. Le souvenir de ses mains sur sa peau lui faisait encore tourner la tête.

Elle aurait voulu garder pour elle ces événements, mais elle mourait d'envie d'en parler, et Selena, sa meilleure amie, dardait sur elle des yeux brillants d'anticipation par-dessus sa tasse de café.

— Je savais que j'aurais dû vous mettre dans des chambres séparées, dit-elle avec un sourire en coin qui démentait ses paroles.

— Je suis sérieuse, Selena. Je ne sais pas quoi faire.

— Pourquoi voudrais-tu faire quoi que ce soit ? Si j'en crois ce que je vois, tu l'aimes bien. Et d'après ce que tu me dis, tu l'intéresses. Tu m'as bien dit qu'il t'avait proposé un rendez-vous ?

— Pas un rendez-vous amoureux. Juste une sortie en groupe… avec des amis.

— En groupe ? répéta Selena avec une grimace de dégoût. C'est un peu trop facile. S'il t'aime bien, pourquoi ne pas sortir avec toi ?

— Rien ne dit qu'il m'aime bien. Ce baiser ne signifiait peut-être rien. Il s'était comporté en parfait gentleman jusqu'à ce que je me jette à son cou.

Selena leva les yeux au ciel.

— Même si tu as initié la chose, il ne semble pas s'être trop fait prier pour participer. Il faudrait peut-être… Je sais que c'est une idée saugrenue, mais… vous devriez peut-être en parler entre vous.

— Oh ! Seigneur ! Je redoutais que tu dises cela. Selena, il n'est pas question que je remette le sujet sur le tapis. C'est impossible. Et s'il ne considère pas les choses comme moi ?

— C'est une bonne question. Mais, Kat, sais-tu seulement ce que tu ressens pour lui exactement ?

Kat réfléchit un instant.

— J'imagine que… Après Christopher, j'étais prête à faire une croix sur les relations amoureuses. D'ailleurs, je ne suis même plus certaine de croire à l'amour.

— Je refuse de croire cela, lança Selena. Je te connais depuis des années, et ça ne te ressemble vraiment pas. Mais tu as été blessée, il est normal que tu redoutes de t'engager dans une nouvelle relation.

Kat poussa un soupir.

— J'aimerais qu'il existe une sorte de test qui permettrait de tâter le terrain sans que personne ne souffre.

— Tu pourrais toujours renoncer à l'amour, enfermer ton cœur dans une armure et fuir tout sentiment pour autrui. Mais tu n'es pas comme cela.

Non, en effet. Selena la connaissait bien. Une amie comme elle était précieuse.

— Que suggères-tu, alors ?

— Eh bien… Si ce que tu ne ressens pour Jack est purement physique et si tu es persuadée que vous n'êtes ni l'un ni l'autre prêts à vous engager dans une relation sentimentale, je suggère que vous en profitiez.

— Oh ! Voyons, Selena, tu n'es quand même pas en train de suggérer que j'aille le trouver et que je lui propose de…

Selena se contenta de hausser les sourcils.

Kat éclata d'un rire nerveux.

— Même si je décidais de le faire, je ne saurais même pas par où commencer. Il ne s'intéresse pas à moi, en tout cas pas de cette façon, sinon il m'aurait sûrement proposé quelque chose. Nous nous parlons à peine.

— Tu ne lui as rien proposé non plus, fit remarquer Selena.

Et si c'était aussi simple ? Et si Jack était aussi impatient qu'elle de finir ce qu'ils avaient commencé, mais qu'il ne savait pas comment l'approcher ? S'il n'éprouvait aucun sentiment romantique pour elle mais ressentait lui aussi cette attirance physique ?

Ils avaient tous les deux affirmé ne plus croire en l'amour. Dans ce cas, pourquoi ne pas sortir l'amour de l'équation ?

L'idée commençait à prendre forme dans sa tête.

Aux dires de Jack, elle avait besoin d'excitation. Alors, quoi de mieux qu'une bonne partie de jambes en l'air ?

C'était risqué bien sûr, avec comme conséquence négative potentielle qu'elle se ridiculise. Mais comme elle s'était déjà passablement humiliée devant lui, une humiliation de plus ne ferait guère de différence. Tout ce qu'elle avait à faire, c'était aller le trouver et lui poser la question.

Jack avait beaucoup de mal à se concentrer. Il se trouvait dans une des réserves de fournitures de l'hôpital, occupé à refaire le stock de l'ambulance en matériel médical, sans vraiment parvenir à se focaliser sur sa tâche.

Cela durait depuis une semaine. Seules les urgences médicales lui permettaient de chasser de son esprit les tourments émotionnels qui l'agitaient. Sitôt le calme revenu, Kat recommençait à le hanter, et plus précisément le baiser qu'ils avaient échangé.

Il ne s'était jamais senti aussi mal. Son manque de professionnalisme l'atterrait. Il aurait dû conserver une attitude détachée. Kat était vulnérable et effrayée, et il en avait profité…

Cela étant, comment oublier la douceur de sa peau ou la caresse de ses cheveux sur son visage quand il avait enfoui son nez dedans pour respirer le parfum tropical qui émanait d'elle ? Comment nier qu'il avait aimé l'embrasser ? Comment nier son désir ?

En fait, il en voulait plus. Il devinait déjà qu'il ne parviendrait jamais à la chasser de son esprit. Son corps brûlait de terminer ce qu'ils avaient commencé.

Mais Kat accepterait-elle un jour de lui reparler ? Ils se connaissaient à peine et, depuis un mois, il avait déjà manqué deux fois de professionnalisme à son égard.

Pourtant, ses mains s'étaient accrochées à lui, son corps s'était pressé contre le sien. Dans le feu de l'action, elle aussi avait eu envie de lui.

S'agissait-il d'une simple réaction au stress du moment ou d'un vrai désir ?

Son frère lui manquait tellement. Il l'aurait écouté et conseillé. Malheureusement, depuis qu'ils avaient coupé les ponts, Jack devait résoudre ses problèmes seul, sans le soutien de son seul confident.

En conséquence de quoi, il évitait toute relation romantique ou pas et le cortège d'émotions qui l'accompagnait. Mais il n'était pas certain que cette stratégie puisse fonctionner avec Kat.

Depuis leur sortie de quarantaine, il avait gardé ses distances, ne voulant pas qu'elle s'imagine qu'il attendait d'elle plus qu'elle n'était prête à donner. Si elle s'intéressait vraiment à lui, elle ferait un geste.

Ces pensées tournaient en boucle dans sa tête, et il resta complètement pétrifié lorsqu'il découvrit en se retournant qu'elle était derrière lui.

— Excuse-moi, dit-elle. Je ne voulais pas te faire peur.

S'approchant de lui, elle prit la boîte de fournitures qu'il tenait et la posa sur le sol.

— La situation se répète, on dirait. Il y a quinze jours, nous étions également enfermés dans un espace clos.

Son visage affichait la même détermination que dans la chambre. Était-elle en colère contre lui ?

Quoi qu'elle veuille lui dire, il n'y échapperait pas.

— J'ai réfléchi, commença-t-elle. Nous sommes tous les deux adultes, et des circonstances exceptionnelles et indépendantes de notre volonté nous ont amenés à nous rapprocher. Mais, quelles que soient ces circonstances, nous ne pouvons nier la situation dans laquelle nous sommes.

— Et… Quelle est exactement cette situation ?

Kat prit une profonde inspiration, comme pour y puiser du courage.

— J'ai… euh… beaucoup repensé à ce qui s'est passé dans cette chambre, dit-elle.

Il retint son souffle. En fait, il aurait juré que son cœur avait cessé de battre.

Les yeux de Kat se rivèrent sur les siens.

— Je parle de… ce baiser.

Il fut rassuré. Son cœur fonctionnait. Il battait même très fort dans sa poitrine.

— Je ne sais pas pour toi, mais j'ai eu beaucoup de mal à ne pas y repenser. Tu m'as dit que tu ne croyais pas aux relations amoureuses. Moi non plus. Nous sommes donc parfaitement compatibles.

Soudain, il se rendit compte qu'elle ne se trouvait qu'à quelques centimètres de lui. En fait, il n'aurait qu'à tendre le bras pour le glisser autour de sa taille. Dans ces conditions, son cerveau avait un peu de mal à analyser la situation.

— Comment cela ? interrogea-t-il.

— Eh bien…

Quoique nerveuse, elle semblait déterminée à en venir au fait.

— Une relation entre nous impliquant des sentiments serait certainement malvenue. Mais pourquoi y mêler des sentiments ? Il existe des relations purement… physiques.

— Les émotions compliquent les choses, reconnut-il d'une voix rauque. Es-tu en train de suggérer que nous développions une relation plus physique entre nous ?

Elle hocha la tête sans le quitter des yeux.

— Puisque nous sommes de toute évidence attirés l'un par l'autre, nous pourrions entamer une relation physique, totalement dénuée de sentiments ou de romantisme.

Elle lui offrait son rêve sur un plateau. Il n'avait eu de cesse de nier son attirance pour Kat de crainte de se compliquer la vie, et voilà qu'elle lui apportait la solution. Alors, pourquoi était-il déçu ?

Mais il devait se montrer clair avec elle pour ne pas la blesser.

— Je ne suis pas du genre à offrir des fleurs, dit-il.

— Qui a parlé de fleurs ?

— Je voulais juste qu'il n'y ait pas de malentendu quant à ce que tu attends de moi.

— Je sais exactement ce que j'attends de toi. J'ai été fiancée à un homme que je croyais aimer et qui m'offrait des fleurs. J'en ai suffisamment reçu. Je n'ai plus envie de penser à l'avenir et aux relations à long terme. Je cherche autre chose. Tu m'as dit que tu ne croyais plus en l'amour. Moi non plus. L'amour n'est pas ce que je souhaite pour le moment. Sinon, je chercherais ailleurs.

— Es-tu bien certaine que c'est ce que tu veux ?

Malgré la faible lumière de la pièce, il crut distinguer une lueur canaille dans le regard de Kat.

— C'est toi qui as suggéré que j'avais besoin d'excitation. J'essaye d'apprendre à vivre l'instant présent. Et comme tu m'as dit que tu voulais bien m'aider…

— Tant que nous sommes d'accord sur nos attentes mutuelles.

— Parfaitement d'accord.

Elle se rapprocha jusqu'à le toucher, et toute velléité de résistance l'abandonna instantanément. Ses lèvres furent sur les siennes avant même qu'il en ait eu conscience, sa langue explora sa bouche, avide de s'imprégner d'elle. Kat lui rendit son baiser avec la même fougue, et il se sentit perdre pied.

Il aurait été incapable de dire combien de temps s'était écoulé quand elle recula la tête pour le regarder. Ils restaient serrés l'un contre l'autre, une proximité qui permit à Jack de distinguer des éclats dorés dans le vert de ses yeux.

— J'en conclus que tu approuves tous les termes du contrat, dit-elle. Une liaison uniquement sexuelle.

— J'y souscris pleinement. Pas de sentiments, pas d'attaches.

Kat poussa un gros soupir, comme si elle avait retenu son souffle jusque-là.

— Nous pourrions peut-être établir quelques règles de base, proposa-t-elle, l'air soudain nerveux. Faire une liste de nos attentes mutuelles pour…

Il l'attira contre lui.

— La seule question qui m'intéresse pour l'instant, dit-il d'une voix rauque, la voici : chez toi ou chez moi ?

Le lendemain soir, Kat étala sur son lit trois tenues différentes qu'elle prit et rejeta à tour de rôle, incapable de se décider.

Comme si sa tenue avait de l'importance ! Après tout, ils n'étaient pas supposés vouloir s'impressionner. Il ne s'agissait que d'une petite aventure sans importance. Inutile de se mettre la pression.

Plus elle réfléchissait à leur arrangement, plus elle trouvait l'idée brillante. Elle n'avait pas eu beaucoup de petits amis dans sa vie et, jusqu'à sa rencontre avec Christopher, elle était passée d'une relation longue à une autre. Bien qu'elle fût encore un peu choquée de son initiative, elle ressentait de l'excitation à l'idée de cette première incursion dans la recherche de sensations fortes, et elle comptait bien profiter de chaque minute de l'expérience.

Ce serait quand même la première fois qu'elle coucherait avec un homme depuis sa rupture…

Pendant les deux années passées avec Christopher, elle s'était efforcée de se montrer à la hauteur de ses attentes. Il était carriériste et perfectionniste, deux qualités qu'elle avait cru admirer chez lui, allant même jusqu'à trouver qu'ils se ressemblaient. Mais le perfectionnisme de Christopher semblait toujours viser à la rabaisser. Quand il soulignait qu'un peu d'exercice lui ferait du bien ou que cela lui irait mieux si elle coiffait ses cheveux de telle ou telle façon, elle le croyait et s'exécutait aussitôt. Pourtant, ce n'était jamais assez.

L'arrangement avec Jack signifiait que ni l'un ni l'autre n'avaient à se soucier des attentes de l'autre, une pensée extrêmement libératrice. Ce soir marquerait sa première tentative de lâcher-prise.

Grâce à leur arrangement, elle se sentait maintenant tout à fait libre d'admettre son attirance pour Jack sans s'inquiéter des conséquences. Ils allaient seulement coucher ensemble. Aucune complication possible et, donc, aucune raison d'être nerveuse.

Pourtant, deux heures pour choisir une tenue, cela paraissait plutôt long pour une simple relation sexuelle, lui souffla un esprit malin dans sa tête.

Elle avait pris des risques avec sa tenue, qui se résumait à des talons hauts et pas grand-chose d'autre. Redoutant de se faire arrêter par la police de la route, elle avait conduit très prudemment, respectant scrupuleusement les limites de vitesse pendant tout le trajet. Son cœur battait la chamade quand elle se gara devant la maison de Jack sur la plage.

Elle envisagea de laisser son sac sous le siège de son véhicule, avant de se souvenir du paquet de préservatifs qu'elle avait apporté. Jack avait-il pensé à en prendre ? Probablement, mais mieux valait rester prudente.

En descendant de voiture, elle resserra les pans de son imperméable en cuir noir autour d'elle, attrapa donc son sac et remonta l'allée.

Jack lui ouvrit la porte, vêtu d'un jean noir et d'un T-shirt blanc moulant qui laissait peu de place à l'imagination. Même sous la lumière chiche du porche, son torse se devinait clairement sous le tissu.

Devant ses muscles bien dessinés, toute inquiétude quant à la sagesse de sa décision s'évanouit : quoi qu'il se passe après cette nuit, la chance de se retrouver serrée entre ses bras aurait à elle seule justifié cette prise de risque.

Le bras appuyé contre le chambranle de la porte, Jack observait la façon dont elle serrait les pans de son imperméable. Il souleva un sourcil malicieux tandis que son regard s'attardait sur ses jambes nues, et elle devina qu'il en tirait la conclusion évidente sur ce qu'elle portait sous son manteau.

En le voyant déglutir, sa confiance remonta.

De toute évidence, il attendait cette soirée avec autant d'impatience qu'elle. Elle s'était peut-être jetée à son cou dans la réserve, mais maintenant c'était lui qui la dévorait des yeux comme si elle était un paquet cadeau qu'il attendait avec impatience d'ouvrir.

La brise fraîche venue de l'océan n'avait rien à voir avec le frisson qui la traversa.

Jack lui sourit et tira sur la ceinture de son imperméable pour l'attirer contre lui. Puis il passa un bras autour de sa taille pour la serrer plus encore et enfonça son visage dans ses cheveux.

— Tu t'es vraiment habillée pour l'occasion, dit-il

en glissant la main sous son imper, ses lèvres caressant son cou.

La joue pressée contre sa poitrine, elle inspira profondément.

Elle était là... L'odeur de Jack Harper. Elle se sentait bien entre ses bras, mais ils étaient toujours sur le pas de la porte.

— Si tu veux découvrir ma tenue, tu vas devoir m'inviter à entrer.

Comme elle s'écartait légèrement pour le regarder, il se pencha pour l'embrasser. Son bras ne l'avait pas lâchée et, quand il recula, elle se retrouva dos à la porte qu'il referma derrière eux. Tandis qu'il continuait à l'embrasser, son baiser se fit iplus profond, plus possessif.

Elle n'avait plus conscience de rien, sinon du corps de Jack contre le sien, quand une petite sonnerie retentit au fond de la maison.

Jack se redressa.

— Oh ! Ça, c'est la bouillabaisse.

— La bou... Quoi ?

— La bouillabaisse. C'est un plat français, une soupe de poissons accompagnée de petits croûtons. C'est délicieux.

Il se dirigea vers la cuisine, et elle lui emboîta le pas, les pensées tournant dans sa tête.

Jack avait cuisiné pour elle ? Pourquoi ? Elle avait cru qu'ils se contenteraient de faire l'amour. Dîner ensemble, un dîner préparé pour elle... Cela ne s'inscrivait pas vraiment dans l'idée qu'elle se faisait d'une nuit de sexe torride.

Mais cela ne signifiait rien. Après tout, beaucoup de gens aimaient cuisiner.

— Tiens, goûte, dit Jack après avoir baissé le feu et attrapé une cuillère.

— Oh ! C'est vraiment bon ! s'exclama-t-elle les yeux écarquillés. Je ne sais pas ce qui m'excite le plus : manger cette délicieuse soupe ou... ou un de nos autres plans pour la soirée, conclut-elle, cramoisie.

Jack reposa la cuillère et posa les mains sur ses hanches.

— À ce propos, où en étions-nous quand le minuteur nous a brutalement interrompus ?

Il se pencha pour l'embrasser.

— Nous devrions peut-être dîner avant, murmura-t-elle. Je ne me doutais pas que tu te donnerais tout ce mal.

— En fait, je suis plutôt du genre le dessert d'abord, expliqua-t-il en éteignant le feu pour se concentrer sur elle.

Après cela, elle cessa complètement de réfléchir. Sa frustration n'avait cessé de grandir ces derniers temps depuis l'arrivée intempestive de Selena dans la chambre à l'hôpital, et enfin – enfin ! – plus rien ne les séparait.

Les mains de Jack descendirent jusqu'à la ceinture de son imperméable qu'il détacha, révélant la lingerie en dentelle noire qu'elle portait à l'exclusion de tout autre vêtement.

— Waouh ! s'écria Jack. Ce n'est pas du tout ce que je m'attendais à trouver là-dessous.

— Eh bien… J'ai quelques chemisiers à boutons dans ma penderie. Je devrais peut-être en porter un, la prochaine fois.

— N'y pense même pas.

Il fit glisser l'imperméable et entreprit de couvrir son cou et sa poitrine de baisers. Puis il dégagea un de ses seins du balconnet de son soutien-gorge, et elle gémit quand sa langue commença à titiller son mamelon. Puis il glissa les deux mains sous son fessier, et elle passa instinctivement les jambes autour de sa taille tandis qu'il l'emportait vers la chambre.

Elle sentait son désir sous son jean, son propre corps tout à fait prêt à le recevoir.

Après l'avoir jetée sur le lit, il lui ôta ses sous-vêtements, lui arrachant un soupir d'expectative. Elle attendit qu'il s'allonge près d'elle, mais il se contenta de la regarder, la couvant littéralement des yeux. Puis il s'agenouilla près du lit et la tira à lui par les hanches. Il embrassa l'intérieur de ses cuisses, et elle comprit ce qu'il avait l'intention de faire.

— Tu… Tu n'es pas obligé de faire cela, bredouilla-t-elle. Je n'ai jamais demandé à personne de… Personne n'a jamais…

— Eh bien, j'estime qu'il est plus que temps que quelqu'un le fasse, déclara-t-il.

Après cela, elle ne fut plus capable de parler.

La bouche de Jack avait pris possession de l'espace chaud et humide entre ses jambes, et sa langue commença à jouer avec le petit bouton qui se trouvait là, exacerbant ses sensations jusqu'à ce qu'elle n'en puisse plus d'excitation. Elle cria, mais Jack ne s'arrêta pas, apparemment déterminé à l'amener au bord de l'extase, qu'elle atteignit dans une explosion de plaisir.

Tremblante, elle s'abandonna sur le matelas, savourant les ondes qui secouaient encore son corps, mais inquiète de ne plus avoir assez d'énergie. À cet instant, Jack enleva son T-shirt, et la vue de sa poitrine musclée et de la fine ligne de poils qui descendait de sa poitrine pour disparaître sous son jean lui donna un coup de fouet.

Attrapant la ceinture de Jack, elle se redressa et entreprit de défaire le bouton de son jean qu'elle ôta ainsi que son caleçon d'un seul mouvement, révélant son érection.

Brusquement, une pensée s'imposa à elle. Le préservatif.

Malheureusement, elle avait laissé son sac dans l'entrée, et l'idée de devoir courir jusque-là pour le récupérer la désespéra.

Comme s'il lisait dans ses pensées, Jack se pencha vers son jean sur le sol et sortit d'une des poches un préservatif qu'il enfila le long de son membre dressé.

Ouf ! Elle n'avait pas été la seule à y penser.

Jack la rejoignit ensuite sur le lit et s'allongea sur elle, son corps dur et chaud entre ses jambes. Il la regarda, et elle hocha la tête pour lui confirmer qu'elle était prête à l'accueillir puis leva les hanches à sa rencontre.

Il la pénétra alors d'une seule poussée. Leurs corps se joignirent dans une danse intemporelle, réunis par le désir.

Elle avait l'impression que cela faisait des siècles qu'elle n'avait pas fait l'amour. Et jamais encore de cette façon. Leurs deux corps se mouvaient ensemble, en rythme, comme s'ils étaient faits l'un pour l'autre.

Elle perdit toute notion du temps, perdue dans un océan de sensations, enivrée par l'odeur de Jack, par le toucher de ses mains sur elle. Elle se cambra sous lui et enfouit les doigts dans ses cheveux noirs, ce qu'elle rêvait de faire depuis le jour de leur rencontre.

Il n'y avait aucun bruit, sinon leurs respirations haletantes. Rien n'existait en dehors des sensations merveilleuses qui l'envahissaient, préludes à un pur instant de bonheur. Incapable de se retenir plus longtemps, elle accéléra le mouvement de ses hanches, et Jack la suivit. Ensemble, ils atteignirent l'orgasme, et elle cria sous l'explosion d'émotions et de sensations, imitée par Jack, dont elle ressentit le spasme de jouissance en elle tandis qu'il criait son nom.

Alors, un nœud se dénoua quelque part au fond de sa poitrine.

Ils restèrent allongés dans les bras l'un de l'autre, la tête de Kat sur la poitrine de Jack. Elle n'avait jamais ressenti un tel sentiment de liberté. Il n'y avait aucune pression, aucune tâche à accomplir.

C'était exactement ainsi qu'elle voulait vivre, et rien ne l'en empêcherait.

6.

Jack se réveilla le premier, tiré du sommeil par la sonnerie intempestive du téléphone de Kat, qui dormait encore près de lui, son dos collé contre sa poitrine.

Aucune femme n'avait dormi dans son lit depuis longtemps, mais elle s'était endormie après leur deuxième assaut, et il n'avait pas tardé à l'imiter.

Il caressa les douces vagues rouges de ses cheveux étalés sur l'oreiller. Le soleil matinal tachetait son visage, filtré par les branches du palmier devant la fenêtre. Elle avait l'air paisible.

Quand elle était réveillée, l'inquiétude se lisait sans cesse sur son visage. Il suffisait de parler cinq minutes avec elle pour se rendre compte qu'elle pensait toujours aux autres, à ses patients, ses collègues ou ses amis…

Figurerait-il un jour au nombre des gens qui comptaient pour elle ? Et que penserait-elle de cette nuit ?

Elle avait paru satisfaite, mais ils n'avaient pas vraiment eu l'occasion d'en discuter. Néanmoins, il se félicitait de leur arrangement de se contenter d'une relation purement sexuelle. Kat méritait sans doute beaucoup mieux mais, pour ça, il n'était pas l'homme de la situation – ce qui ne l'empêcherait pas de lui offrir un bon petit déjeuner.

Qu'elle apprécie sa cuisine lui avait fait très plaisir. Après avoir fait l'amour une première fois, ils avaient mangé la bouillabaisse accompagnée de tranches de pain croustillant, et il avait adoré voir ses yeux s'écarquiller après la première bouchée, et son exclamation plus tard quand elle avait goûté sa glace maison aux fraises et au romarin.

Ensuite, ils avaient regagné la chambre, et il avait aimé observer ses yeux qui s'attardaient sur son corps, puis sur son membre dressé et sa façon de retenir son souffle quand il l'avait pénétrée.

Oui, cela avait été très agréable. Plus que cela, même.

Résistant à l'envie d'embrasser sa nuque, il se pencha pour couper le téléphone, puis il sortit du lit, repoussant la couette sur elle.

Une couette était probablement superflue dans la douceur hawaïenne, mais il aimait avoir chaud dans son lit, tout comme Kat apparemment. Cela tenait peut-être à leurs origines. Tous deux venaient du Midwest où les hivers étaient rigoureux. Il avait connu des hivers au Nebraska où le froid vous glaçait les os.

Il prit la direction de la cuisine et survola le contenu de son réfrigérateur. Il avait envie de préparer quelque chose de spécial pour l'éblouir, mais sans donner l'impression de s'être décarcassé. Il sortit ce qu'il lui fallait pour préparer des crêpes, avec des mûres, des fraises et des myrtilles en accompagnement.

Il avait toujours aimé cuisiner, même si ses parents considéraient cela comme une perte de temps – pourquoi se fatiguer quand on peut embaucher quelqu'un pour le faire ? Mais ça ne l'avait pas découragé.

L'espace d'un instant, il pensa à son frère Matt à qui il aurait aimé parler de Kat. Mais il chassa bien vite cette idée et regarda par la fenêtre. Il faisait un temps magnifique, ils allaient pouvoir déjeuner sous le porche.

Kat aurait-elle envie de parler de leur nuit ?

Qui sait. Par son travail, il était habitué à affronter le danger et à prendre des risques, mais tout lui paraissait plus facile que d'interroger Kat sur ses sentiments.

Kat fut réveillée par un rayon de soleil. Elle fut d'abord

consternée de se retrouver seule, avant d'entendre les bruits qui venaient de la cuisine.

Jack ne préparait quand même pas le petit déjeuner ?

Elle s'enfouit sous la couette, savourant le délicieux souvenir de la nuit passée, avant de froncer les sourcils.

Le plan avait été de venir chez Jack pour coucher avec lui, puis de rentrer chez elle. Mais rien ne s'était passé comme prévu. Au lieu de cela, la soirée avait été un véritable festival de sensations, tant gustatives avec le dîner que physiques avec leurs deux corps intimement mêlés.

Elle n'avait jamais imaginé qu'il pourrait cuisiner pour elle. Ce n'était pas prévu dans le contrat. Pourtant Jack avait transformé cela en rendez-vous amoureux. On aurait presque dit qu'il cherchait à l'impressionner. Mais pourquoi ferait-il cela ?

Un frisson la parcourut au souvenir de ses mains sur sa peau, des sensations qu'il avait fait naître en jouant avec son corps jusqu'à le faire vibrer de plaisir. Une femme pourrait facilement s'habituer à ce genre d'attentions.

Après leur premier rapport, ils étaient restés allongés, comblés. Puis l'estomac de Kat avait gargouillé, et Jack avait insisté pour qu'elle reste dîner. Un festin de bout en bout, jusqu'à cette glace au dessert… D'un baiser, il en avait ôté une trace qu'elle avait sur le nez, et elle lui avait rendu son baiser avec autant de gourmandise.

Une chose en entraînant une autre, ils avaient regagné le lit, et si la première fois avait été la satisfaction d'un violent désir, la deuxième avait été une lente et tendre découverte réciproque. Puis, elle s'était endormie… Sans prévoir qu'elle se réveillerait dans le lit de Jack, occupé à préparer le petit déjeuner dans la cuisine.

Mission accomplie, pensa-t-elle en s'étirant. Son but avait été de se lâcher, et elle avait réussi. Leur pacte de pas-de-sentiments fonctionnait à merveille.

En l'entendant fredonner dans la cuisine, elle frissonna au souvenir de son corps brûlant contre elle. N'y tenant plus, elle se leva, attrapa son téléphone et suivit les odeurs alléchantes qui lui chatouillaient les narines.

— D'accord pour des crêpes ? demanda Jack en l'apercevant sur le pas de la porte.

Une excitation secrète l'envahit en constatant qu'il avait bien préparé le petit déjeuner pour elle.

Du calme ! Ils avaient dit « pas de sentiments ». En fait, il se montrait juste poli.

— Tu me gâtes vraiment trop avec toute cette cuisine, dit-elle.

— Tu n'aimes pas cela ? s'enquit-il aussitôt, l'air inquiet. Je peux préparer autre chose, si tu préfères.

— Je pensais que la nuit écoulée t'avait donné une indication sur ce que j'aime vraiment.

Jack parut content.

Le téléphone de Kat vibra, mais elle ne le regarda pas et le posa sur le comptoir de la cuisine, loin d'elle pour ne pas être tentée d'y jeter un coup d'œil.

— Tu ne réponds pas ?

— C'est le travail. Mais nous sommes tous les deux de repos. Quoi que ce soit, cela devra attendre un peu, parce que j'ai décidé que, ce matin, je profiterai de l'instant présent. Et cela signifie manger ces crêpes.

Elle mangea une fraise, savourant le goût sucré du fruit sur sa langue.

Jack, souriant, fit sauter une crêpe dans la poêle.

— Mais qui est donc cette femme si désinvolte et insouciante ? ironisa-t-il.

Elle haussa les épaules et sourit.

— Il faut croire que j'ai enfin trouvé mon zen.

— Et que pense ton zen des crêpes ?

— Mon zen adore les bons petits déjeuners. Et je suis ravie d'avoir une nouvelle opportunité de savourer ta cuisine. Hier soir, je voulais… Mais nous avons abrégé le repas pour nous consacrer à… d'autres activités.

— D'autres activités ? répéta-t-il, un sourire en coin.

— Tu sais... La partie de jambes en l'air.

— Oh ! C'est comme ça que tu l'appelles ?

— En fait, c'est une blague entre Selena et moi, répondit-elle en rougissant.

— Vous avez l'air très proches, toutes les deux.

— Oh oui ! C'est une de mes meilleures amies. Nous parlons de tout ensemble.

— De tout ?

— Euh... Maintenant que tu en parles, nous pourrions peut-être décider comment toi et moi allons mentionner...

— La partie de jambes en l'air ?

Elle éclata de rire.

— Oui, ça. Et si les autres au travail s'en aperçoivent ?

— Faisons en sorte que cela n'arrive pas.

L'espace d'un instant, elle se sentit blessée, avant de se rappeler que Jack se montrait seulement pratique. Elle devait garder à l'esprit qu'il ne s'agissait pas d'une véritable relation.

— Tu as raison. Cela ne ferait que compliquer la situation.

— En effet. D'ailleurs, comme nous avons décidé de ne pas mêler les sentiments à tout cela... Ce n'est pas comme s'il y avait vraiment quelque chose à raconter.

Elle leva la tasse de café qu'il venait de lui donner.

— Trinquons à cela, dit-elle. Ne croyons pas à l'amour.

— À la tienne, répondit-il en levant sa propre tasse.

Parfait, il s'en tenait au plan. Rien n'avait changé entre eux.

Le soleil baignait le porche de Jack, aussi éclatant qu'à l'ordinaire mais, si rien n'avait changé, pourquoi se sentait-elle soudain si...

La vibration de son téléphone interrompit le cours de ses pensées.

— J'ai reçu une tonne de messages du travail. Ils veulent que je vienne tout de suite.

Jack jeta un coup d'œil à son propre appareil.

— Même chose pour moi. Il semble que l'hôpital subit un afflux de patients et qu'ils ont besoin de tout le monde pour donner un coup de main aux urgences.

— Tant pis pour notre jour de repos. Il doit s'agir de quelque chose de sérieux pour qu'ils rameutent tout le personnel. Prêt à vérifier si nous sommes capables de garder un secret ?

Jack partit devant et arriva à l'hôpital quelques minutes avant Kat. Les urgences étaient submergées de patients présentant les symptômes de la super-grippe.

Il rejoignit un groupe de médecins et d'infirmières devant la réception où Selena mettait l'équipe au courant de la situation.

— Ma pire crainte vient de se réaliser, dit-elle. L'épidémie de grippe s'est étendue à la partie ouest de l'île, et les gens se précipitent tous ici.

Elle s'arrêta le temps de saluer Kat d'un signe de tête.

— La bonne nouvelle, c'est que, grâce à l'excellent travail de Kat et de l'équipe des maladies infectieuses, nous avons pu développer un vaccin avant que l'épidémie n'éclate. Tous les membres du personnel ont été vaccinés, ce qui devrait nous mettre à l'abri.

— Nous devons absolument trier les patients, intervint Kat. Ceux qui ne présentent pas de symptômes seront installés dans une aile de l'hôpital où nous leur administrerons le vaccin. Ceux qui présentent des symptômes seront isolés dans une autre partie de l'établissement où nous pourrons évaluer leur degré de contamination.

Selena hocha la tête.

— Je veux que les secouristes les plus expérimentés restent aux urgences aujourd'hui. Les autres se chargeront des ambulances. Les patients qui requièrent le plus de soins sont déjà ici. Allez. Tout le monde sur le pont. Au travail.

Jack passa la matinée à orienter les patients aux urgences.

Il vaccina ceux qui ne présentaient pas de symptômes et dispatcha les autres dans les services concernés.

Il était tellement concentré sur son travail qu'il avait complètement perdu la notion du temps, quand une femme tira sur son bras en le suppliant de s'occuper de son fils.

L'aspect de l'adolescent l'inquiéta immédiatement. Le visage tordu de douleur, les joues blêmes, le garçon gardait une de ses mains appuyée sur le côté droit de son bas-ventre. La mère expliqua qu'il s'appelait Michael et que, depuis la veille, il avait de la fièvre et vomissait. Jack l'examina et diagnostiqua immédiatement une appendicite. Un médecin devait le confirmer, mais il n'avait aucun doute. Même si apparemment l'appendice ne s'était pas encore perforé, cela ne tarderait pas. Il pouvait le voir à la respiration laborieuse du gamin qui perdait conscience par intermittence.

Celui-ci devait être opéré immédiatement… Mais aucun chirurgien ne serait disponible avant une bonne heure.

Il fit signe à une des infirmières qui aidait au triage des patients.

— Christine, j'ai besoin d'une civière, lui lança-t-il, avant de se tourner vers la mère du garçon. Ne vous affolez pas. Je vais chercher un médecin, et nous allons nous occuper de lui.

En se redressant, il aperçut Kat à l'autre bout de la pièce.

— Kat ! cria-t-il en la rejoignant. Nous avons un problème.

— Que se passe-t-il ?

— J'ai ici un gamin qui présente tous les symptômes d'une appendicite, expliqua-t-il. Je pense que la péritonite n'est pas loin.

— Dans ce cas, appelle un chirurgien.

— Je le voudrais bien, mais Ernest est en arrêt maladie et Jacquelynn occupée à pratiquer un pontage aorto-coronarien. Quant à Omar, il assiste à une conférence de l'autre côté de l'île. En conclusion, aucun chirurgien ne pourra s'occuper de ce garçon avant au moins une heure, et je ne suis pas certain qu'il puisse attendre jusque-là.

Ils revenaient vers le garçon que deux infirmières installaient sur un brancard sous l'œil de sa mère qui se tordait les mains d'inquiétude.

— Il s'affaiblit de plus en plus, dit Christine sur un ton alarmé.

Jack constata qu'elle avait raison. Michael ne respirait pratiquement plus. L'infirmière avait déjà fixé un ballon insufflateur sur son nez et sa bouche afin de lui envoyer manuellement de l'oxygène dans les poumons jusqu'à ce qu'il soit relié à un ventilateur et préparé pour l'opération. Jack hocha la tête et compressa lentement et régulièrement le ballon pour ventiler les poumons du garçon.

— Le temps est compté, fit-il remarquer. Il va falloir agir vite.

— J'ai passé une année en chirurgie avant de m'orienter vers la médecine interne, dit Kat.

— Tu as déjà pratiqué une appendicectomie ?

— Oui, mais il y a des années.

— Tu es peut-être la meilleure chance de ce garçon. Te sens-tu capable de le faire ?

Kat réfléchit et regarda Jack et Christine.

C'était à elle de décider.

Une année plus tôt, elle aurait peut-être refusé, non parce qu'elle ne connaissait pas la procédure, mais parce que, malgré son expérience, ce n'était pas à elle, docteur en médecine interne, de pratiquer une opération chirurgicale. Mais, aujourd'hui, elle disposait d'une équipe qui la soutenait entièrement.

Elle avait maintenant travaillé suffisamment au Oahu General pour savoir que le personnel connaissait son travail.

— Très bien, dit-elle. Emmenons-le au bloc. Au pire, nous le maintiendrons en vie jusqu'à l'arrivée d'un chirurgien. Kimo ! cria-t-elle en direction de la réception. Appelle Tom, l'anesthésiste et préviens-le que nous avons besoin de lui au bloc 2. Et demande à Jacquelynn au bloc 1 de bien vouloir nous rejoindre sitôt qu'elle aura terminé.

Ils poussèrent le brancard en direction du bloc opératoire, Jack continuant à ventiler le garçon en marchant à côté de la civière.

— Puis-je vous accompagner ? demanda la mère.

— Non, mais vous pouvez attendre devant le bloc opératoire, dit-il. Je viendrai vous dire comment cela se passe.

— Je vous en prie, restez avec lui ! Je me sentirai mieux si je sais que quelqu'un veille sur lui.

— Ne vous inquiétez pas. Votre fils est entre de bonnes mains.

Kat savait ce que ressentait la mère de Michael. Jack s'y prenait bien avec les patients, sa présence les rassurait. Elle-même l'avait ressenti. En situation de crise, il gardait un calme imperturbable. Pendant qu'elle et son équipe se lavaient, l'anesthésiste passa la tête à la porte.

— Je voulais juste te prévenir que la fièvre du patient vient de monter en flèche. À mon avis, la perforation appendiculaire est avérée.

— Dans ce cas, heureusement que nous sommes prêts.

Maintenant que le patient était intubé, Jack n'avait plus aucune raison de rester, mais elle le retint.

— Sa mère t'a demandé de rester près de lui

— Ne t'inquiète pas, répondit-il avec un signe de tête en direction des infirmières. Tu es toi aussi entre de bonnes mains.

Mais il avait dû lire son inquiétude dans ses yeux par-dessus le masque parce qu'il hésita.

— Je vais rester un peu pour regarder, si tu penses que c'est une bonne idée.

Elle n'avait pas encore eu l'occasion de voir les infirmières de bloc en action à l'hôpital d'Oahu, mais il lui apparut très vite qu'elles étaient expérimentées et se connaissaient bien. Elles plaisantaient entre elles avec une décontraction qu'elle-même était loin de ressentir en donnant le premier coup de scalpel.

Sa main ne trembla pas malgré sa nervosité.

Cela faisait plusieurs années qu'elle n'avait pas pratiqué une telle opération, mais il était évident que le garçon mourrait si elle n'intervenait pas immédiatement.

Petit à petit, elle reprit confiance. Il lui fallut moins d'une minute pour localiser l'appendice, et, après l'avoir isolé des autres organes, elle demanda à une des infirmières de placer une pince Babcock à sa base. Puis elle fit glisser le scalpel le long de l'appendice et le sectionna, ce qui fut salué par les acclamations de toute l'équipe.

Elle sourit, touchée.

L'atmosphère était totalement différente de tout ce qu'elle avait connu jusque-là, et pourtant il lui parut tout à fait approprié de se réjouir d'une intervention réussie.

Après avoir tout nettoyé et suturé soigneusement, elle referma le champ opératoire avec précaution.

— Beau travail, lança une voix derrière elle.

En se retournant, elle découvrit Omar qui l'observait d'un œil approbateur.

— Omar ? Depuis quand es-tu là ?

Il avait dû conduire à toute allure.

— Tu en étais au milieu de la procédure à mon arrivée, mais tu te débrouillais si bien que je n'ai vu aucune raison d'intervenir. Tu devrais peut-être te mettre dans l'équipe chirurgicale.

— Non, merci. Considère-moi comme une remplaçante éventuelle.

— Quoi qu'il en soit, félicitations. Ce patient a eu de la chance que tu sois là aujourd'hui. Et nous aussi.

Elle regarda Jack de l'autre côté de la pièce. Sans sa présence apaisante, elle ne savait pas si elle aurait été capable de réaliser cette opération.

Jack s'approcha pour examiner ses points de suture.

— Beau travail, dit-il.

— Tu vois ? Je t'avais dit que j'étais une bonne couturière.

Après des heures passées à trier les patients, à leur administrer des soins, à les vacciner et à pratiquer une opération, Kat passait les dernières minutes de la journée sur le toit de l'hôpital, le meilleur endroit qu'elle avait trouvé pour admirer le coucher de soleil hawaïen.

Elle y montait généralement seule mais, à la fin de cette journée épuisante, Jack l'avait cette fois accompagnée.

— Tu t'es bien débrouillée aujourd'hui, dit-il.

— Bien ? s'exclama-t-elle. Tu as dû remarquer combien mon incision était maladroite au point de McBurney. J'étais tellement nerveuse. Cela faisait des années que je n'avais pas pratiqué de chirurgie.

— Tu as sauvé la vie de ce garçon. Concentre-toi sur l'essentiel.

Elle ne put retenir un petit rire.

— Ça, ce n'est pas mon fort. Comment se concentrer sur l'essentiel quand il y a une myriade de détails qui m'obsèdent ?

— Je sais que tu as du mal à vivre l'instant présent, mais c'est là une bonne occasion. Je ne dis pas que les petites choses ne comptent pas, je veux simplement dire réjouis-toi du bien que tu as fait.

— J'essaye, répondit-elle en admirant le changement de couleur du ciel qui passait du doré au rose. Mais ce n'est pas un réflexe naturel chez moi. Il n'y a pas de médecins dans ma famille. C'était le rêve de mon père que je devienne docteur et, après sa mort, ma mère a dû prendre deux emplois pour m'aider pendant mes études médicales. Il est donc important pour moi de toujours faire de mon mieux. Pas seulement pour moi, mais pour eux également.

Jack hocha la tête.

— Mais parfois tu sembles oublier que tu n'as plus besoin d'être la meilleure tout le temps. Tu as réussi ton rêve et le leur. Maintenant, sois seulement toi-même.

— Être soi-même ? répéta-t-elle. Cela paraît si simple. Sais-tu pourquoi je suis venue à Hawaï, Jack ? J'ai été virée de mon poste au Chicago Grace.

— Pourquoi ?

— J'avais ce plan que je voulais mettre en œuvre. Et j'y crois toujours. Mais je ne me suis pas posé la question de savoir s'il conviendrait à cet hôpital. J'ai insisté, et cela a été une catastrophe. Et le pire, c'est que j'ai eu le sentiment d'avoir trahi mon père en perdant mon travail. Je ne voulais pas seulement être un bon médecin, je voulais faire une différence… Mais, après mon licenciement, je n'avais plus rien de la superstar que mon père avait toujours vue en moi. Ce n'est donc pas le fait d'être virée qui m'a fait mal, mais le sentiment de n'avoir pas été à la hauteur.

— Ce sont peut-être eux qui n'ont pas été à la hauteur ?

— Le meilleur hôpital du pays ?

— Oui. Ils n'étaient peut-être pas assez bons pour toi, répéta-t-il en posant les mains sur ses épaules. Kat, je sais ce que ça signifie de s'écarter d'une route que les autres ont tracée pour toi. Ils ne comprennent jamais, mais ce qui compte, c'est que ce soit cohérent pour toi.

— Cela a dû être difficile pour toi de grandir dans une famille qui plaçait autant d'attentes sur tes épaules ?

— Tu n'imagines même pas. La seule personne qui comptait vraiment pour moi était mon frère Matt. Pour mes parents, les loisirs se résumaient à aller à l'école et à étudier. Tout le reste était interdit. Et quand je suis allé en fac de médecine, je n'étais jamais sûr de la sincérité des étudiants ou des professeurs avec moi. Ils ne cherchaient pas à me connaître, ils voulaient juste savoir ce que cela faisait d'être « un Harper ».

— Pour moi, c'était différent. Ma famille était pauvre,

et je suis la seule à avoir jamais fait des études. J'ai toujours eu le sentiment de devoir prouver à tout le monde que j'étais assez bonne. Puis j'ai rencontré Christopher, que je trouvais parfait. Et plus je pense à ce qui s'est passé entre nous, plus je crois qu'il se considérait lui-même comme parfait. Je devais donc lui prouver sans cesse que j'étais à la hauteur.

— Comme je l'ai déjà dit, il n'était peut-être pas assez bon pour toi.

Elle n'avait jamais réfléchi à cela. C'était agréable de considérer les autres par rapport à ses propres attentes, pour une fois.

— Quoi qu'il se soit passé à Chicago, je suis certain que ton père aurait compris, reprit Jack. Je te connais assez maintenant pour savoir que, si tu croyais à ton plan au point d'aller jusqu'à te faire renvoyer, c'est que cela devait être important. Ce qui compte, c'est ce que tu veux être vraiment.

Que voulait-elle être ? Pas une superstar, pas une fiancée parfaite… Là, devant le soleil couchant, elle comprit qu'elle était exactement ce qu'elle avait toujours voulu être : un médecin.

Elle glissa son bras autour de la taille de Jack, songeant que, au milieu du chaos de cette journée, elle avait finalement trouvé un peu de paix intérieure.

Tandis que les semaines filaient pour former des mois, Kat se disait qu'elle et Jack se débrouillaient plutôt bien pour donner le change. Personne ne semblait se douter de quoi que ce soit.

Selena lui avait bien lancé quelques regards entendus, mais elle avait cessé depuis que Kat lui avait affirmé de façon définitive qu'il ne se passait entre elle et Jack rien qui vaille la peine d'être raconté.

Jack et elle se comportaient tout à fait normalement au travail. Il lui amenait des patients qu'elle traitait. Ils se saluaient quand ils se croisaient, et ils parlaient ensemble quand ils se retrouvaient dans une discussion collégiale.

Ils se glissaient aussi dans la réserve de fournitures de l'aile ouest de l'hôpital sitôt que l'occasion s'en présentait.

Autant qu'elle puisse en juger, personne ne semblait remarquer que Jack avait souvent besoin d'antalgiques juste après qu'elle avait elle-même pris le chemin de la réserve pour vérifier le stock de pansements.

Cette réserve, la plus éloignée des urgences, était rarement utilisée. Ils ne risquaient donc pas d'être dérangés, et il y avait beaucoup d'étagères vides contre lesquelles elle pouvait s'appuyer quand Jack l'embrassait.

— Tu n'avais… pas une… réunion ? demanda-t-il tout en lui déposant de petits baisers le long du cou.

— Plus tard, répondit-elle, sa bouche contre la sienne.

Il passa les bras autour de son buste pour la serrer contre lui. En général, ils profitaient au maximum de ce temps ensemble, mais le souvenir de cette réunion la fit promptement redescendre sur terre, et Jack remarqua aussitôt son air distrait.

— Que se passe-t-il ?

— Rien. C'est juste… J'aurais besoin d'un avis. Selena est formidable, mais c'est une amie très proche, et j'ai peur qu'elle ne soit pas totalement honnête avec moi de peur de me blesser. J'ai donc besoin de l'avis d'une personne dont je respecte l'opinion, mais qui ne… n'est pas attachée à moi.

Elle n'en fut pas sûre dans la pénombre, mais elle eut l'impression que Jack fronçait les sourcils.

— Je sais que nous avons dit « pas de sentiments ou de trucs personnels », ajouta-t-elle très vite.

— Tout va bien. En quoi puis-je t'aider ?

— Crois-tu que je sois à ma place, ici ?

Jack recula, l'air surpris.

— Évidemment ! Regarde tout ce que tu as fait. Tu participes au développement de nouveaux vaccins contre une maladie grave qui menace l'île. Tu as pratiqué une appendicectomie. Pourquoi n'aurais-tu pas ta place ici ?

Elle poussa un soupir.

— J'ai eu une réunion avec les autres médecins, hier matin. Nous avons discuté de certains des changements que j'ai mis en place depuis mon arrivée. En particulier celui qui a le plus d'impact sur leur travail, à savoir l'obligation pour chacun de consacrer huit heures par mois au dispensaire.

Cela avait soulevé pas mal d'objections. Les médecins considéraient qu'il n'était pas normal d'augmenter encore leur charge de travail même si elle avait fait en sorte que cela ne modifie pas leurs heures de présence.

— C'est très important pour toi, n'est-ce pas ? Et tu redoutes qu'il se passe la même chose qu'à Chicago ?

Elle hocha la tête.

— Au Chicago Grace, je voulais qu'ils ouvrent un dispensaire gratuit. Nous aurions pu répartir les frais entre la recherche et les subventions. L'impact sur les bénéfices de l'hôpital aurait été minime pendant les trois premières années et totalement amorti après.

— J'imagine qu'ils n'ont pas dû apprécier, dit Jack avec une grimace.

— Non, pas vraiment. En fait, c'est à cause de cela que j'ai été virée.

— Quoi ? Pourquoi ?

— Ils voulaient que je déchire toutes mes recherches qui prouvaient que seul l'état des patients les plus riches s'améliorait après leur départ de l'hôpital. Ceux qui ne pouvaient pas se permettre les soins post-hospitaliers voyaient leur état se détériorer. J'ai refusé.

— J'ai du mal à croire qu'ils t'aient virée pour ça.

— J'ai peut-être oublié de mentionner que j'ai refusé en hurlant à pleins poumons. Et j'ai peut-être aussi ajouté que tous les administrateurs devraient être rayés de l'ordre des médecins pour leur manque de compassion envers les patients les plus pauvres.

— Waouh ! Bien dit.

— Et, pour faire bonne mesure, j'ai aussi traité le directeur de l'hôpital de con cupide.

Jack laissa échapper un petit sifflement.

— Je sais, reconnut Kat en hochant la tête. Ça ne me ressemble pas, n'est-ce pas ?

— En fait, si. Je n'ai jamais rencontré quelqu'un de plus passionné que toi pour administrer les meilleurs soins aux patients. Je sais que ce n'est pas agréable d'être viré, mais je suis heureux que tu n'aies plus à travailler avec ces gens. Et j'aurais cru que tu le serais aussi.

— C'est ça, le truc. Je croyais que le problème était que je ne travaillais pas au bon endroit avec les bonnes personnes. Ici, tout le monde s'était montré formidable, mais ils détestent mes propositions. Pourtant, je suis convaincue qu'un dispensaire gratuit peut fonctionner… Mais seulement si les médecins acceptent d'y travailler une journée complète. Et, apparemment, personne n'en a envie.

— C'est une bonne idée. Mais as-tu pris la peine de demander aux médecins ce qu'ils en pensaient, ou t'es-tu seulement précipitée pour mettre tes idées en place ? As-tu pensé à demander à Marceline ce qu'elle voulait, ou discuté avec Omar pour déterminer ce qui pourrait aider les patients ?

— Je me suis peut-être précipitée avec mes propres idées, reconnut-elle. Ce n'est pas que je me moque de ce que les autres veulent, bien au contraire, mais on ne m'a pas habituée à réagir ainsi. À Chicago, les médecins et les dirigeants de l'hôpital détiennent toute l'autorité. Jamais on ne m'a demandé mon avis avant de me dire comment les choses allaient se passer. C'est d'ailleurs ce que je voulais fuir… Et au lieu de cela, je n'ai fait que le reproduire ! Crois-tu qu'il y ait une chance pour moi de réparer les choses ?

— Bien sûr. Je suis sûr que tu peux tout faire. Mais je vais te donner un tuyau : ici, à Hawaï, la simplicité est recommandée. Passe un peu de temps avec les membres de ton équipe et discute avec eux de ce dont ils ont besoin. Vas-y doucement. Ils finiront par réaliser à quel point cela te tient à cœur et que tu ne veux que le meilleur pour eux également.

— Tu es vraiment bon, Jack ! dit-elle avec un sourire.

— Bon à quoi ?

— À me faire comprendre les choses. Je t'en remercie. Maintenant, il faut vraiment que je me sauve si je veux arriver à temps pour ma réunion.

— Un instant. Laisse-moi te rendre présentable, dit-il en repoussant une mèche de ses cheveux derrière son oreille. Tu sais, les réserves de fournitures, c'est agréable…

— Oui, je commence à vraiment les apprécier.

— Mais elles me rendent un peu claustrophobe. Alors, je me demandais si tu accepterais que nous nous rencontrions dans un espace non fermé et non isolé ?

— Jack Harper, es-tu en train de me proposer un rendez-vous amoureux ? demanda-t-elle sans le quitter des yeux.

— Oui, répondit-il sans hésiter. Je crois que c'est ce que je viens de faire.

En quittant l'hôpital ce soir-là, Kat ne cessait d'y penser. Un rendez-vous avec Jack.

C'était en totale contradiction avec les termes de leur contrat mais, après tout, cela ne ferait pas de mal de voir ce qui se passerait s'ils se rencontraient en dehors d'une chambre. Néanmoins, elle s'étonnait qu'il l'ait invitée après qu'elle lui avait avoué avoir été licenciée de son travail. La réaction de Christopher à cette nouvelle avait été très différente.

Le Dr Christopher Sting était un des meilleurs chirurgiens du Grace Memorial de Chicago, et elle avait toujours considéré leur relation comme un vrai conte de fées. Elle avait été fière de vivre avec un homme aussi discipliné. Christopher se levait tous les jours à 5 heures pour aller courir, buvait des smoothies au chou et se nourrissait exclusivement de protéines et de légumes.

Elle ne s'était jamais sentie à la hauteur, mais il était beau, et elle était persuadée qu'il l'aimait. Il ne lui était jamais venu à l'esprit qu'il ne la soutiendrait pas après son licenciement.

— Je pensais que nous étions tous les deux prêts à tout donner pour notre carrière, avait-il lancé. Je me croyais sur le point d'épouser le chef du service de médecine interne d'un des meilleurs hôpitaux du pays. Pas une idiote idéaliste qui n'a pas trouvé mieux que d'insulter les membres du conseil d'administration. Je vais être franc avec toi : libre à toi de foutre en l'air ta réputation, mais je ne te laisserai pas ruiner la mienne.

Il aurait sûrement ajouté d'autres choses si elle n'avait pas jeté sa bague de fiançailles sur la table et quitté la pièce.

À l'époque, cela lui avait brisé le cœur. Mais, avec le recul, elle prenait conscience que ce qui lui avait fait le plus de peine, ce n'était pas sa rupture avec Christopher mais le fait de devoir renoncer à ses projets et à la vie qu'elle croyait désirer. Christopher n'avait pas été le grand amour de sa vie, seulement le symptôme d'un problème plus grand : il s'accordait avec sa hantise du perfectionnisme, avec l'idée fausse qu'elle devait gagner le droit d'être acceptée. Mais, depuis son arrivée à Hawaï, elle commençait à se sentir acceptée pour ce qu'elle était. Et plus elle passait de temps en compagnie de gens qu'elle aimait – Selena, ses collègues, Jack —, plus elle prenait conscience de ne pas avoir besoin de changer. Il lui suffisait d'être elle-même.

7.

Kat était quelque peu dubitative quant au plan de Jack pour leur rendez-vous, mais il lui avait assuré que le granité hawaïen était un dessert local très prisé.

— Tu ne pourras pas dire que tu es allée à Hawaï tant que tu n'y auras pas goûté, avait-il affirmé. J'ai d'ailleurs du mal à croire que, depuis le temps que tu es ici, tu ne l'aies pas encore fait.

Elle ne souhaitait pas lui gâcher son plaisir, mais elle n'était pas sûre de comprendre ce que ce dessert pouvait avoir d'aussi excitant.

— Vu la description, cela ressemble à un banal snow cône.

— Ne blasphème pas, malheureuse ! Le granité hawaïen n'a rien à voir avec un snow cône.

— Pourtant, on parle bien de glace pilée recouverte de sirop ?

— D'abord, la glace n'est pas pilée mais râpée. S'il te plaît, ne me fais pas honte quand tu commanderas.

— Alors on râpe la glace et… ?

— En une poudre très fine. Puis, tu choisis le sirop que tu veux mettre dessus.

— C'est donc bien un snow cône.

— Pas du tout. Ne répète jamais cela devant un Hawaïen, ou tu serais immédiatement bannie de l'île.

Elle avait levé les yeux au ciel, mais il avait raison. Le granité hawaïen n'avait rien à voir avec un snow cône américain. En fait, cela ne ressemblait à rien qu'elle ait jamais goûté. Cela se composait de glace à la noix de coco recouverte de glace finement râpée et poudreuse, le tout nappé d'un sirop de fruit au choix et de lait condensé. Le résultat donnait un dessert moelleux à souhait.

— Alors, qu'en penses-tu ? demanda Jack

— C'est comme manger un nuage, répondit-elle en savourant une bouchée, les yeux fermés.

Il pouffa, et elle comprit qu'il était heureux de sa réaction.

— Un nuage, hein ? Celle-là, je ne l'avais encore jamais entendue !

Ils s'assirent à une table de pique-nique.

Ce granité était vraiment très populaire, à en juger par la foule qui faisait la queue devant le stand et par toutes les personnes assises sur la pelouse autour d'eux.

Ils n'étaient pas installés depuis dix minutes, qu'une agitation attira leur attention à l'autre bout de la pelouse.

— Oh ! mon Dieu ! Il faut appeler vite le 911. Y a-t-il un médecin ici ?

Kat sauta sur ses pieds et courut en direction de la scène, Jack sur ses talons.

Un homme d'une quarantaine d'années en surpoids venait de s'écrouler sur le sol. Il ne semblait pas avoir perdu conscience, mais elle vit tout de suite cela ne tarderait pas. Une femme, probablement son épouse, se tenait près de lui avec une fillette en larmes et un garçon qui faisait de son mieux pour retenir les siennes.

— Il allait bien il y a une minute…, dit la femme, l'air désemparée.

— Ne vous inquiétez pas. Je suis médecin, et il est secouriste, dit Kat avec un geste en direction de Jack, déjà occupé à prendre le pouls de l'homme. Que s'est-il passé exactement ?

— Il… Il a dit qu'il se sentait fatigué. Nous avons fait une grande randonnée, et du coup nous avons sauté le déjeuner, expliqua la femme.

Vu la soudaineté du malaise et le fait que l'homme n'avait pas mangé, Kat pariait sur une hypoglycémie, peut-être due à du diabète.

— Très bien. Respirez profondément. Souffre-t-il d'une affection médicale particulière ?

— Kat, il est équipé d'une pompe à insuline, intervint Jack à ce moment-là en soulevant la manche de l'homme pour montrer l'appareil.

Ces pompes étaient attribuées à des patients atteints de diabète de type 1. Petites et portables, elles se glissaient en toute discrétion sous les vêtements et distribuaient de petites doses d'insuline tout le long de la journée, agissant comme un pancréas portable. Mais elles n'étaient pas toujours fiables, d'où un danger significatif en cas de mauvais fonctionnement.

— Vérifie qu'elle fonctionne bien.

— On ne dirait pas. Je n'arrive même pas à lire l'écran.

— S'est-il plaint de vertiges durant la journée ? demanda Kat à la femme. De tremblements ou de tachycardie ? Transpirait-il beaucoup ?

— C'est difficile à dire. Nous sommes montés en haut du Diamond Head. Il tremblait un peu et transpirait, mais pas plus que moi ou les enfants. Nous avons cru que c'était juste l'effort de cette longue marche sous la chaleur.

— Ce pourrait être un coup de chaleur, dit Jack, mais je pencherais plutôt pour un choc insulinique à cause de l'appareil déficient. Avez-vous du glucagon ?

La femme se cacha le visage dans ses mains.

— On lui a prescrit une trousse de secours, il y a six mois, mais nous ne pensions pas qu'il en aurait besoin. Nous l'avons laissée à l'hôtel… À une heure d'ici.

— Appelle une ambulance, dit Kat, mais Jack était déjà au téléphone. Quelles sont ses constantes ?

— Le pouls est rapide, et il est à peine conscient.

— Assez pour avaler ?

S'il pouvait avaler un peu de sirop, son taux de glucose

remonterait suffisamment pour le stabiliser jusqu'à son arrivée à l'hôpital. S'il perdait conscience, ils ne pourraient rien faire pour lui tant que l'ambulance ne serait pas là. Chaque minute comptait. Chaque seconde que le patient passait en choc insulinique était cruciale, et il fallait empêcher l'homme de tomber dans le coma avec toutes les complications que cela entraînerait.

Jack avait déjà compris. Il regarda autour d'eux et héla un des employés du stand de glaces.

— Pourriez-vous apporter du sirop ? demanda-t-il. Cet homme a besoin de sucre.

Une minute plus tard, l'employé revenait avec une bouteille de sirop de fraise et un verre en plastique.

Jack versa un peu de sirop dans le verre pendant que Kat s'efforçait de garder l'homme conscient.

— Relève-lui un peu la tête, demanda Jack.

Elle souleva les épaules de l'homme avec l'aide de son épouse.

— Très bien, dit Jack. Il faut juste stabiliser votre taux de sucre. La bonne nouvelle, c'est que vous êtes conscient et donc capable de boire. Tenez-le appuyé contre vous pendant qu'il boit, ajouta-t-il à l'intention de la femme.

Il approcha le verre de la bouche de l'homme, qui parvint à avaler une, puis deux goulées.

Kat était impressionnée par la voix calme de Jack. Pour l'avoir elle-même expérimentée, elle savait combien la confiance qui émanait de lui était rassurante. Elle touchait aussi la femme et les enfants, calmant leur anxiété.

Jack continua à donner du sirop à l'homme jusqu'à ce qu'il ait repris assez de force pour tenir lui-même le verre.

Ouf ! Il était probablement hors de danger.

Finalement, l'ambulance arriva avec deux des ambulanciers du General Hospital qui les saluèrent, elle et Jack, avant de prendre leur place.

— Vous êtes entre de bonnes mains, maintenant, dit Jack en tapotant l'épaule de l'homme.

Tandis que Jack et Kat se reculaient, le patron du stand de glace vint les rejoindre. Il tenait deux grandes glaces, les mêmes que celles qu'ils avaient commandées.

— C'est sur le compte de la maison, dit-il. J'ai vu que vous n'aviez pas eu le temps de manger les vôtres, qui ont fondu pendant que vous sauviez la vie de cet homme.

— Jack, tu es vraiment un secouriste incroyable, dit Kat pendant qu'ils dégustaient leur dessert. Doué comme tu l'es, avec la famille que tu as… Pourquoi n'es-tu pas devenu médecin ?

Il reposa sa cuillère et lui jeta un regard sombre.

— La réponse est dans la question, dit-il.

— Je ne comprends pas.

Il poussa un soupir.

— Tu n'as aucune idée de ce que c'est que d'être constamment remarqué comme un Harper. Avec une famille comme la mienne, tu passes ton temps à te demander si les gens s'intéressent vraiment à toi ou si c'est juste pour profiter de tes relations et de ce qu'elles pourraient apporter à leur carrière. Quand j'étais en fac de médecine, je passais mon temps à me demander si mon voisin d'amphi voulait vraiment être mon ami ou s'il espérait juste que mon père lui offrirait un stage d'été. Si mon professeur était sincère quand il me félicitait ou s'il voulait seulement que je mentionne son nom à ma mère.

Elle hocha la tête.

Jack avait raison, elle n'avait aucune idée de ce que cela pouvait faire. Elle avait été la seule personne de sa famille à terminer le lycée, sans parler d'entrer en médecine. Elle avait connu beaucoup d'étudiants dont la famille ou les relations appartenaient au milieu médical, et elle les avait souvent enviés. Mais, pour Jack, cela avait à l'évidence constitué un inconvénient plus qu'un avantage.

— Je peux comprendre que ce devait être vraiment pénible de ne jamais connaître les véritables intentions des gens à ton égard. Et j'imagine que, en plus, les attentes étaient grandes en ce qui te concernait.

— Tu n'as pas idée. La plupart des gamins doivent réfléchir à ce qu'ils voudraient faire comme métier mais, pour mes frères et moi, la question ne se posait pas : nous serions médecins, que ça nous plaise ou non. Et tout le monde supposait que cela nous convenait. Je ne pouvais en parler qu'avec mon frère aîné, Matt.

— Le vois-tu souvent ?

— Pas vraiment. Et toi, tu as toujours voulu être médecin ? demanda-t-il très vite, voulant visiblement changer de sujet.

— C'était mon rêve depuis l'enfance. Mon père est décédé d'une pneumonie quand j'avais dix ans. Les choses se seraient peut-être passées différemment s'il avait consulté un médecin plus tôt, mais il travaillait sans cesse et reculait toujours la visite pour économiser de l'argent.

— D'où cette volonté d'ouvrir un dispensaire gratuit au Grace de Chicago, conclut Jack. C'est pour cela que tu t'es mise en colère quand ils ont refusé ?

Elle baissa les yeux sur sa coupe vide.

— Si cela peut permettre à des familles comme la nôtre de ne pas vivre la même chose, cela vaut le coup.

— Ce doit être très difficile de perdre un parent si jeune. Cela doit tout changer.

— En effet. Je suis devenue adulte du jour au lendemain. Si je ne m'occupais pas de payer les factures, on nous coupait l'électricité. Mais je ne peux pas en vouloir à ma mère. Elle n'était peut-être pas très organisée, mais elle a travaillé très dur pour me permettre de faire mes études.

— Tu n'as pas vraiment eu d'adolescence, on dirait.

— Oui et non. Ma famille était pauvre, mais je n'en ai jamais souffert parce que j'étais aimée. Et même si je devais travailler dur – j'ai commencé à travailler à mi-temps à seize ans pour économiser pour mes études –, je crois encore que cela en valait la peine. Et ce n'est pas comme si je ne pouvais pas rattraper le temps perdu, ajouta-t-elle d'un ton enjoué. Je n'ai peut-être pas eu la chance de vivre des expériences téméraires dans ma jeunesse, mais aujourd'hui les opportunités ne me manquent pas.

Elle fit un clin d'œil à Jack.

— Ah ? Et à quel genre d'opportunités fais-tu allusion ? demanda celui-ci d'un air innocent.

— Eh bien, si mes souvenirs sont bons, l'un de nous a suggéré de sauter d'une falaise en guise de loisir.

— Tu ne parles pas sérieusement ? demanda-t-il après avoir éclaté de rire.

— Et pourquoi pas ?

En fait, l'envie d'essayer cette activité la turlupinait toujours. Et pas question d'attendre pour savoir si certains de leurs amis souhaiteraient les accompagner. Elle voulait y aller avec lui, et tout de suite, avant que son courage ne l'abandonne.

— Tu avais raison. J'ai besoin de mettre un peu de piment dans ma vie, d'une bonne poussée d'adrénaline. C'est l'occasion rêvée. D'après toi, ce serait un excellent moyen de s'éclaircir les idées.

— C'est exact, dit-il, l'air pensif. Tu deviens extrêmement lucide sur ce qui est important pour toi quand tu fends l'air à toute vitesse avant de plonger dans une eau suffisamment profonde, évidemment. D'abord, la sécurité.

— Évidemment. On y va ?

— C'est parti.

Jack conduisait depuis plus d'une heure. Ils avaient presque atteint leur but sur la côte – l'endroit parfait pour le saut de falaise. Mais quelque chose le tracassait, et il ne savait pas trop comment en parler.

— Tout à l'heure, commença-t-il, quand tu m'as raconté combien tu avais travaillé dur pour réussir tes études de médecine… Je me suis senti un peu coupable.

— Coupable ? De quoi ?

— D'avoir renoncé à une chose pour laquelle, toi, tu

as travaillé si dur. J'ai abandonné mes études à la fin de ma troisième année, mais j'aurais pu les poursuivre sans difficultés grâce à l'argent et à la réputation de mes parents. Alors que tu as dû économiser chaque sou et planifier toute ta vie pour obtenir ce diplôme auquel j'ai renoncé.

— Ce n'était pas ce que tu voulais faire, alors que devenir médecin avait toujours été mon rêve. Tu n'as aucune raison de culpabiliser pour ne pas avoir choisi le même chemin que le mien.

Il se sentit soulagé de savoir que sa décision ne la choquait pas.

— Il y a quand même une chose qui m'étonne, continua Kat. Tu m'as dit que tu étais très proche de ton frère Matt mais que tu ne le voyais plus. Pourquoi cela ?

— Je n'ai pas reparlé à mon frère depuis quatre ans.

— Oh. Ce ne serait pas ce frère qui t'a volé ta fiancée ?

— Lui-même.

Il avait toujours refusé de parler de Matt et Sophie, mais l'attitude de Kat le poussait à tout lui dire.

— Matt était le seul membre de la famille avec lequel je pouvais vraiment être moi-même. Je le respectais.

— Apparemment, vous étiez très proches.

— En effet. Matt était le grand frère idéal quand nous étions gamins. Il prenait ma défense, il m'écoutait, il m'aidait si nécessaire.

— Que s'est-il passé ?

— C'est compliqué. Quand j'ai abandonné la médecine pour m'engager dans les Seals, Sophie m'a reproché de la laisser tomber. Elle faisait aussi des études de médecine, et son but était d'épouser un médecin comme elle et de vivre dans une grande maison dans la même banlieue que mes parents. Rien de tout cela ne m'intéressait.

Kat posa une main sur la sienne.

— C'est difficile quand deux personnes se séparent. Mais vos aspirations étaient tellement différentes qu'il vaut sans doute mieux que vous ne soyez plus ensemble.

— Je peux comprendre cela maintenant mais, à l'époque, cela m'a brisé le cœur. Pas seulement le fait qu'elle ne voulait pas rester avec moi. Ça, je pouvais l'admettre : elle avait toujours cru que je désirais ce genre de vie, et voilà que j'envisageais soudain une carrière totalement différente. Pourtant, je ne lui en aurais pas voulu de ne pas souhaiter partager mes aspirations…

Il poussa un profond soupir.

— C'est alors que j'ai découvert qu'elle me trompait avec Matt depuis un certain temps déjà. Et elle m'a laissé tomber pour lui dès le lendemain. Je suis allé trouver Matt, et je lui ai dit que je n'aurais jamais cru cela de lui.

— Comment a-t-il pu agir ainsi ? Et comment votre famille a-t-elle pu l'accepter ?

— Sophie était enceinte.

Kat garda le silence, et il sentit son cœur se serrer au vu de son expression.

— Tu as un enfant ?

Mais, soudain, elle comprit et porta la main à sa bouche, l'air choqué.

— Oh non ! Ce n'était pas le tien, n'est-ce pas ?

Il fit une grimace.

— Quand je te disais que j'étais naïf. Toi, tu as tout de suite compris.

Il eut un petit rire amer.

— Matt savait que c'était son enfant. Cela faisait six mois qu'il couchait avec Sophie. Depuis, je me suis parfois demandé si elle ne considérait pas que Matt et moi étions interchangeables. Du moment qu'elle épousait un Harper, elle aurait les relations nécessaires pour travailler dans n'importe quel hôpital jusqu'à la fin de sa vie.

— Mais il n'y a pas que cela ?

— Que veux-tu dire ?

— Jack, d'après ce que tu m'as dit, toi et ton frère étiez très proches. Perdre une telle affection, surtout quand tu ne pouvais pas compter sur grand monde, cela a dû être terrible pour toi.

Il haussa les épaules, hésitant à lui avouer qu'elle ne se trompait pas.

— As-tu jamais pensé à l'appeler ?

— Sûrement pas ! Inutile de me compliquer la vie.

— Jack, il s'agit de ta famille. Tu as une nièce ou un neveu que tu ne connais pas encore.

— Non. Je croyais avoir une famille. Au lieu de cela, il n'y a au Nebraska qu'un groupe de personnes uniquement intéressées par leur prestige. Notre seul point commun est notre nom.

Il fut surpris par l'amertume de sa propre voix.

— Je peux comprendre ce que tu ressens : finalement, Sophie n'a fait que confirmer tes pires craintes – que les gens ne s'intéressent à toi que pour la célébrité de ta famille et pour ce qu'elle pourrait leur offrir.

— Exactement. Et je t'ai vue arriver avec ta réputation incroyable et tes plans pour tout chambouler à l'hôpital…

— Tu as cru que j'étais un grand ponte qui faisait passer sa carrière avant tout.

— J'ai pu constater depuis combien je me trompais, reconnut-il, les joues empourprées. Les gens viennent ici en croyant échapper à leurs problèmes ou pour booster leur carrière en jouant les requins dans une plus petite mare. Mais il s'agit de ma mare, et j'entends bien la protéger.

— Cela va peut-être t'étonner, mais je sais ce qu'on ressent quand on ne s'intéresse à vous que pour vos relations.

— Vraiment ?

— Quand je me suis fait virer du Chicago Grace, Christopher a immédiatement annulé notre mariage. Je devais être nommée chef du service de médecine interne de l'hôpital. Quand il a compris que tout cela tombait à l'eau, il m'a aussitôt tourné le dos.

Jack secoua la tête. Ce Christopher était vraiment un crétin.

— Quoi qu'il en soit, j'ai passé une bonne partie de mon temps, depuis, à me demander pourquoi je ne le regrettais pas plus. Je devais me marier avec lui, je le prenais pour l'amour de ma vie. En fait, j'étais surtout triste d'avoir perdu mon travail.

— Tu avais travaillé dur pour l'obtenir. Une carrière pour toi et ton père, qui n'a même jamais rencontré Christopher. Il est donc naturel que la perte de ton poste t'ait beaucoup affectée.

Il quitta l'autoroute et se gara sous un arbre. Ils étaient arrivés.

— On dirait que nous avons tous les deux fui notre ancienne vie, dit-il lorsqu'ils furent descendus de voiture. Il nous faut maintenant décider de la direction à donner à nos existences. De ce que sera la prochaine étape.

Quand ils atteignirent le haut de la falaise, le soleil descendait sur l'horizon, baignant tout le paysage d'une lumière dorée.

C'était un de ses endroits préférés à Hawaï – une étendue de littoral au nord de l'île, composée de hautes falaises plongeant dans une eau profonde. L'endroit idéal pour sauter.

Kat avait l'air éblouie par la beauté du lieu.

— C'est incroyable, dit-elle. Je n'avais encore jamais vu une eau aussi bleue. On dirait du lapis-lazuli liquide !

— Tu te plais ici, constata-t-il, heureux de sa réaction.

— Beaucoup. Dès que je suis descendue de l'avion, j'ai eu le sentiment d'être arrivée chez moi. Chicago est une belle ville, mais c'est très… plat À Hawaï, la beauté est partout.

En parlant de beauté, c'était dommage que Kat ne puisse pas voir combien son visage s'adoucissait et comme ses yeux brillaient quand elle admirait le paysage.

Durant la montée, elle avait cueilli une fleur de frangipanier qu'elle avait glissée dans ses cheveux. Et là, avec la mer et le ciel en arrière-plan, ses cheveux couleur de feu légèrement soulevés par la brise, elle était belle à couper le souffle.

Elle se tourna vers lui et, avant même qu'il s'en rende compte, elle se retrouva dans ses bras, son visage levé vers le sien.

Il eut alors l'impression qu'elle se trouvait exactement à sa place, comme s'il avait enfin trouvé la pièce qui lui manquait pour être complet. Mais sa proximité l'empêchait de réfléchir clairement.

— Il n'y a aucune raison d'avoir peur, dit-il, ne sachant trop s'il parlait pour lui ou pour elle.

— Peur ? Pourquoi aurais-je peur ?

Bonne question. Serrée contre lui qui ne permettrait jamais que quelque chose lui arrive, elle ne pouvait pas être dans un endroit plus sûr, même si elle l'ignorait.

Il chercha dans sa tête une bonne explication.

— Je parlais du saut, si tu veux toujours essayer. C'est toujours un peu angoissant la première fois, mais il n'y a aucun risque ici. L'eau est profonde, le courant est faible, et nous sommes tout près de la côte, que nous pouvons rejoindre sans peine.

— Sauter de cette falaise ne me fait pas peur, dit-elle le visage levé vers lui, les yeux chargés d'émotions. Ça peut paraître bizarre, mais tu avais raison, Jack. On n'apprend pas à se détendre dans un livre. Je dois essayer de nouvelles choses, ressentir de l'excitation. Je suis le genre de personne qui se détend quand il y a un défi. Avant de venir ici, je n'en avais pas conscience parce que j'avais passé toute ma vie à étudier. Je n'avais jamais eu l'occasion de ressentir un rush d'adrénaline avant de travailler aux urgences. Je crois que c'est ça que j'aime dans mon métier : l'excitation, le caractère imprévisible du travail, devoir penser vite.

Il hocha la tête, ému.

Entendait-elle les battements de son cœur ?

Sa tête était appuyée contre sa poitrine comme si c'était

sa place. Comme si elle voulait rester là. Comme si ce qui se passait entre eux n'avait rien à voir avec l'amitié ou avec une relation sexuelle dénuée d'émotions.

Elle s'accrochait à lui comme si elle voulait le garder. Elle le tenait de la même façon qu'il la tenait.

— Je n'ai pas peur de sauter, Jack. Je te fais confiance. Mais je vais te dire ce qui me fait vraiment peur : j'ai peur de voir comment nous nous cachons nos sentiments l'un à l'autre.

Puis elle l'embrassa, ses lèvres cherchant les siennes avec fièvre.

Il lui rendit ses baisers avec la même passion, en la serrant très fort contre lui. Puis il appuya son front au sien.

— Alors, qu'en penses-tu ? Nous le faisons, ce grand saut ?

— Tu parles de notre relation ou de la falaise ?

— Des deux.

— Je veux bien, mais je ne suis pas certaine de savoir comment faire.

— Il n'y a qu'une seule façon de faire : on se tient par la main, on court, et on saute.

Kat remonta à la surface, euphorique, et s'inquiéta un instant de ne pas voir Jack. Mais il ne tarda pas à la rejoindre.

Le moment où ses pieds avaient quitté le sol avait été particulièrement effrayant, mais l'élan qu'ils avaient pris et le fait de tenir la main de Jack l'avait aidée. Une fois en l'air, leurs mains s'étaient lâchées et, pendant un instant qui lui avait paru très long, elle était restée suspendue comme si elle volait. Puis l'air marin l'avait enveloppée, la mer avait paru monter à sa rencontre, et tout le reste avait disparu. Seul avait existé l'instant présent.

Elle avait ensuite crevé la surface de l'eau et s'était laissée couler, détendue, avant de remonter naturellement.

Jack passa un bras autour de sa taille et l'embrassa.

Sauter de cette falaise avait été comme un microcosme

de sa vie. Quels que soient ses plans, rien ne pouvait l'empêcher de crever la surface de l'eau à la fin. La question était de savoir si elle préférait tomber ou sauter volontairement et ressentir cette sensation de voler.

L'avenir l'attendait, avec ses rebondissements et ses péripéties, ses bosses et ses bleus, et elle n'y pouvait pas grand-chose. Elle ne pourrait jamais complètement éviter les difficultés et autres déconvenues.

Mais elle pouvait choisir quelles mains elle tiendrait quand cela surviendrait, pensa-t-elle en souriant à Jack.

8.

À Chicago, Kat avait toujours eu du mal à affronter le matin, qui était toujours gris et froid. Quand le soleil daignait se montrer, c'était rarement avant 9 heures, et souvent entre les nuages à moins d'une journée exceptionnellement belle.

Mais, à Hawaï, les journées commençaient en beauté. Le soleil se levait tôt, et elle aussi. Comme son appartement n'était pas loin de la plage, elle adorait aller se promener au bord de l'eau en sirotant un café, une chose dont, sans doute, aucun de ses amis de Chicago ne l'aurait crue capable.

Elle sourit.

Quel changement depuis son arrivée ! Maintenant, agir spontanément ne lui posait plus de problème. D'ailleurs, elle avait prévu de prendre sa première leçon de surf ce matin même.

Elle était impatiente de le dire à Jack, qui n'avait jamais trouvé le temps de s'y mettre. Peut-être pourraient-ils apprendre ensemble ? Elle pouvait aussi prendre les leçons seule, puis lui donner des cours. Elle envisageait toutes les possibilités en regagnant son appartement.

Pour profiter de sa promenade, elle avait laissé son téléphone sur le comptoir de la cuisine, chose que l'ancienne Kat n'aurait jamais faite. Dans le passé, elle vérifiait ses messages avant même de se lever.

Bien qu'il fût tôt, elle vit que quelqu'un l'avait appelée à plusieurs reprises. L'indicatif était celui de Chicago, mais le numéro n'appartenait ni à sa mère ni à un de ses amis.

Le message vocal était confus, mais elle parvint quand même à comprendre que le Grace Memorial Hospital avait connu un grand remaniement parmi son personnel et nommé une nouvelle directrice. C'était celle-ci qui appelait en personne.

Elle expliquait avoir appris que des divergences d'opinions entre Kat et l'ancien directeur avaient seules justifié son licenciement. Mais le directeur ayant pris la porte ainsi que plusieurs membres du conseil d'administration, elle voulait savoir si Kat serait intéressée par la possibilité de reprendre son ancien poste avec une augmentation substantielle de salaire et le titre de chef du service de médecine interne. L'hôpital souhaitait vraiment son retour. Pourrait-elle les rappeler au plus vite pour leur faire connaître sa décision ?

Kat en resta sans voix.

Bien sûr qu'elle était intéressée. On lui offrait son rêve sur un plateau. Pourtant, elle ne ressentait…

Rien.

Quatre mois plus tôt, elle aurait été surexcitée à l'idée de retrouver son poste, mais aujourd'hui elle ne savait que penser. Cependant, elle devait bien repartir, n'est-ce pas ? Évidemment. Personne ne pouvait décliner une telle offre. Une opportunité pareille ne se représenterait sans doute jamais. Son contrat à Hawaï stipulait qu'elle devait rester une année, mais Selena ne refuserait sans doute pas d'en modifier les termes.

Elle se mit à énumérer dans sa tête tout ce qui l'attendait – parler à Selena, répartir tous ses patients entre les autres médecins, faire ses valises… Son esprit réagissait mécaniquement, comme s'il s'agissait d'une liste de courses.

Sans réfléchir, elle sortit une valise et commença à jeter des vêtements dedans.

Soudain, elle s'immobilisa.

Stop. Elle n'avait même pas encore rappelé la directrice. D'ailleurs, devait-elle appeler d'abord la directrice ou en parler avec Selena ? Elle avait besoin d'un peu de temps, d'organiser son retour… Et si la décision était aussi évidente, pourquoi ne ressentait-elle aucune excitation ?

Puis son cœur fit un bond.

Comment allait-elle annoncer son départ à Jack ?

Brusquement, elle se rendit compte qu'elle traitait ce départ comme une évidence. Mais tenait-elle vraiment à repartir ?

Elle voulait rester à Hawaï, mais Chicago lui manquait.

Elle chercha à analyser ses sentiments.

Bien malgré elle, elle s'était amourachée de Jack au premier regard. Le quitter lui briserait le cœur, mais c'était là une chance unique de relancer sa carrière. Pourtant, l'idée de rentrer à Chicago ne l'excitait pas plus que ça.

Il fallait qu'elle réfléchisse à ce qu'elle voulait vraiment.

Debout au milieu de son appartement, elle écouta le silence.

Quelques minutes plus tôt, elle se sentait heureuse. Maintenant, elle ne savait plus où elle en était.

— Voilà. Tu connais la situation, conclut Kat. La direction de l'hôpital a changé, et ils voudraient que je reprenne mon poste.

— Je savais que c'était trop beau pour être vrai, marmonna Selena. Je recrute une des meilleurs internistes du pays et, évidemment, elle me quitte au bout de quatre mois.

— C'est bien cela le problème. Je ne suis pas certaine d'avoir envie de partir.

— Comment pourrais-tu dire non ? lança Selena en haussant les sourcils. J'adore mon hôpital mais, même moi, je dois admettre que ce n'est pas le Grace Memorial de Chicago. Le Grace, c'est le prestige, les fonds…

— Je sais tout cela. Et je me sens obligée d'en avoir envie, mais je ne suis pas certaine de le vouloir vraiment.

— Dans ce cas, je crois qu'il faut que tu réfléchisses sérieusement. Attends une minute. Y aurait-il quelque chose que j'ignore ?

— Comme quoi ? demanda innocemment Kat.

— Et bien, la situation aurait-elle évolué entre toi et un certain ambulancier aux yeux bleus ?

Elle resta un instant confuse devant la perspicacité de Selena.

Oh ! et alors ? Pour l'instant, elle avait surtout besoin de parler à une amie.

— Depuis quelque temps, Jack et moi, nous nous voyons, commença-t-elle, non sans quelque culpabilité parce qu'il s'agissait aussi du secret de Jack.

— Je le savais ! s'écria Selena.

— Cela a commencé comme une simple relation sexuelle. Nous avions décidé de ne pas y mêler de sentiments. Puis, sans qu'on s'en aperçoive, les sentiments s'en sont mêlés.

— Et tu le regrettes ?

— Tout ce que je sais, c'est que je suis incapable d'analyser ce que je ressens, avoua Kat.

— Jack est-il au courant de l'offre du Grace ?

— Non. Je ne compte pas lui en parler tout de suite. C'est une décision importante que je dois prendre seule.

— Pourquoi ne pas prendre quelques jours de repos pour réfléchir ?

— Du repos ? Je n'en ai pas besoin. Surtout si je dois bientôt repartir. Tu m'as demandé de venir t'aider, et il n'est pas question que je parte en te laissant dans la panade.

— Kat, tout va bien. En fait, c'est le moment idéal pour prendre quelques jours de congé. Pour l'instant, aucune épidémie ne nous menace. Grâce aux vaccins et à tes initiatives avec le dispensaire, le nombre de cas a baissé aux urgences.

— Des congés ? Je ne sais pas ce que je vais bien pouvoir faire de moi si je ne travaille pas.

— Tu dois déterminer ce que tu veux vraiment, dit Selena en posant sa main sur l'épaule de son amie.

Jack resta pétrifié dans le couloir par ce qu'il venait d'entendre derrière la porte restée entrouverte du bureau de Selena.

Il était venu voir celle-ci pour qu'elle approuve la demande de congés d'un ambulancier et s'était arrêté en entendant les voix. Il tournait les talons quand Selena avait demandé à Kat si elle lui avait parlé de la proposition de Chicago.

Il s'était immobilisé.

Une offre à Chicago ? Depuis combien de temps Kat le savait-elle ? Et pourquoi ne lui en avait-elle pas parlé ?

Prenant conscience qu'il se trouvait toujours près de la porte, il fit demi-tour et s'éloigna silencieusement.

Le fait que Kat parte ne devait pas l'affecter, puisqu'elle n'était supposée rester qu'une année. Mais il ne s'était pas attendu à ce qu'elle reparte aussi vite.

Et en quoi son départ le dérangeait-il ? Elle allait retrouver sa vie à Chicago comme prévu. Un peu plus tôt ou un peu plus tard, cela ne changeait rien. D'ailleurs, entre eux, il s'agissait d'une simple aventure. Sans attentes, sans engagements, ni liens.

Il passa le reste de la journée à éviter Kat.

Pour une raison incompréhensible, l'idée de son départ avait réveillé en lui quelque chose de moche. Il se sentait en colère, blessé et furieux, comme s'il subissait une injustice. Mais, quelle que soit l'origine de ces sentiments, il devait les cacher à Kat. Il n'avait aucun droit de lui en vouloir, de lui demander des explications sur la conversation qu'il avait surprise. S'attacher l'un à l'autre n'avait jamais fait partie du plan.

Pourtant, il avait besoin de l'interroger à ce sujet,

de connaître ses plans, même s'il n'était pas certain de pouvoir contrôler ses émotions.

L'hôpital était petit, et malgré tous ses efforts pour éviter Kat, quand il eut terminé de remplir le dossier d'un client, il la retrouva derrière lui.

— La réserve, dans cinq minutes, souffla-t-elle, avant de s'éloigner sans lui laisser le temps de répondre.

L'espace d'un instant, il envisagea de ne pas y aller, mais il en était incapable. Il devait savoir.

Le visage fermé, il la suivit.

Kat attendait dans l'obscurité.

Elle devait parler à Jack, mais pas tout de suite. Elle n'était pas prête. Elle voulait encore passer un peu de temps avec lui avant que la foudre ne s'abatte sur eux.

Mais à son arrivée, contrairement à son habitude, Jack alluma la lampe, et elle sentit son cœur se serrer devant l'expression de son visage.

— Alors, quand envisageais-tu de me dire que tu retournais à Chicago ? lança-t-il aussitôt, confirmant ses craintes.

Elle tressaillit au ton glacial de sa voix.

Ses yeux n'exprimaient aucune colère mais une grande tristesse.

— Comment l'as-tu appris ?

— Quelle importance ?

— Pour ton information, je n'ai pas encore pris de décision en ce qui concerne mon retour à Chicago. On m'a offert un poste au Grace avec une promotion. Mais j'ai signé un contrat d'un an ici, et il est important pour moi de respecter mes engagements.

— Et tu crois vraiment qu'ils vont t'attendre pendant huit mois si tu insistes pour terminer ton contrat ici ? Cela m'étonnerait. Donc, tu vas accepter cette offre parce que c'est le genre d'opportunité qu'un médecin comme toi ne peut pas ignorer.

— Un médecin comme moi ? Que veux-tu dire exactement ?

— Tu sais exactement ce que je veux dire. Tu te vantes de vouloir prendre soin des gens, mais ce qui t'intéresse avant tout, c'est le prestige et la gloire.

— Je ne suis pas ton ex, Jack, rétorqua-t-elle, dégoûtée. Ni ta famille. Ne me compare pas aux gens de ton passé. C'est vrai que je suis compétente et ambitieuse, mais tu n'as aucun droit de me dire quelles sont mes priorités.

— Vraiment ? Tu as débarqué sur cette île avec ta réputation de grand ponte, persuadée que tu savais tout mieux que les autres, et sitôt que quelque chose de meilleur se présente, tu repars. Seul t'intéresse le niveau supérieur, où qu'il soit !

— Peut-être que, si tu cessais de t'apitoyer sur ton passé, tu n'aurais pas autant de mal à planifier ton avenir !

— C'est moi qui vis dans le passé ? lança Jack. Tu vis dans le passé depuis ton arrivée ici ! Pour toi, il ne s'agissait que de faire un break dans ta vie. Tu affirmais vouloir apprendre à te détendre mais, en fait, tu ne cherchais qu'à oublier qu'on n'avait pas reconnu combien tu étais brillante. Et, maintenant que le monde est prêt à t'accueillir en fanfare, tu vas rentrer le plus vite possible. Tu n'as pas du tout changé de vie, Kat. Tu vas la reprendre exactement là où tu l'avais laissée !

Elle avait envie de l'étrangler. En partie – une petite partie – parce qu'il avait raison et que ce simple fait suffisait à lui faire bouillir le sang. Mais elle n'allait certainement pas lui donner la satisfaction de voir qu'il avait fait mouche.

— Au moins, j'ai été capable de lui tourner le dos pendant un laps de temps. Contrairement à toi, qui continues de revivre le passé jour après jour !

— C'est faux !

— Tu plaisantes ? Ton passé contrôle chacun de tes gestes parce que tu es incapable de l'affronter. Tu refuses de sortir avec des médecins, ce qui est absurde parce que tu aimes les médecins. Tu travailles avec eux tous les jours. Tu n'as aucun problème avec eux, à l'exception d'un seul : ton frère Matt.

— Ce qui s'est passé entre mon frère et moi ne te regarde pas.

— Alors, je vais te dire une chose qui me regarde : ton truc de te cantonner à des relations dénuées de sentiments est ridicule. C'est seulement un moyen pour toi d'éviter de souffrir.

Jack inspira profondément, visiblement touché au vif.

Elle était peut-être allée trop loin, mais elle sentait au fond d'elle-même qu'elle disait vrai. Tout ce système de défense, cette volonté de refuser toute relation amoureuse, ça ne rimait à rien. En quatre mois, elle avait appris à le connaître, et elle se devait de le mettre face à la réalité même si c'était douloureux.

— Si une relation sans attaches est ridicule, que dire de nous, dans ce cas ?

Elle ne sut quoi répondre. Elle aurait préféré avoir cette conversation après avoir pris sa décision et réfléchi à ce qu'elle souhaitait lui dire.

Le silence s'éternisa. Puis elle reprit la parole.

— Écoute, Jack, le moment est vraiment mal choisi. Nous… J'ai passé des moments merveilleux et j'aurais aimé que cela dure plus longtemps…

— Je ne crois pas que le moment soit mal choisi, coupa-t-il. En fait, c'est même le moment idéal.

— S'il te plaît, crois-moi quand je te dis que je n'ai encore pris aucune décision. Je ne sais pas encore ce que je vais faire. Le Grace de Chicago est un des meilleurs hôpitaux et centres de recherches du pays et je me dois de bien réfléchir avant de refuser ce poste. Mais, quand je compare avec ma vie ici, je ne suis plus sûre de rien.

— Pars, reste… Ça m'est égal. Nous avions dit « aucun sentiment », tu te rappelles ? Cette histoire devait rester purement physique. Donc, quelle que soit ta décision, cela ne fait aucune différence pour moi.

— Vraiment ?

— Non. En fait, je crois que tu devrais accepter.

Elle sentit quelque chose se briser en elle. Elle avait du mal à retenir ses larmes. Elle chercha le regard de Jack, mais il avait détourné la tête.

— Tu ne peux pas refuser une telle offre, reprit-il après s'être éclairci la gorge. Ce serait idiot. Tu mérites de travailler dans un grand hôpital où tu pourras briller – pas dans un petit établissement perdu au milieu de l'océan. Je…

Sa voix trembla.

— Félicitations pour ton nouveau poste.

Jack arpentait la plage, repassant en boucle dans sa tête sa dernière conversation avec Kat.

« Ton passé contrôle chacun de tes gestes parce que tu es incapable de l'affronter. »

Qu'en savait-elle ? Et en quoi cela la regardait-il ? Ils avaient décidé d'un commun accord d'avoir une relation purement sexuelle. À son initiative à elle, qui plus est. Et ils savaient tous les deux que ce serait limité dans le temps.

« Ton truc de te cantonner à des relations dénuées de sentiments est ridicule. C'est seulement un moyen pour toi d'éviter de souffrir. »

Elle avait raison sur ce point.

Il pouvait se l'avouer, maintenant. Il gardait ses distances avec les femmes à cause du mal que Sophie et son frère lui avaient fait. S'il s'était agi d'une simple rupture, il aurait fait son deuil depuis longtemps, mais Sophie l'avait trahi avec Matt, en conséquence de quoi il avait perdu la seule personne qui comptait pour lui. Et voilà que, malgré tous ses efforts pour éviter une nouvelle rupture douloureuse, il retombait dedans. Tous ses efforts pour se convaincre que sa relation avec Kat n'était qu'une aventure, c'étaient des mensonges. Cela n'avait qu'un but, se protéger. En vain. Malgré tout, il s'était laissé aller à espérer.

Pourtant, il ne tenait pas à rendre les choses plus difficiles pour Kat. Il avait seulement du mal à accepter que leur relation soit terminée avant même d'avoir commencé. Pour lui, elle avait marqué le début de quelque chose. Une chose qu'il voulait explorer jusqu'au bout pour voir ce qu'il en ressortirait.

Mais il se refusait à espérer que Kat renonce à sa carrière pour lui. Le travail était son moteur, ce qui la rendait heureuse. Et jamais il n'accepterait de la priver de ce bonheur, même si cela signifiait la laisser partir – une perspective qui lui brisait le cœur.

Tout cela le poussait vers la seule personne qui ait jamais compté dans sa vie.

Mais aurait-il le courage de l'appeler ?

« Tu n'as aucun problème avec les médecins, à l'exception d'un seul : ton frère Matt. »

Qu'avait voulu insinuer Kat ? Qu'il était trop lâche pour se confronter à son frère ?

Il sentit la colère monter en lui. Une colère dirigée contre lui-même parce qu'il avait besoin de parler à quelqu'un en qui il avait confiance et que son incapacité à pardonner à son frère l'empêchait de le faire.

Il n'était pas certain d'être prêt pour cette conversation mais, prêt ou non, le moment était venu.

Il attrapa le téléphone et composa le numéro qu'il avait effacé de son répertoire mais pas de sa mémoire.

La sonnerie retentit, puis une voix familière résonna dans l'écouteur.

— Bonjour, Matt, dit-il.

9.

Depuis que Selena lui avait conseillé de prendre quelques jours de congé, Kat n'avait cessé de s'activer. Elle avait commencé ses bagages, avait appelé sa mère et s'était connectée sur le serveur de l'hôpital pour mettre à jour ses dossiers. Elle avait également regardé les vols pour Chicago et cherché le numéro de téléphone de l'agent immobilier qui lui avait trouvé son appartement à Hawaï pour discuter de son souhait de mettre fin au bail plus tôt que prévu.

Elle avait un million de choses à faire, et elle savait parfaitement pourquoi il était si important pour elle de s'investir dans ces tâches.

Pour éviter de penser à Jack.

Tant qu'elle vaquait à ses occupations, le regard triste de Jack restait à distance. Tout comme la douleur qui était apparue dans sa propre poitrine après leur conversation et qu'elle s'efforçait en vain d'ignorer.

Elle avait découvert qu'elle croyait finalement encore à l'amour, contrairement à ce qu'elle avait affirmé à Selena quelques mois plus tôt. À l'époque, elle tentait de recoller les morceaux de sa vie, d'où cette affirmation ridicule. Aujourd'hui, elle ne pouvait pas nier ses sentiments pour Jack. C'était certes beaucoup trop tôt pour savoir si leur histoire avait un avenir, mais elle sentait au fond d'elle-même qu'elle méritait sa chance.

Elle avait conscience que seul le temps l'empêchait

d'utiliser le mot « amour ». Si elle partait maintenant, elle passerait le reste de sa vie à se demander ce qui se serait passé si elle était restée.

Pourtant, elle devait partir. Jack avait d'ailleurs insisté sur ce point. Le Chicago Grace Memorial était un des plus prestigieux hôpitaux du pays. Impossible de refuser une telle offre…

Mais si ce poste l'attirait tant que cela, pourquoi son cœur saignait-il ? Quelqu'un de normal serait-il déçu si on lui apportait le rêve de sa vie sur un plateau ?

Accepter cette offre ferait d'elle un des plus éminents chercheurs en maladies infectieuses du pays. Elle aurait la possibilité d'accomplir un travail important et obtiendrait la reconnaissance de ses pairs pour sa contribution dans ce domaine. Elle se reconnaissait dans cette perspective. C'était le couronnement de tous ses efforts.

Cependant l'idée de reprendre sa vie à Chicago ne l'excitait pas. Les longs hivers glacials, les nuits passées à travailler… Elle pouvait affronter cela, bien sûr – elle l'avait déjà fait pendant plusieurs années. Mais le vivre et en avoir envie, c'étaient deux choses différentes.

À Chicago, elle aurait le respect de ses collègues, mais qu'en serait-il de leur amitié ? Avant de venir à Hawaï, elle n'avait jamais connu une ambiance aussi chaleureuse parmi les membres du personnel. Elle aimait ses discussions avec Selena dans son bureau et les plaisanteries amicales qui fusaient entre les infirmières, les ambulanciers et les médecins. Ces quatre derniers mois avaient été les plus heureux de sa vie professionnelle.

Et l'idée de retrouver son ancienne vie à Chicago la remplissait d'angoisse. Mais on ne refusait pas une opportunité de travail aussi prestigieuse juste parce qu'on était plus heureux ailleurs.

Quatre mois auparavant, la décision aurait été facile : le bonheur pouvait attendre, la carrière avant tout. Elle aurait tout le temps de profiter de la vie à sa retraite, dans vingt ou trente ans.

Cependant, depuis qu'elle avait goûté à la douceur de la vie hawaïenne, la situation avait changé. Elle travaillait toujours très dur, mais dans la bonne humeur. Elle s'amusait beaucoup. Tout cela allait lui manquer.

Quitter Hawaï allait être difficile. Quitter cet hôpital allait lui briser le cœur.

Elle arrêta de faire ses cartons pour savourer la douce brise qui venait de la fenêtre.

Cet endroit ne ressemblait à nulle part ailleurs. Il lui suffisait de marcher quelques minutes pour se retrouver sur la plage et apercevoir les dauphins qui batifolaient dans l'eau. Si elle avait fini par s'habituer à la palette luxuriante des fleurs au bord des routes, elle ne cesserait jamais de s'en émerveiller, et la perspective d'échanger tout cela pour des trottoirs couverts de glace n'avait rien d'engageant.

Pourtant, ce n'était pas la beauté de l'île qui rendait sa décision difficile. Ce qui la retenait, c'était un sentiment très profond – primitif même – qu'elle avait ressenti dès la descente de l'avion. L'impression d'être enfin chez elle.

Son père avait fondé de grands espoirs sur elle, espoirs que par chance elle avait partagés, et elle avait été fière de se montrer à la hauteur de ses attentes, surtout après sa mort. Puis, en grandissant, c'étaient les attentes de ses professeurs et de ses supérieurs qu'elle avait voulu combler. Ce faisant, elle n'avait pas remarqué que, au fil du temps, son propre bonheur finissait par passer en second. Tandis qu'elle se concentrait pour satisfaire les besoins et les attentes des autres, ses rêves de bonheur s'étaient effacés.

Jusqu'à son arrivée à Hawaï où elle avait ressenti quelque chose de nouveau. Cette même brise qui lui apportait le parfum des fleurs de frangipanier lui avait donné la sensation que, ici, tout était possible. Ici, elle pourrait être elle-même. Les montagnes et l'océan lui promettaient l'aventure, les oiseaux et les fleurs, la paix. Quant aux humains, ils lui avaient offert un accueil qu'elle n'aurait jamais imaginé.

Jack lui avait dit un jour que c'était sur la plage qu'il réfléchissait le mieux. Elle avait trouvé l'idée bonne et l'avait imité.

L'époque où elle ne pouvait pas déconnecter, cesser de s'inquiéter pour son travail était révolue. Jack lui avait révélé qu'elle avait besoin de mettre du piment dans sa vie. Sans cette prise de conscience, aurait-elle été capable d'apprécier le calme de l'océan ? En marchant pieds nus dans le sable, elle comprenait que la sérénité qui émanait de cette île lui était indispensable.

Quoi qu'il en soit, elle était heureuse d'être finalement capable de se détendre et d'apprécier une simple promenade sur la plage. Elle voulait emmagasiner autant de souvenirs que possible. Le reflet du soleil à la surface de l'eau, les îles à l'horizon avec leurs montagnes vertes auréolées d'une légère brume.

Elle se sentait totalement en paix. Le sable coulait sous ses pieds à chacun de ses pas, les rayons du soleil réchauffaient sa peau. Seuls le bruit des vagues et les cris des oiseaux troublaient le silence.

La dernière fois qu'elle avait éprouvé un tel calme remontait au jour de son acceptation en fac de médecine. Un énorme sentiment de paix et de sécurité l'avait envahie à l'idée qu'elle allait faire ce pour quoi elle était née.

Elle ressentait la même chose ici, à Hawaï. Jack lui avait appris à aimer cette île, à profiter de tout ce qu'elle avait à lui offrir. Elle pourrait revenir en vacances de temps en temps…

On ne revient pas vers l'amour de sa vie « de temps en temps », riposta son cœur. Pas si on a le choix.

Mais avait-elle le choix ?

Elle l'avait cru tout d'abord, et elle avait réagi sans réfléchir, sans se soucier de la réaction de Jack.

Son cœur se serra au souvenir de la tristesse de celui-ci.

Après sa rupture avec Christopher, ses amis avaient fait bloc autour d'elle, l'inondant de messages et d'appels réconfortants. Mais quand Jack avait été trahi par celui qu'il aimait le plus au monde, il n'avait eu personne vers qui se tourner. Elle avait le sentiment que, chez les Harper, les émotions n'avaient pas leur place et que c'était ce qu'il avait fui en venant à Hawaï. Il avait su reconnaître ses besoins et avait compris que ces îles les combleraient. Tout comme il avait su reconnaître ses besoins à elle. Il avait mis du temps à lui accorder sa confiance, mais il lui avait permis de découvrir cette part sauvage en elle, bien enfouie sous sa carapace professionnelle, qui avait besoin d'aventure et d'excitation.

Une légère brise s'était levée qui caressait sa peau chaude. Elle prit une poignée de sable dans sa main et le regarda couler entre ses doigts.

N'était-elle pas en train de faire la même chose avec sa vie ? Ne laissait-elle pas filer le bonheur qu'elle tenait dans sa main ?

Jack avait su définir ce qu'il attendait de la vie. Et elle, en était-elle capable ?

Que voulait-elle vraiment ?

Elle vivait depuis si longtemps en fonction des attentes des autres qu'elle avait du mal à répondre à cette question. Jack lui avait dit que sauter d'une falaise était un excellent moyen de s'éclaircir les idées, et il avait eu raison. Mais elle avait envie de quelque chose de différent

Elle aurait pu rester là toute la journée, mais le soleil dardait ses rayons, et le sable serait bientôt trop chaud pour marcher dessus. Comme si l'île lui signifiait qu'il était temps pour elle de bouger, pensa-t-elle avec un sourire.

Elle se leva.

Elle avait commencé les leçons de surf. À sa grande

surprise, les autres apprentis surfeurs étaient des gamins, et non des touristes comme elle l'avait supposé. Même le chien du professeur était de la partie et sautait sur les planches. Déterminée à ne pas se laisser ridiculiser par des enfants et un chien, elle s'était investie à fond pour assimiler les règles de ce sport et, après quelques difficultés, elle avait fini par prendre le coup.

Après avoir poussé sa planche de surf au-delà des vagues, elle s'assit dessus et se laissa doucement ballotter par les remous de l'eau, écoutant le bruit de l'océan et humant l'air marin. C'était comme si l'île pouvait deviner ce dont elle avait besoin…

Perdue dans ses pensées, elle ne vit pas arriver la grosse vague qui la recouvrit et l'envoya dans les profondeurs de l'océan.

10.

La conversation téléphonique n'avait pas été aussi difficile que Jack l'avait craint. En discutant avec son frère, il avait eu le sentiment de faire un bond dans le temps et de retrouver une grande part de son identité.

Mais, après ce si long silence, les choses avaient changé. Il n'était plus le petit dernier vivant dans l'ombre de son grand frère. Et il avait senti que Matt le respectait beaucoup plus. Qu'il l'admirait même pour avoir trouvé le courage d'appeler, alors que lui-même n'avait pas eu le cran de le faire.

— Je ne regrette pas ma relation avec Sophie, avait déclaré Matt, mais je suis désolé que ça se soit passé de cette façon. C'était impardonnable. Nous aurions dû t'en parler tout de suite. Pour ma part, j'ai gardé le secret parce que je voulais te protéger… Je ne voulais pas que tu souffres. Mais en fait, j'étais lâche. J'aurais dû comprendre que ce mensonge te ferait beaucoup plus de mal que l'honnêteté.

— C'est loin tout cela, maintenant, avait dit Jack, les larmes aux yeux.

Il lui avait ensuite parlé de Kat, avouant que c'était elle qui lui avait donné le courage de l'appeler, avant de lui expliquer qu'elle allait partir et qu'il allait perdre la première personne qui avait été capable de briser sa carapace depuis des années.

— D'après ce que tu me racontes, tu lui as conseillé

de partir quand on lui a offert ce poste, de privilégier sa carrière. On dirait même que tu l'as repoussée.

— Je ne voulais pas qu'elle s'imagine que j'essayais de la retenir. Je ne lui demanderais jamais de prendre une décision aussi importante en fonction de ses sentiments pour moi. Je veux ce qu'il y a de mieux pour elle.

— Ouais, mais qui es-tu pour savoir ce qui est le mieux pour elle ? C'est à elle de décider. Et comment pourrait-elle prendre la bonne décision si elle ne détient pas toutes les données.

— Que veux-tu dire ?

— Tu lui as dit de partir, mais est-ce vraiment ce que tu veux ? D'après ce que tu m'as expliqué, la culture *aloha* accorde une grande importance à la sincérité. As-tu vraiment fait preuve de sincérité avec elle ? Pourquoi ne pas lui dire franchement ce que tu ressens pour elle ? Tu la crois incapable de décider par elle-même ?

Il avait gardé le silence, réfléchissant aux paroles de son frère.

— Elle ne pourra pas prendre la bonne décision si elle ne détient pas toutes les informations, avait ajouté Matt. Tu crois peut-être lui rendre service en lui cachant tes sentiments, mais s'il y a bien une chose que j'ai apprise, c'est que les secrets font mal.

Matt avait raison, mais Jack se sentait encore hésitant. Effrayé.

— Et si je lui avoue mes sentiments et que cela ne change rien, qu'elle quitte quand même Hawaï ?

— J'ignore quelle sera sa décision. Mais si tu lui avoues tes sentiments, sans rien attendre en retour, tu auras fait preuve d'honnêteté, autant envers elle qu'envers toi.

De retour au travail, Jack réfléchissait.

Matt avait raison sur un point : Kat était une femme forte, capable de supporter la vérité. Et il tenait à se montrer honnête envers elle. Non pas pour la convaincre de rester, mais pour qu'elle connaisse ses sentiments. Ensuite, libre à elle de prendre sa décision.

Encore fallait-il la trouver. Il l'avait cherchée toute la journée, en vain. Elle n'avait pas mis le pied aux urgences. Quand une ambulance amena un touriste avec une fracture de la cheville, il se proposa pour l'emmener en radio, espérant y trouver Kat. Sans succès là non plus.

Finalement, après avoir fait le tour de l'hôpital, il revint à la réception où il retrouva Selena et Marceline.

— Kat doit-elle venir travailler aujourd'hui ? demanda-t-il.

— Elle a intérêt, répondit Selena. Nous avons prévu une petite fête surprise pour son départ. Mais elle a déjà une demi-heure de retard, ajouta-t-elle en fronçant les sourcils, ce qui ne lui ressemble pas.

Jack avait cessé d'écouter après qu'elle avait parlé de la fête.

— Une fête de départ ? N'est-ce pas un peu prématuré ? Nous ne savons même pas si elle a décidé de partir.

Selena lui adressa un sourire de sympathie.

— J'aimerais bien qu'elle reste, moi aussi, mais Kat est un médecin remarquable, et je ne vois pas comment elle pourrait refuser une telle offre. À moins qu'elle n'ait une *très* bonne raison de rester, lança-t-elle avec un regard entendu dans sa direction.

Au lieu de mordre à l'hameçon, il réagit enfin à la phrase précédente de Selena, inquiet.

— Elle a une demi-heure de retard ?

Trente minutes représentaient une éternité pour Kat, qui arrivait généralement vingt minutes plus tôt pour prendre une tasse de café et se préparer. Ou pour passer un peu de temps dans la réserve…

— Kat ne serait jamais en retard sans une bonne raison, dit-il. A-t-elle appelé ? L'avez-vous cherchée ?

— Pour le coup, cela serait un peu prématuré, fit remarquer Selena. Je reconnais que ce n'est pas dans ses habitudes d'être en retard, mais c'est quand même un peu tôt pour paniquer.

Même si cela ne lui plaisait pas, il reconnaissait que Selena avait raison. Mais Kat était la ponctualité personnalisée, et seule une raison grave pouvait l'empêcher d'être à l'heure.

Il s'éloigna et aperçut Kimo occupé à déposer des tranches d'ananas et de noix de coco sur un plateau.

— Eh, Jack, lança ce dernier en le voyant. Tu ne cherchais pas Kat, tout à l'heure ? Ils viennent juste de l'amener... en ambulance. Je crois qu'ils sont toujours là-bas, si tu te dépêches.

En ambulance ? Oh ! mon Dieu !

Il courut jusqu'à l'entrée des ambulances où il aperçut quelques-uns de ses collègues qui s'activaient autour d'un véhicule, portes ouvertes. Dedans, Kat gisait sur une civière, inconsciente.

Il sauta aussitôt dans l'ambulance et commença à vérifier ses signes vitaux.

Apparemment, elle respirait.

Que s'était-il passé ? Pourquoi les ambulanciers agissaient-ils comme s'il n'y avait rien de grave ?

— Kat ? Kat, tu m'entends ?

Il ne supporterait pas de la perdre maintenant. Il ferait tout ce qui était en son pouvoir pour se racheter.

Il remarqua alors ses cheveux mouillés tout comme son corps. Avait-elle eu un problème en se baignant ?

— Kat, réveille-toi s'il te plaît !

Il ravala ses larmes. Il n'avait pas été là pour elle parce qu'il n'avait pas voulu lui ouvrir son cœur. La honte l'envahit tandis qu'il se rappelait avec quelle confiance elle avait pris sa main et sauté de la falaise, alors que lui n'avait pas eu le cran de s'investir dans cette relation.

Il chercha son pouls qui battait fort, ce qui le rassura. Mais pourquoi ne se réveillait-elle pas ? Avait-elle une lésion à la colonne vertébrale ?

— J'aurais dû être là, dit-il à haute voix. Quoi qu'il se soit passé, j'aurais dû être là.

Et il l'aurait été sans sa fierté mal placée, sans son incapacité à accorder sa confiance.

Soudain, Kat remua, et il sentit un énorme soulagement l'envahir.

Elle s'étira, tendant ses bras langoureusement au-dessus de la tête, puis ouvrit ses yeux endormis et, l'apercevant, sourit.

— Eh, Jack.

— Que s'est-il passé ? demanda-t-il, cherchant à dissimuler la panique dans sa voix. Es-tu blessée ? Pourquoi es-tu trempée ?

Il regarda derrière lui, en colère. Pourquoi les ambulanciers l'avaient-ils laissée seule ?

— Détends-toi. Je vais bien. J'apprends à surfer.

— Tu apprends à surfer ?

Que venait faire le surf là-dedans ?

— J'ai encore besoin de pratique. On pourra peut-être en faire ensemble. Ce serait amusant. Sais-tu que les bébés et les chiens surfent également ?

Bébés et… ? Quoi ?

Elle divaguait. Il vérifia ses pupilles. Avait-elle reçu un coup à la tête ?

C'était sa faute, sa faute, sa faute.

Kat lui passa ses bras autour du cou.

— Jack, je vais bien. Tu avais raison. J'avais besoin d'excitation dans ma vie, mais pas seulement. J'avais aussi besoin de sérénité. Et tu sais quoi ? Je l'ai trouvée. Pour la première fois de ma vie, je suis allée à la plage et je me suis détendue.

— C'est formidable, dit-il d'un ton distrait. Mais où es-tu blessée ?

— Je ne suis pas blessée. Une grosse vague m'a envoyée dans l'eau, et j'ai eu un peu peur, mais je n'ai pas résisté et je suis remontée à la surface. Grâce à toi, je suis maintenant capable de prendre du recul. Aimerais-tu surfer ? Je pourrais t'apprendre. C'est à mon tour de t'apprendre quelque chose.

Il la fixait, sidéré.

En tout cas, elle pouvait s'asseoir et passer ses bras autour de son cou.

— Tu te sens vraiment bien ? demanda-t-il quand même.

— Très bien. Je n'ai même pas un bleu.

— Dans ce cas, pourquoi…

— Pourquoi je suis dans l'ambulance ? Parce que, en fait, il y a bien eu une urgence à la plage. Un enfant a fait une crise d'asthme, et comme de juste la famille avait oublié son inhalateur à l'hôtel. Je crois qu'il faudrait vraiment faire la leçon aux touristes pour qu'ils emportent avec eux les appareils médicaux vitaux pour leur santé au lieu de les laisser à l'hôtel.

Jack passa la main dans les cheveux de Kat.

— Une urgence banale. Mais cela n'explique toujours pas pourquoi tu es dans cette ambulance.

— Après avoir aidé les ambulanciers à soigner l'enfant, je leur ai demandé s'ils pouvaient m'emmener au travail. Je me suis levée très tôt ce matin, et l'idée de faire une petite sieste à l'arrière pendant le trajet m'a tentée. J'ai dû m'endormir profondément… Jack, tu ne t'es pas inquiété pour moi, n'est-ce pas ?

— Inquiété ? Bel euphémisme ! As-tu une idée de la frousse que j'ai eue en te voyant sur cette civière ?

— Je suis désolée. Je n'ai jamais voulu t'effrayer. Je n'ai pas réfléchi à ce que tu pourrais t'imaginer en me voyant dans cette ambulance. En fait, il y a beaucoup de choses auxquelles je n'ai pas réfléchi. Je dois te parler.

— Moi, d'abord.

— En fait…

— Non, laisse-moi parler. Je sais que tu n'es pas là depuis longtemps, mais je n'ai pas besoin de plus de temps pour savoir ce que je ressens pour toi. Je ne veux pas me mettre en travers de ta route et de ta carrière. Je sais qu'elle compte beaucoup pour toi. Aussi, je ne te demanderai jamais d'y renoncer. Mais quelqu'un qui m'est cher m'a dit que les secrets pouvaient blesser. Alors, en vue de me montrer honnête, j'aimerais que tu me laisses t'expliquer ce que je ressens pour toi.

Kat allait ouvrir la bouche, mais il posa un doigt sur ses lèvres.

— Kat Murphy, la première fois que j'ai posé les yeux sur toi, je t'ai trouvée odieuse, autoritaire et insupportable.

— Waouh, surtout ne m'épargne pas.

— Attends, on arrive au meilleur passage. Me rapprocher de toi et apprendre à te connaître ont été les meilleures décisions que j'aie jamais prises. Je ne regrette pas une seule seconde passée en ta compagnie et, même si cela n'a pas duré longtemps, cela a eu un énorme impact sur ma vie. Je t'aime. Et je te dis cela sans rien attendre en retour, seulement parce que tu mérites de connaître la vérité et…

— Jack, je reste ! lança-t-elle comme si elle ne pouvait pas se retenir plus longtemps.

— Quoi ? Mais non ! Pourquoi voudrais-tu faire cela ?

— Oh ! Jack ! N'est-ce pas évident ?

— Non, ça ne l'est pas.

Elle éclata de rire.

— Non ? Très bien. Je vais donc t'expliquer. Je suis amoureuse.

— Kat, tu ne peux pas renoncer à une telle opportunité juste pour moi, bredouilla-t-il.

Quoi que dise Matt, il ne voulait pas qu'elle renonce à sa carrière à cause de lui. Ils pouvaient s'aimer à distance, parler via Skype. Il pourrait aller la voir à Chicago. Il pourrait même s'installer là-bas s'il le fallait.

— Non mais dis donc, quelle arrogance ! s'exclama Kat avec un sourire. Je n'ai pas dit que j'étais amoureuse de toi. Je suis tombée amoureuse d'Hawaï, même si, ajouta-t-elle en le couvant d'un regard tendre, tu es un bonus très appréciable.

— Un bonus ? répéta-t-il en l'attirant dans ses bras. J'imagine que je devrais me contenter de n'être qu'un petit à-côté dans ta grande histoire d'amour avec l'île.

— Jack, que les choses soient bien claires, commença-t-elle d'un ton sérieux. J'adore la vie ici, mais c'est une autre raison beaucoup plus importante qui me pousse à rester.

— Et quelle est cette raison ?

— N'est-ce pas évident ? répéta-t-elle en se serrant contre sa poitrine, les bras passés autour de son cou. Je t'aime. Je n'ai jamais été plus heureuse que depuis que je suis avec toi. Je n'ai pas besoin de travailler dans un hôpital prestigieux pour me sentir bien. Ici, je fais exactement le travail que j'aime. En fait, je crois avoir donné le meilleur de moi-même depuis que je suis ici. Parce que je travaille à côté de la personne que j'aime.

— Alors, tu vas vraiment rester ? demanda-t-il quand ils se séparèrent, ayant encore du mal à le croire.

Contre toute attente, peut-être bien que les rêves se réalisaient.

Il allait devoir appeler Matt pour lui raconter.

— Oui. En imaginant mon retour à Chicago, je me suis rendu compte que cette perspective ne m'excitait vraiment pas. Je reconnais que l'idée de montrer à Christopher qu'il s'est trompé à mon sujet est tentante, mais ça ne vaut vraiment pas la peine que je renonce à tout ce que j'ai ici.

— Et qu'as-tu exactement ici ?

— Une chance d'obtenir ce que je veux et non ce que les gens attendent de moi. Une chance d'être heureuse. Une chance de connaître l'amour.

— Alors, après tout ce qui s'est passé, tu crois encore à l'amour ?

— Oh ! oui, Jack ! J'y crois.

Il la serra plus fort encore contre lui et sourit.

— Moi aussi, avoua-t-il.

— Au fait, tout à l'heure, tu as dit que Matt avait raison. De quoi parlais-tu ?

— Je n'ai pas eu le temps de te mettre au courant, mais j'ai appelé mon frère, et nous avons eu une longue conversation. Je ne dirais pas que tout est revenu comme avant entre nous – je ne crois pas que ce soit possible – mais nous nous parlons de nouveau.

— Waouh ! Cela a dû être un moment spécial.

— C'est vrai. Et c'est grâce à toi que j'ai trouvé le courage de le faire.

— Comment ça ?

— À part Matt, tu es la première personne avec laquelle j'ai pu me montrer tel que je suis. Cela m'a rappelé ce que cela faisait d'avoir quelqu'un sur lequel on peut compter. Et cela me manquait.

— Tu m'as toi aussi fait prendre conscience de cela.

Ils se regardèrent, leurs bouches à quelques centimètres l'une de l'autre.

Le souvenir de leur premier tête-à-tête dans l'ambulance et du baiser qu'ils avaient failli échanger lui revint.

Pourquoi avaient-ils hésité ? En la regardant aujourd'hui, il ne pouvait imaginer hésiter à l'embrasser.

— Autant que je te prévienne, dit-il. Ils sont en train de préparer une fête en l'honneur de ton départ, annonça-t-il.

— Une fête ? Ne me dis pas que j'ai été virée ?

— Tu plaisantes ? Non, le personnel saute toujours sur la moindre occasion pour organiser un *luau*. Sitôt que tu les auras prévenus que tu restes, ils transformeront cela en fête de bienvenue. On y va ?

— Pas tout de suite. Je trouve le moment bien choisi pour une autre décision impulsive…

— Tu es sûre de toi ? demanda-t-il. Tu ne veux pas d'abord peser le pour et le contre ?

— Hum. Laisse-moi réfléchir un instant…

Elle posa sa bouche sur la sienne, et tout devint limpide.

Il goûta la douceur salée de ses lèvres et, tandis que

leur baiser s'intensifiait, il sentit grandir en lui le sentiment qui allait l'accompagner pour le reste de sa vie – la certitude d'être enfin chez lui.

Il l'embrassa alors passionnément, cherchant à mettre dans ce baiser tout ce qu'il n'était pas capable d'exprimer.

BLANCHE

Le miracle d'un baiser, de Tina Beckett - N°1513

Hollee est sous le choc. Que fait donc Clancy de Oliveira dans son hôpital ? Autrefois, tous deux ont échangé un baiser passionné – avant que Clancy s'engage dans l'armée et la laisse épouser son meilleur ami. Aujourd'hui veuve, Hollee est forcée d'admettre que l'attirance qui la liait à Clancy est toujours là, plus vive encore. En cette veille de Noël, se peut-il qu'ils aient une chance de rouvrir le livre de leur histoire, pour enfin être heureux ensemble ?

Éprise du Dr Alex Morsi, de Shelley Rivers

Infirmière vétérinaire, Kiki est heureuse de prendre un nouveau départ dans une petite clinique de campagne. Seule ombre au tableau : son patron, le Dr Alex Morsi, est aussi irascible que follement séduisant. Alors qu'elle devrait garder ses distances professionnelles avec lui, voilà qu'elle se prend à rêver d'une étreinte langoureuse entre ses bras…

Des jumeaux pour Jenny, de Sue MacKay - N°1514

Jenny n'avait pas prévu de s'arrêter dans le petit village de Havelock pour ses vacances de Noël. Mais, blessée à la cheville, elle accepte de séjourner chez le Dr Cameron Roberts et ses adorables jumeaux, le temps de sa convalescence. À mesure que les jours passent, la présence de la petite famille à son côté lui apporte un bonheur inattendu, au point que Jenny redoute bientôt son prochain départ…

Un ennemi aux urgences, de Joanna Neil

Le jour où Ellie rencontre son nouveau chef de service, elle éprouve un choc immense. Car il n'est autre que James Birchenall, le fils de celui qui a jadis causé la ruine de sa famille. Si James n'est en rien responsable des actions de son père, Ellie ne peut s'empêcher de se méfier de lui. Comment travailler sereinement à son côté ? Et, surtout, affronter les sentiments bouleversants qu'il lui inspire malgré tout ?

Une si belle rencontre, de Susanne Hampton - N°1515

Lorsqu'on lui propose de photographier les douze plus beaux médecins d'Australie pour un calendrier caritatif, Layne Phillips accepte sans hésiter : pour sa carrière de photographe, c'est une occasion en or. Mais sa rencontre avec le douzième modèle, le Dr Pierce Beaumont, la met vite à l'épreuve. Aussi beau qu'agaçant, cet homme passe en effet son temps à la provoquer, comme s'il s'était juré de la faire sortir de ses gonds, pour mieux la séduire…

L'enfant secret du Dr White, d'Emily Forbes

Jess a gardé un merveilleux souvenir de sa seule nuit de passion avec l'irrésistible Dr Lucas White : Lily, une petite fille blonde comme les blés, qu'elle a élevée seule. Or voilà que sept ans plus tard, en revenant à Moose River pour occuper un poste d'infirmière, elle le croise de nouveau… Et leur attirance est fulgurante. Jess comprend alors que le moment est venu pour elle d'offrir à Lucas le plus beau des cadeaux : le bonheur d'être père.

HARLEQUIN

Leur mission : sauver des vies.
Leur destin : trouver l'amour.

HARLEQUIN
www.harlequin.fr

Composé et édité par HarperCollins France.

Achevé d'imprimer en septembre 2020.

CPI
BLACK PRINT

Barcelone

Dépôt légal : octobre 2020.

FSC
www.fsc.org
MIXTE
Papier issu de sources responsables
FSC® C108412

Pour limiter l'empreinte environnementale de ses livres, HarperCollins France s'engage à n'utiliser que du papier fabriqué à partir de bois provenant de forêts gérées durablement et de manière responsable.

Imprimé en Espagne.